일러두기

1. 번역에 쓰인 원전은 2013년 중국 장강문예출판사에서 출간한 '얼웨허 문집' 제1판을 사용했다.
2. 맞춤법과 띄어쓰기는 한글 맞춤법과 외래어 표기법에 따랐다.
3. 한자는 우리말로 표기하고, 꼭 필요한 경우에만 괄호 속에 원음을 병기해 이해하기 쉽도록 했다.
   예 : 다이곤多爾滾(도르곤)
4. 인명과 지명은 우리말로 표기했다. 단, 이미 굳어진 표현은 원지음을 존중했다.
   예 : 나찰국羅刹國(러시아). 이후에는 '러시아'로 표기
5. 본문 중의 괄호 안에 뜻을 풀이한 것은 모두 옮긴이의 설명이다.

【전면개정판】

인류 역사상 최대의 제국을 지배한 위대한 황제

건륭황제

12

얼웨허 역사소설

홍순도 옮김

더봄

小說 乾隆皇帝 : 二月河

Copyright ⓒ 2013 Eryuehe
Korean Translation Copyright ⓒ 2015 by theBOM Publishing co.

Korean edition is published by arrangement with Eryuehe
小說《乾隆皇帝》出刊根據與原作家二月河的約屬於theBOM出版社. 嚴禁無斷轉載複製.

소설《건륭황제》의 저작권은 원작자 얼웨허와의 독점계약에 의해 출판사 '더봄'에 있습니다.
저작권법에 의해 한국 내에서 보호를 받는 저작물이므로 무단전재와 복제를 금합니다.

건륭황제 12권

개정판 1판 1쇄 인쇄　　2016년 7월 18일
개정판 1판 1쇄 발행　　2016년 7월 21일

지은이　　얼웨허(二月河)
옮긴이　　홍순도
펴낸이　　김덕문

펴낸곳　　더봄
등록번호　　제399-2016-000012호(2015.04.20)
주소　　경기도 남양주시 별내면 청학로중앙길 71, 502호(상록수오피스텔)
대표전화　　031-848-8007　　**팩스**　031-848-8006
전자우편　　thebom21@naver.com
블로그　　blog.naver.com/thebom21

ISBN 979-11-86589-64-9 04820
ISBN 979-11-86589-52-6 04820(전18권)

책값은 뒤표지에 있습니다.

달와제達瓦齊
미상~1759년 추정. 건륭 10년인 1745년, 아목이살납阿睦爾撒納과 함께
라마 달이례喇嘛達爾禮를 물리치고 몽골蒙古 준갈이부准噶爾部의 칸이 되었다.
그러나 이에 반발한 아목이살납은 청나라에 투항하였고, 건륭乾隆 20년(1775) 토벌
과정에서 체포되어 북경에 압송되었다. 뒤에 사면을 받고 화석친왕和碩亲王에 봉해진
뒤 북경에 머물렀다. 그림은 화석친왕에 책봉된 후 만주 관복을 입고 있는 모습.

평정서역전도平定西域戰圖

만리장성의 서쪽 끝 가욕관嘉峪關을 지나 더 서쪽으로 가면 감숙성甘肅省의 돈황敦煌에 이르고,
조금 더 가면 감숙과 신강의 경계지점 옥문관玉門關에 다다른다. 서역西域이라고 불렸던 이곳은
당나라의 수도였던 장안(현재의 서안西安)에서 옥문관玉門關까지 2,400㎞ 떨어져 있다.
실크로드라고도 부르는 텐산 남·북로의 시작이자 끝이다. 강희·옹정 연간 청나라의 공격을 받은 데다
내분까지 겹쳐 세력이 현저히 약화되어 결국 건룡 19년(1754)과 건룡 22년(1757) 두 차례의 출병으로
청나라에 복속되었다. 건룡제는 준갈이 정복의 여세를 몰아 건룡 23년(1758) 군대를 출병하여

그 이듬해까지 이곳에 산재해 있던 오아시스 도시국가들을 평정했다. 이렇게 해서 신강위구르 지역 전체가 청나라의 세력 판도에 들어왔다. 그림은 건륭제 시절 궁정화가로 활동했던 카스틸리오네가 그린 〈평정서역전도〉의 일부이다.

4부 천보간난 天步艱難

26장
악화된 황후의 병세

잡념 하나 없이 경건한 마음가짐으로 좌선에 빠져 있던 진씨는 주렴이 걷히는 소리와 함께 느껴지는 밤바람의 소슬함에 화들짝 놀랐다. 눈을 번쩍 뜨고 고개를 돌리자 목탑木榻 옆의 의자에 기대 서 있는 건륭의 모습이 눈에 들어왔다. 순간 그녀는 흠칫 놀라면서 가녀린 몸을 떨었다. 건륭의 눈빛이 부담스러울 정도로 욕정에 불타고 있었기 때문에 어찌할 바를 몰랐던 것이다.

진씨는 자신을 아래위로 훑어보는 건륭의 시선을 감당하기 어려워 얼굴을 붉히면서 천천히 일어섰다. 이어 수줍게 몸을 숙이며 인사를 올리고는 흘러내린 귀밑머리를 쓸어 올렸다. 건륭에게 인사를 올리는 목소리가 떨렸다.

"신첩, 이제 막 목욕하고 미처 겉옷을 입지 못했사옵니다. 큰 결례를 했사옵니다. 잠깐 편히 앉아 계시옵소서. 신첩이 옷을 갈아입고

와 시중들도록 하겠사옵니다."

건륭은 뒷걸음질 쳐 도망치듯 안방으로 들어가는 진씨를 탐욕스럽게 바라봤다. 달아오른 눈에 핏발이 서고 있었다. 뒤돌아가는 그녀는 허리 아래로 허벅지가 훤히 들여다보이는 얇은 속치마만 걸치고 있었다. 그뿐 아니라 버선을 신지 않은 작고 앙증맞은 맨발이 그의 욕정을 더욱 부채질했다. 그렇게 배꼽 아래가 주체할 수 없이 뜨거워진 건륭이 진씨를 가만 놔둘 리 만무했다. 급기야 두어 걸음 성큼 쫓아가더니 그녀를 낚아채듯 와락 품안으로 끌어당겼다. 이어 수줍어 어쩔 줄 몰라 하는 그녀를 목탑에 던지듯 뉘어놓고는 치마 속으로 손을 밀어 넣었다.

비단결처럼 매끌매끌하고 보드라운 피부는 구름을 만지는 것 같았다. 곧이어 건륭의 손길이 진씨의 봉긋한 가슴을 보듬어 쓸어내리면서 배꼽 아래로 내려갔다. 그리고는 볼, 눈과 이마에 사정없이 입술도장을 찍었다. 숨소리도 거칠어졌다. 건륭이 속삭이듯 그녀의 이름을 불렀다.

"천아倩兒, 그동안 짐의 품이 그리웠는가?"

"그리워한들 무슨 소용이 있겠사옵니까? 미천하고 볼품도 없는데다 나이까지 많아 단물이 다 빠졌사온데……."

"그런 소리는 하지 말게. 굳이 말을 하지 않아도 짐을 얼마나 보고 싶어 했을지 알고 있네. 그래서 짐이 이렇게 찾아왔지 않은가……."

건륭은 자신의 품안에서 완전히 허물어져버린 진씨를 가만히 들여다보면서 미소를 지었다.

"짐이 한 번만이라도 찾아주기를 고대하는 후궁이 구름 같으니 매일 올 수는 없지만 그래도 자네 처소는 그나마 자주 찾는 편이 아닌가……."

진씨의 몸은 이미 용암처럼 달아올라 후끈거리고 있었다. 급기야 그녀가 하얀 팔을 뻗어 건륭의 목을 감고 웃으면서 속삭였다.

"가끔씩이라도 이렇게 찾아주시니 신첩은…… 더 이상 바랄 게 없사옵니다. 신첩이 사가私家에 있을 때 어미에게서 들은 말이 있사옵니다. 아녀자는 사내 품에서 너무 게걸스러워도 못 쓴다고 했사옵니다."

건륭이 그러자 피식 웃으면서 짐짓 모르는 척했다.

"게걸스럽다니? 그게 대체 무슨 말인가? 뭐가 먹고 싶어서…… 게걸스럽다는 건가?"

진씨가 건륭의 건장한 가슴에 얼굴을 묻으면서 바로 대답했다.

"신첩이 처음 폐하의 총애를 받은 날부터…… 오늘까지 십팔 년 동안 폐하의 침수를 여든세 번 시중들었사옵니다. 그중 한 번은 중간에 하다가 말았사옵고요. 그때는 달아오른 몸을 식히느라…… 많이 힘들었사옵니다."

진씨가 말을 하다 말고 두 손으로 얼굴을 가렸다. 쑥스러워 말을 잇지 못하는 듯했다. 그러다 건륭의 손길이 다시 미끄럼 타듯 배를 쓸어내리자 나지막이 속삭였다.

"아랫배가 조금 봉긋해 있지 않사옵니까? 그 속에…… 폐하께서 삼개월 전에 심으신 용종龍種이 들어 있사옵니다."

"오, 그렇지! 짐이 잠시 깜빡 했네. 내무부에서 들여보낸 옥첩玉牒을 봤었는데……."

건륭이 희색이 만면한 얼굴을 한 채 진씨의 뺨에 입을 맞추더니 돌아서서 촛불을 불어 껐다. 어둠 속에서 두 사람의 옷 벗는 소리가 사르륵사르륵 들렸다. 이내 거친 숨소리와 신음소리가 간단없이 이어졌다. 물고기가 물을 만난 듯한 극락의 순간이 찾아왔다. 건륭이 동자童子가 관세음보살을 배견하는 자세로 진씨를 타고 앉은 채 말했다.

"이렇게 하면 배도 눌리지 않고 좋지 않나? 자네 옥문은…… 맛이 최고네. 짐의 것이 안에서 녹아버릴 것 같네."

진씨가 그 말을 받았다.

"귀비 나랍씨는 사흘이 멀다하고 폐하께서 찾아주시는데도 만족을 못하나 보옵니다. 지난번에 그러는데 애 낳은 여자는 그것이…… 치수가 너무 커져서 못쓴다고 했사옵니다. 그래서 치수 줄이는 약을 먹는다고 했사옵니다."

건륭이 진씨의 말에 소리 없이 실소를 터트렸다.

"치수라……! 그래, 그것도 치수라면 치수지."

건륭은 말을 마치기 무섭게 진씨의 배 위에서 한바탕 오르락내리락했다. 그렇게 둘의 운우지정이 끝났다.

두 사람은 나란히 누워 잠시 숨을 고르면서 도란도란 얘기를 주고받았다. 건륭은 고양이를 쓰다듬듯 진씨의 알몸을 쓸어내리면서 후궁들에 대한 얘기를 했다. 우선 국모인 황후가 성덕盛德이 깊다는 얘기와 예전에는 속이 좁고 질투심이 많던 귀비 나랍씨가 지금은 무게 있고 지적인 여인으로 환골탈태했다는 말도 했다. 귀비 유호록씨의 변함없는 자중자애와 근검절약 정신에 대해서도 칭찬해마지 않았다. 이어 왕씨, 이씨, 언홍, 영영, 위가씨 등 다른 후궁들의 장점도 일일이 가보家寶를 들추어보듯 꼽아나갔다. 그러자 제비처럼 종알대던 진씨는 건륭의 말에 조용히 귀를 기울이며 말이 없었다.

건륭이 물었다.

"자네, 그새 잠이 들었나?"

"아니옵니다. 폐하께서 말씀하시는데 신첩이 어찌 감히 눈을 붙일 수 있겠사옵니까?"

진씨가 어둠 속에서 까만 눈동자를 반짝이면서 덧붙였다.

"폐하께서 말씀하실 때 신첩은 감히 끼어들 수 없사옵니다. 그리고 폐하께서 물으시면 신첩은 대답하지 않을 수 없사옵니다. 이는 궐내의 규칙이옵니다. 폐하께서 여러 후궁들의 장점을 일일이 말씀하시는 깊은 뜻을 신첩이 왜 모르겠사옵니까? 신첩에게 이들의 장점을 본받으라는 뜻이 아니겠사옵니까. 신첩은 질투하지 말고, 욕심 부리지 말고, 분수를 지키며 살라는 뜻으로 받아들이겠사옵니다. 심려 놓으시옵소서, 폐하. 신첩은 가져야 할 건 다 가졌사오니 가져서 안 될 것은 절대 바라지 않사옵니다. 즐거움을 주시면 즐기고, 즐거움이 없으면 만족한 채 조용히 그 자리에 있겠사옵니다. 황후마마와 귀비들께서는 신첩을 특별히 좋아하지도 않지만 그렇다고 신첩이 억울하도록 욕을 하거나 괴롭히는 일도 없사옵니다. 신첩은 바람이 불면 따라 눕고, 비가 오면 비를 맞는 잡초 같은 존재로 스스로를 낮추오니 어느 누구도 신첩을 질투의 상대로 삼지 않사옵니다. 신첩이 감히 욕심을 부려본다면 그저 폐하의 성은을 입어 황자나 공주를 생산하고 싶은 마음뿐이옵니다……"

건륭은 진씨의 말에 깜짝 놀랐다. 품계도 낮고 별로 눈에 띠지도 않던 비빈이 속마음을 듣고 보니 실로 세상의 이치를 꿰뚫어보는 혜안을 가지고 있었다는 사실이 놀라웠던 것이다! 건륭으로서는 진씨를 괄목상대하지 않을 수 없었다. 그러나 그는 그것을 내색하지는 않았다. 그저 말없이 진씨를 꼭 껴안아 주었을 뿐이었다.

건륭은 어렸을 때부터 하루도 빠짐없이 늦어도 사경四更 끝 무렵에는 일어나는 습관을 들여왔다. 거기에는 남들과는 다른 이유도 있었다. 강희를 따라 창춘원에 있으면서 매일 그 시간만 되면 네댓 명의 태감들이 "황자, 황손들께서는 기침하시고 성가聖駕 시중을 들 때가 됐사옵니다!"라고 합창을 해댔던 것이다. 물론 그래도 가끔은 이불

속에서 뭉그적대는 경우가 없지 않았다. 그럴 때면 유모들이 어르고 달래면서 진땀을 빼야 했다. 그를 비롯한 다른 황자들 역시 빠짐없이 일어나서 옷을 입고 세수를 한 후 밖으로 나와야 했다. 이어 오경五 更까지 독서를하고 포고布庫 연마까지 하고 나서는 오경 정각에 강희에게 아침 문후를 올렸다. 그것은 오랫동안 변하지 않았던 관례였다.

엄부嚴父인 옹정은 더욱 가차 없었다. 아직 일어날 때가 되기도 전부터 정기精奇어멈들이 계척戒尺을 치켜들고 침대 머리맡에서 독촉을 해대는 것이 일상이었다. 나중에는 어멈의 발소리만 들려도 경련을 일으킬 정도로 놀라서 벌떡 일어나 쏜살같이 달려 나가고는 했다. 그러다가 등 뒤에서 "체통을 지키고 걸음을 떼셔야죠"라고 하는 어멈의 차가운 목소리가 들리면 또 바로 속도를 늦추고는 했다. 그런 옹정이 세상을 떠난 다음에는 태후가 뒤를 이어 긴장의 끈을 늦출 수 없도록 시시각각 닦달을 했다.

그러나 건륭은 이제는 더 이상 누구의 독촉도 필요 없었다. 취침시간이 아무리 늦어도 다음날 사경四更에는 저절로 눈이 떠졌다. 건륭은 먼저 일어났으나 옆에서 혼곤하게 자는 진씨를 깨우고 싶지 않았다. 가만히 옷을 잡아당겨 걸치고는 조용히 나오려고 했다.

하지만 그 기척에 그만 진씨가 눈을 뜨고 말았다. 그녀는 황급히 일어나더니 옷을 입고 건륭의 시중을 들기 시작했다. 결국 세수하고 양치하고 머리 빗는 시중까지 다 들었다. 그리고는 우유 한 잔과 다과 몇 조각까지 쟁반에 담아서 가져왔다. 건륭은 그것들을 맛있게 먹어줬다. 마지막으로 진씨는 문어귀에 엎드려 사은을 표하면서 어가를 배웅했다.

"어젯밤에는 대단히 기분이 좋았네."

건륭이 문을 나서기에 앞서 만족스런 표정으로 말했다. 이어 다소

곳이 무릎을 꿇고 있는 진씨를 향해 덧붙였다.

"짐은 자네가 입궁한 지 십팔 년 만인 어제에야 비로소 자네를 진정으로 알게 됐네. 영악하고 약삭빠른 편은 아니지만 총명하고 지혜로워서 짐의 마음에 드네. 앞으로 좋은 일이 많이 있을 테니 기다려 보게."

진씨가 머리를 조아렸다.

"성명하신 폐하를 모실 수 있는 것만으로도 신첩은 만족하옵니다."

건륭은 한두 마디 더 묻고 싶은 것이 있었으나 때가 아니라는 생각이 들었다. 이어 고개를 끄덕여 보이고 방문을 나섰다. 밖에서는 태감 왕팔치가 벌써 와서 기다리고 서 있었다.

"군기처의 외신外臣들은 다 와 있겠지? 용주龍舟는 준비됐나?"

건륭이 물었다. 그러자 왕팔치와 함께 밖에서 대기하고 있던 복의, 복신, 복례 등 큰 태감들이 일제히 무릎을 꿇은 채 문후를 올렸다. 왕팔치가 아뢰었다.

"신하들께서는 모두 의문 밖에서 기다리고 있사옵니다. 연청 중당도 당도했사옵니다. 소인들은 어젯밤 당직 여부를 불문하고 아무도 잠을 자지 않았사옵니다. 선박마다 일일이 검사하고 문제가 없는지 살펴보았사옵니다. 폐하와 황후마마께서는 군함에 동승하시고 다른 배 한 척이 나란히 동행할 것이옵니다. 뱃길에서 신하들을 접견하실 때 사용하실 것이옵니다. 태후마마께서는 누선樓船에 타시고 귀비마마의 탈것으로는 방선舫船 한 척을 준비했사옵니다. 이밖에 진씨, 왕씨를 비롯한 비빈들께서는 두 사람씩 배 한 척에 동승하게 했사옵니다. 소인이 세어 보니 의장선儀仗船 여덟 척에 태호 수사水師의 호위함까지 합쳐 총 백여덟 척의 배가 과주도瓜洲度에서 영가교迎駕橋에 이르는 십리 구간에 일자로 이어지게 될 것이옵니다. 관리들은 부두 일대에서 무릎 꿇은 채 배웅하고 양안兩岸의 백성들은 문 앞에 향화香花와 미주美酒를 차려놓고 폐하의 용자龍姿를 우러러보게 될 것이옵니다. 선박영 군사들이 부두와 가까운 언덕에서 몰려드는 인파를 제지시킬 것이옵니다! 폐하, 날씨도 좋고 풍광도 그만이옵니다. 하오나 연청 중당이 부두를 제외한 다른 곳에서는 절대 폭죽을 터트리면 안 된다고 엄포를 놓는 바람에 환송하러 나온 사람들의 불만이 이만저만 아니옵니다."

"그게 사실이어도 자네는 함부로 유통훈의 처사에 대해 왈가왈부해서는 안 돼!"

건륭은 은근히 유통훈에 대한 불만을 털어놓는 왕팔치를 사정없이 훈계했다. 태감들에게 유난히 엄격하고 민감한 건륭다웠다. 곧이어 그가 행궁의 정전을 향해 걸어가면서 물었다.

"타운을 비롯한 몇몇은 어찌하기로 했나?"

왕팔치가 종종걸음으로 따라가면서 비굴한 웃음을 지은 채 대답했다.

"아뢰옵니다! 타운과 차신車臣(지금의 몽고 운두르한Ondorhaan)에서 온 흠파欽巴 부녀는 배 한 척에 태워 어가를 호위하는 태호 수사들과 같이 가기로 했사옵니다. 예부 관리들의 말로는 그들은 어가를 동행할 만한 신분이 아니라고 했사옵니다. 게다가 타운은 죄인이옵니다."

왕팔치의 말이 끝나기도 전에 건륭이 불쾌한 기색을 보이며 말허리를 잘랐다.

"누가 타운이 죄인이라고 그래? 흠파 부녀, 흠파 부녀 하는데 그 둘도 부녀지간이 아니야. 흠파 사마는 몽고 왕의 딸이고, 흠파 탁색은 재상일 뿐이야. 하나는 공주이고, 하나는 신하이니 엄연한 주종관계이지. 사람을 보내 어지를 전해. 그 셋은 죄수가 아닌 손님이니 그들이 탄 배는 태후마마의 누선 바로 뒤에서 따르라고 이르거라!"

건륭이 말을 마치고는 앞으로 나가려고 했다. 그러다 약봉지 몇 개를 들고 외원外院에서 들어오는 진미미를 발견하고는 걸음을 멈췄다. 진미미는 건륭을 발견하자마자 옆으로 물러서서 길을 비켰다. 건륭이 진미미를 향해 물었다.

"황후의 약이냐? 황후는 오늘 아침에 뭘 좀 드셨느냐?"

진미미는 밤새 잠을 못 잔 듯했다. 얼굴이 누렇게 뜨고 목소리도 꽉 잠겨 있었다. 그러나 공손하게 대답하는 것은 잊지 않았다.

"황후마마께서는 어젯밤 내내 가래가 끓어 편히 잠을 청하지 못하셨사옵니다. 엽천사의 말에 따르면 황후마마께서는 심기가 불편하셨고 뭔가에 놀라시어 맥이 고르지 못하다 했사옵니다. 엽천사가 내려준 처방대로 약을 지어 오는 길이옵니다."

"심기가 불편하고 놀랐다고?"

건륭이 믿어지지 않는 듯 고개를 갸우뚱거렸다. 이어 다시 말을 이었다.

"어제 저녁 짐이 떠날 때까지만 해도 기분이 좋았었는데! 밤에 누가 시중을 잘못 들어 황후를 화나게 했나?"

진미미가 건륭의 말에 화들짝 놀라면서 바로 대답했다.

"황후마마께서는 만선晚膳 때까지 담소를 즐기셨사옵니다. 엽천사가 멀미 때문에 배도, 수레도 못 타고 말 역시 무서워서 감히 엄두를 못 낸다고 하자 '그러고도 사내가 맞느냐'면서 농담까지 하셨사옵니다. 그리고 소인에게 당장 양주부揚州府로 가서 노새 한 마리를 얻어다 주라고 명하셨사옵니다. 소인이 양주부로 갔다가 두 시간 후에 와 보니 황후마마께서는 몸에 신열이 오르고 가래가 끓어 호흡이 곤란한 증세를 보이고 있었사옵니다. 몇몇 시녀들에게 물었더니, 마마께서는 식사 후 마당으로 산책을 나가시어 대비주大悲呪를 묵송하셨다고 하옵니다. 그리고 들어오셨는데 그때부터 상태가 악화됐다고 했사옵니다. 엽천사가 당연히 마마께 어인 이유로 화가 나시고 놀라셨느냐고 여쭈었사옵니다. 하오나 마마께서는 그런 일이 없다고 말씀하셨사옵니다. 방금 엽천사가 손에 침을 몇 개 놓아드리니 상태가 많이 호전됐다고 하옵니다. 엽천사의 말로는 이 약을 드시고 경과를 지켜본 연후에야 길을 떠날 수 있을지 여부를 알 수 있다고 했사옵니다!"

건륭은 그 자리에 굳어져버렸다. 바로 그때 멀리서 사람들이 시끌벅적하게 떠드는 소리가 들렸다. 과주도 방향에서는 드문드문 폭죽이 터지는 소리도 들려왔다. 지금 행궁 밖에서는 문무관리들이 귀경길에 오르는 어가의 풍채를 뵙고자 학수고대하고 있을 터였다. 당연히 이때 황제의 임무는 무릎 꿇은 대신들을 접견하고 궁궐에서 나와 봉여鳳輿에 오르는 태후의 시중을 드는 것이었다. 이 역시 나라의 대전大典인 만큼 가벼이 해서는 안 되는 일이었다. 그런데 황후의 상태를 장담할 수 없다니, 이를 어쩌면 좋다는 말인가?

건륭이 초조한 얼굴로 한참이나 생각에 잠겨 있다가 드디어 입을 열었다.

"들어가서 엽천사에게 어지를 전하거라. 무슨 수를 써서든 황후가 걸어서 배에 올라탈 수 있도록 하라고 말이야. 승선한 다음부터 천천히 치료하면 되니까. 또 백관들에게 이르거라. 지금 황후의 건강상태가 낙관할 수 없으니 관리들의 처자들은 참견參見을 기대하지 말라고. 그리고 귀비 나랍씨가 황후를 대신해 짐과 함께 태후를 봉여에 모실 것이라고 전하거라. 태후마마에게는 짐이 직접 아뢸 것이다. 음……, 엽천사에게 필요한 약을 적어 달라고 하거라. 돈을 아끼지 말고 다량으로 구매해 배에 싣거라. 황후의 시중은 진씨에게 들라 하거

라. 짐은 이제 나가봐야 하니 가서 황후에게 전하거라. 마음을 차분히 가라앉히고 절대 조급하거나 초조해하지 말라고 말이야. 황후는 봉여에서 나와 순조롭게 승선만 하면 되니 모든 것은 짐에게 맡기고 염려 놓으라고 전하거라."

건륭은 말을 마치고 회중시계를 꺼내봤다. 그리고는 한마디 덧붙였다.

"진시辰時 정각까지는 세 시간도 남지 않았으니 서둘러야겠다."

건륭이 말을 마치고는 큰 걸음으로 밖으로 나갔다. 왕팔치도 빠른 걸음으로 수화문으로 달려가며 큰 소리로 외쳤다.

"황제폐하께서 납신다······!"

음악소리가 천지를 뒤흔들었다. 건륭은 천천히 수화문을 나섰다. 그러다 하룻밤 사이에 정궁正宮의 정원正院이 완전히 다른 모습으로 변해 있는 것을 발견했다. 적이 놀라지 않을 수 없었다. 게다가 수화문에서 동남쪽으로 향하는 내리막 자갈길 양 옆에는 어디서 가져왔는지 화분이 즐비했다. 월계, 장미, 백일홍, 수선화, 국화, 해당화······ 등등 없는 꽃이 없었다. 마치 백화가 만발한 꽃밭에 서있는 느낌이었다. 또 왼쪽에는 만년청萬年靑으로 엮어 만든 '만수무강'萬壽無疆 조형물이 있었다. 갖가지 꽃으로 장식도 되어 있었다. 그 외에 오른쪽에는 넓이가 넉 장丈도 넘는 '단봉조양'丹鳳朝陽이라는 도안이 만들어져 있었다. 화분에 심은 해바라기 꽃이 재료였다.

그런 갖가지 꽃들로 꾸며진 길이 정전 대원大院의 서편문에 이르기까지 길게 이어져 있었다. 그것들은 이제 막 아지랑이처럼 피어오르기 시작한 햇살 아래에서 뭐라 형언할 수 없을 정도로 화사하고 눈부시게 아름다웠다.

통로 양측에는 스물네 명의 당직 시위들이 가슴을 쑥 내밀고 보도寶刀에 손을 얹은 채 미동도 하지 않고 시립해 있었다. 또 수화문 앞에는 64명의 태감이 사각형으로 열을 지어 서 있었다. 건륭이 걸어 나오는 것을 발견한 복례가 손짓을 했다. 그러자 사각형 대오로 서 있던 태감들이 누에 실을 뽑아내듯 두 줄로 천천히 걸어 나왔다.

곧이어 황종黃鐘, 대려大呂, 태족太簇, 협종夾鐘, 고세姑洗, 중려中呂, 임종林鐘, 이칙夷則, 유빈蕤賓, 남여南呂, 무사無射, 응종應鐘 등의 악기들이 12율의 절묘한 조화를 이루면서 아름다운 선율을 토해내기 시작했다. 그러자 정전 서쪽 측문에서 대기하고 있던 64명의 공봉供奉들이 악기소리에 맞춰 노래를 부르기 시작했다.

건륭은 우렁찬 노랫소리를 들으면서 큰 걸음으로 걸어 나왔다. 그러나 평소 단폐대악丹陛大樂에 유난히 귀를 기울이고 신경을 쓰는 그답지 않게 지금은 딴 곳에 정신이 팔려 있었다. 음률이 맞지 않는 부분을 두 곳 발견했으나 지적하지도 않고 그대로 걸어갔다. 황후의 병세 때문에 머리가 복잡했던 것이다.

사실 남순南巡을 순조롭게 마치고 백관百官의 배웅을 받으며 떠나려는 마당에 황후의 병이 악화됐다는 것은 누가 뭐래도 불길한 징조라고 할 수 있었다! 솔직히 어제 저녁까지 상태가 좋았던 사람이 하룻밤 새에 경기驚氣를 일으킬 만큼 화낼 일이 뭐란 말인가……. 건륭이 그렇게 생각에 잠겨 걸어가는 사이 화해花海는 끝나가고 있었다.

건륭은 정궁 서쪽 측문에서 붉은 계단으로 내려갔다. 순간 왕팔치가 채찍을 힘차게 세 번 내려쳤다. 그러자 음악이 뚝 그쳤다. 건륭은 정신을 가다듬고 아래를 내려다봤다.

정전 돌계단 아래에서 동남쪽 의문까지 임시로 설치한 품급산品級山 양측에 배웅을 나온 문무백관들이 가득 늘어서 있었다. 갖가지 화령花翎이 햇살에 눈부셨다. 각양각색의 관복들 역시 화려하기 그지없었다. 그들은 일제히 마제수를 걷어 올리는 인사를 올리면서 무릎을 꿇었다. 이어 천지를 뒤흔드는 환호소리가 터져 나왔다.

"건륭황제 만세! 만세! 만만세!"

건륭은 먼 곳부터 가까이로 시선을 옮겨오면서 고개를 끄덕였다. 무릎을 꿇고 있는 인파의 등허리 너머로 행궁 밖 쪽빛 운하 위에 어주御舟들이 정박해 있는 모습이 보였다. 어주들 위에서 나부끼는 수많은 채색 깃발들은 언뜻 보기에 마치 거대한 황룡黃龍이 춤을 추면서 날아오르는 것 같았다.

양안兩岸에는 몇 걸음 간격으로 화려한 채방彩坊이 세워져 있었다. 양쪽 채문彩門에는 '황제 만세', '태후 천세', '황후 천세'라는 글이 적힌 휘장이 드리워져 있었다. 그 사이로 환송 인파가 개미처럼 들끓고 있었다…….

건륭은 자못 흡족한 표정으로 시선을 거둬들였다. 이어 다시 앞쪽을 바라봤다. 장친왕莊親王 윤록이 큰황자 영황永璜과 병색이 완연한 셋째황자 영장永璋, 그리고 허리에 노란 띠를 두른 황실 자제들을 한 무리 거느리고 왼편에 무릎을 꿇고 있었다.

오른쪽에 무릎을 꿇은 군기대신들 속에는 유통훈의 모습도 보였다. 건륭은 그를 보고 흠칫 놀라면서 한 걸음 나아가 친히 일으켜 세우며 말했다.

"경이 이럴 것 같아 짐이 특별히 어지를 내린 것 아닌가. 이리로 오지 말고 바로 승선하라고 했거늘 어찌 이리 고집을 피우는 건가? 연청 공을 잠시 편진으로 모셔 쉬게 하기라! 두 시간 후에 출발할 예정이니 셋째도 가서 쉬거라!"

건륭의 명령에 몇몇 태감들이 영장과 유통훈 두 사람을 부축해 나갔다. 건륭은 셋째 영장과 유통훈이 동쪽 편전으로 들어가는 것을 확인한 후 가벼운 기침으로 목소리를 가다듬고는 입을 열었다.

"여러분!"

건륭의 말에 고개 숙인 관리들의 몸이 더욱 앞으로 숙여졌다. 커다란 정원은 삽시간에 물 뿌린 듯 조용해졌다.

"짐은 이제 곧 귀경길에 오를 것이네."

건륭이 본격적으로 운을 뗐다. 그의 말은 짧았으나 그 의미는 가볍지 않았다. 북경을 떠나오기 전부터 그가 마음속으로 생각해왔던 고별사였다. 그럴 수밖에 없는 것이 이런 자리에서 한 말은 토씨 하나 빠짐없이 사서史書에 기록돼 후세에 전해질 것이었다. 그러니 말의 품격이 있으면서 알아듣기도 쉬워야 했다. 또 글을 읽듯 딱딱하게 해서도 안 될 일이었다. 건륭은 그런 것들을 염두에 두면서 천천히 말을 이어나갔다.

"짐은 성조의 치법治法을 효시로 받들어 효孝로써 천하를 다스려 왔네. 앞으로도 이는 변함이 없을 것이네. 짐은 성조의 여섯 차례 남순의 뜻을 받들어 남순길에 올랐네. 정무政務, 군무軍務, 하무河務에서 해방海防에 이르기까지 모든 것을 친히 아우르느라 북경에 있을 때보다 훨씬 다망한 시간을 보냈네. 그 와중에도 '천하제일'이라는 강남의 명승절경을 태후마마께 구경시켜드리고자 동분서주하기도 했네……."

건륭이 갑자기 말을 멈췄다. 두광내의 모습이 뇌리에 떠올랐던 것이다. 두광내는 건륭이 태후와 황후를 대동해 의정으로 개나리 구경을 갔을 때 홰나무에 머리를 박고 피를 철철 흘리면서까지 간언을 하지 않았던가. 건륭은 갑자기 마음이 무거워졌다.

아무리 생각해봐도 이번 남순길에 뿌린 돈이 너무 엄청난 것 같았다. 오죽했으면 두광내가 죽음으로 간언하고자 했을까! 순간 그는 호호탕탕한 의장대와 10리 길에 이어진 화려한 행렬을 바라봤다. 마음이 걷잡을 수 없이 헝클어져갔다. 미리 준비했던 훈시들이 하나도 생각이 나지 않았다.

머릿속이 그렇게 하얗게 탈색해버린 건륭은 잠시 멍하니 서서 아무 말도 하지 못했다. 기윤과 윤계선, 그리고 이번 대전大典을 위해 만사를 제쳐두고 달려와 두 번째 행렬에 무릎 꿇고 있던 몇몇 외성外省 총독과 순무들은 건륭의 훈시가 느닷없이 뚝 끊기자 모두 고개를 들었다. 그 순간 건륭의 시선과 정면으로 마주친 사람이 있었다. 그는 바로 왕단망이었다.

왕단망은 서슬 푸른 건륭의 눈빛에 잔뜩 겁을 집어먹고 황급히 고개를 숙였다. 건륭의 얼굴에 분노의 빛이 어렸다. 동시에 그의 시선이 복의를 찾기 시작했다. 그러나 복의는 보이지 않았다. 결국 건륭의 시선은 기윤에게 가서 멈췄다.

기윤 역시 이때 신하들 속에서 왕단망을 발견하고는 건륭과 마찬가지로 깜짝 놀란 터였다. 그제야 태감 복의가 건륭의 어지를 잘못 전달했다는 사실을 알게 되었다! 순간 그는 가슴이 철렁 내려앉으면서 온몸에 식은땀이 쫙 돋았다. 그리고는 얼음장처럼 차갑게 식은 손가락을 꽉 움켜쥐었다. 그러면서 감히 건륭의 시선을 피하지도 못했다. 낯빛이 하얗게 질린 채 건륭의 허리춤에 달린 와룡대臥龍袋를 멍하니 바라봤다.

"짐은 그동안 강남에서 민풍民風과 이정吏情을 두루 살펴봤네."

이어진 건륭의 연설에는 두서가 없었다. 먼저 '효도'에 대해 운을 뗐다가 갑자기 '이치'에 대해 언급을 하고 있으니 이야기를 어떻게 이어가야할지 모르는 것 같았다. 이제는 어떤 식으로든 무사히 이 자리를 마치는 것만이 그의 목적이었다. 신하들 역시 이상한 기미를 눈치챘으나 서로 곁눈질하면서 시선만 주고받을 뿐이었다. 건륭은 그런 신하들의 모습을 보고 분노가 치밀어 올랐으나 꾹 참고 말을 이었다.

"강남 곳곳에서 관민이 하나가 돼 화기애애한 분위기를 연출하는 것을 보고 대단히 감격했네. 강남의 무학승평은 관리들의 평소 교화에 힘입은 결과라고 생각하네. 여러분의 노고에 박수를 보내네. 일지화는 섬멸되고 그의 잔당이었던 채칠마저 생포됐네. 물론 유통훈과 유용 부자의 공로를 무시할 수 없겠지만 군민이 협동, 단결하지 않았더라면 비적 토벌작전이 그토록 순조롭게 진행되지는 못했을 것이네. '관대한 정치'以寬爲政의 효과가 뚜렷하다는 방증이지. 이에 짐은 적이 위안을 느끼네."

건륭이 잠깐 침을 삼키고는 다시 말을 이었다.

"그러나 '관대한 정치'는 결코 무책임한 방종을 의미하지는 않네. 이치쇄신의 고삐를 하루도 늦춰서는 아니 되겠네. 짐이 크게 믿고 개부건아開府建牙, 봉강대리封疆大吏 자격을 줬던 자들이 짐의 기대를 저버리고 병민오국病民誤國의 탐관오리로 전락했네. 그러니 짐이 어찌 편히 밤잠을 이룰 수 있겠는가?"

건륭의 연설은 격앙과 흥분으로 어조가 높아졌다. 좌중은 잔뜩 긴장하지 않을 수 없었다. 건륭이 다시 한 번 그런 좌중을 쓸어보면서 말을 이으려고 할 때였다. 저 멀리 서쪽에서 은은한 음악소리가 들려오기 시작했다. 태후의 봉여鳳輿가 곧 당도하려는 모양이었다. 순간 건륭은 잔뜩 부풀어 오르던 노기를 애써 가라앉히면서 얼굴에 미소를 지은 채 덧붙였다.

"훈육의 말은 많지만 북경에 돌아가 조서로 작성해 여러 신공臣工들에게 발송하겠네. 여러분은 그대로 무릎 꿇고 있게. 짐의 십육숙十六叔이 짐과 함께 봉가鳳駕을 맞으러 갈 것이네."

잔뜩 숨죽이고 있던 좌중의 신하들은 그제야 몰래 안도의 한숨을 내쉬었다.

과주도에 정박해 있던 어주가 미끄러지듯 부두를 떠났다. 양안을 가득 메웠던 환영 인파는 어주가 운하를 따라 족히 4시간 동안 뱃길을 달려서야 뜸해지기 시작했다. 건륭은 줄곧 표표히 나부끼는 황룡黃龍 깃발 아래에 서 있었다. 등 뒤에 어좌가 있었으나 한 번도 기대지 않았다. 개미 같은 환영 인파가 배 뒤로 끊임없이 지나쳐갔다. 푸른 옷으로 갈아입은 버드나무숲과 양안을 수채화처럼 수놓은 들꽃 역시 마찬가지였다.

무한한 춘광春光이 눈앞에 펼쳐졌으나 건륭의 마음속은 우울하고 무겁기만 했다. 그렇게 얼마나 서 있었을까, 그는 무릎이 시큰거려와 다리를 바꿔가면서 가만히 움직였다. 왕팔치가 그런 건륭을 바라보면서 아뢰었다.

"폐하, 너무 오래 서 계셨사옵니다. 그만 들어가 쉬시옵소서……."

건륭은 태감의 권유에 따라 선실 안으로 들어와서는 창가로 가서 앉았다. 궁녀가 찻잔을 받쳐 올렸으나 쳐다보지도 않았다. 대신 탁자 위에 있는 상주문을 뽑아들었다. 늑민의 문안 상주문이었다. 그는 그걸 잠시 읽어보더니 주필을 들어 어비御批를 몇 글자 적었다.

짐은 무사하네. 그런데 경은 무슨 격식이 이리 요란한가? 문안 상주문을 꼭 비단으로 감고 금칠을 해야겠나? 경에게는 짐이 그리 사치스러운 군주로 보였다는 말인가. 앞으로 유의하고 오로지 본연의 업무에만 진력하게. 두 번 다시 이런 일이 있어서는 아니 되겠네.

건륭은 휘갈기듯 붓을 날리고 다른 상주문 하나를 뽑았다. 고항의 항변서抗辯書였다. 이미 읽어본 것이었다. 그는 쳐다볼 필요도 없다는 듯 한쪽으로 휙 던져버렸다. 이어 서류더미를 뒤적이면서 명령을 내렸다.

"복의, 들어오너라!"

복의는 건륭이 자신을 단독으로 부르는 이유를 몰라 주변의 눈치를 살폈다. 그는 조심스레 발끝을 들고 들어와 무릎을 꿇었다.

"네 이놈! 네가 무슨 죄를 지었는지 알겠느냐?"

건륭의 목소리는 높지 않았다. 그러나 마치 물항아리에 빠진 쥐를 내려다보듯 위엄이 실내를 가득 채웠다.

"죄…… 말씀이옵니까?"

복의는 잠시 어리둥절한 표정을 짓더니 겁에 질린 눈빛으로 왕팔치를 힐끗 바라봤다. 그리고는 선실 바닥에 쿵쿵 소리 나게 머리를 조아리면서 아뢰었다.

"예, 예, 예……! 잘…… 알고 있사옵니다. 어젯밤 나랍씨 귀비마마의 처소에서 유리 등잔에 기름을 넣다가 그만 부주의로 등잔을 깨뜨렸사옵니다. 이놈의 불찰을…… 용서해 주시옵소서. 그리고 저녁에 폐하의 저녁 수라를 시중들면서 부주의로 접시끼리 부딪치게 했사옵니다……."

복의가 겨우 말을 마치고는 고개를 갸우뚱거렸다. 다른 기억을 떠올리느라 고심하는 눈치였다. 그러자 건륭이 단박에 질타를 퍼부었다.

"실수로 등잔을 깨고 접시의 칠이 벗겨지게 한 건 어디까지나 사소한 과실이지 큰 죄는 아니야! 짐이 묻겠어, 왕단망에게 어지를 어찌 전했느냐?"

건륭의 힐책에 복의의 눈이 휘둥그레지면서 저절로 입이 쩍 벌어졌다. 건륭이 뭣 때문에 그러는지 모르는 듯했다. 복의는 그렇게 한참 동안이나 굳은 채 그대로 있었다. 그러다 얼마 후 안 되겠는지 깊숙이 머리를 조아렸다. 이어 변명하듯 입을 열었다.

"그때 당시 폐하께서는 당장 그자의 죄를 물으려 했사옵고, 윤계선 대인과 기윤 중당께서는 실사 후에 죄를 묻는 것이 바람직할 것 같다고 하면서 '풀을 건드려 뱀을 놀라게' 할 필요가 없다고 했사옵니다. 이어 폐하께서는 이놈에게 어지를 전하라고 명하시면서 그자가 가져온 송판서宋板書를 받고 안심하고 일에 전념하라 이르라고 하셨사옵니다. 이놈은 맹세코 단 한마디도 허튼소리를 하지 않았사옵니다. 그자가 이놈에게 주는 은자 오십 냥도 받지 않았사옵니다……."

복의의 얼굴에는 억울함을 하소연하는 표정이 역력했다. 이마는 이미 시퍼렇게 멍이 들어 있었다.

건륭은 복의의 말을 듣고 당시의 상황을 떠올려봤다. 그러고 보니 복의가 착각할 법도 했다. 굳이 잘못을 따지자면 말을 분명하게 하지 않은 황제 자신의 잘못이 더 크다고 할 수 있었다. 그렇다고 황제가 태감에게 잘못을 인정할 수는 없었다. 그가 다시 냉소를 머금으면서 물었다.

"짐이 어지를 전하라고 하지 않았느냐. 네놈에게는 윤계선과 기윤의 말이 어지라는 말이더냐?"

복의가 얼굴 가득 울상이 된 채 건륭을 힐끗 훔쳐봤다. 순간 그는 몸을 흠칫 떨었다. 그토록 서리 내린 듯 차갑고 경멸로 가득한 건륭의 표정은 처음이었다. 복의는 한참 동안 어찌할 바를 몰라 낭패한 표정을 짓더니 급기야 두 손으로 얼굴을 가린 채 목을 놓아 울기 시작했다. 그리고는 땅에 납작 엎드려 간절히 죄를 청했다.

"신이 죽을죄를 지었사옵니다……. 어지를 잘못 전달한 이놈의 죄는 백번 죽어 마땅하옵니다. 하오나 결단코 그 무슨 꿍꿍이속이 있어서 그런 것은 아니옵니다. 이놈의 죄가 죽이고 싶도록 미우실 줄로 아옵니다. 그러나 노인과 가난한 자들을 불쌍히 여기시는 폐하이시오니 이놈을 기다리다 눈이 먼 칠순 노모를 생각해서라도 한 번만 용서해 주시옵소서……."

건륭은 태감들을 주살할 때 미간 하나 찌푸리는 법이 없었다. 그들에 대해서는 아예 사람 취급도 하지 않았다. 심지어 그들이 간혹 말단 외관들과 입씨름을 벌일 때도 불문곡직하고 그들에게만 죄를 물었다. 따라서 평소 같았으면 복의 따위는 가차 없이 목이 잘려야 했다.

그러나 이 순간은 달랐다. 자신의 잘못도 있다고 생각한 만큼 절규하는 태감의 울음소리를 외면할 수 없었다. 더군다나 '눈이 먼 칠순의 노모'라는 말에 효심이 지극한 건륭의 마음도 흔들리는 듯 안색도 상당히 부드러워졌다. 곧이어 고슴도치처럼 몸을 웅크린 복의를 향해 그가 입을 열었다.

"누누이 강조했지만 짐은 태감들의 야비하고 졸렬한 짓거리를 간과하지 않는다. 용서하지도 않는다! 생각해봐라. 네놈이 실수로 어지를 잘못 전달했다고 하지만 그게 어디 예삿일이야? 그것이 분초를 다투는 군국대사軍國大事와 연관돼 있었더라면 네놈은 삼강三江의 눈물을 다 쏟아내더라도 그 책임을 질 수 없을 것이다."

건륭은 두서없이 말해놓고 돌아서서 찻잔을 집으려고 했다. 그러다 고소해 죽겠다는 듯 웃음기를 애써 감추고 있는 왕팔치를 혐오스러운 눈길로 바라봤다. 그리고는 다시 말을 이었다.

"경황이 없는 와중에 그리 됐다는 점, 초범이라는 점, 짐을 시중들어온 세월이 길다는 점……. 그 어떤 것이라도 죽을죄를 면할 수 있는 이유가 못 돼. 단 네놈이 이 순간에도 집에 있는 칠순 노모를 떠올렸다는 것이 가상해 이번만은 특별히 용서해주겠다. 황후의 병세가 악화됐으니 재앙을 물리치는 방생을 한 셈치고 말이다. 허나 죄인은 죄인이니 벌하지 않을 수는 없지. 북경으로 돌아가는 동안 왕팔치의 밑에서 심부름을 하거라. 내궁內宮의 사무는 황후에게 결재권이 있으니 어찌 벌할지는 북경으로 돌아가 황후의 병세가 호전된 후에 다시 보자."

건륭은 죽어라고 머리를 조아리며 사은을 표하는 복의를 뒤로 한 채 주위에 분부를 내렸다.

"어주를 세우거라! 짐은 태후마마께 문후를 여쭙고 황후의 병세가 차도가 있는지 가봐야겠다."

어주의 선원들은 모두 태호 수사에서 엄선한 병사들이었다. 그들은 낮에는 수기手旗, 밤에는 등불로 연락을 취하기로 정해두었다. 그랬으니 어지를 받자마자 재빨리 움직였다. 그럼에도 불구하고 워낙 방대한 행렬이라 그 많은 배들이 전부 멈춰 서기까지는 시간이 꽤 오래 걸렸다.

곧이어 태호의 강 언덕에 디딤판이 놓였다. 윤록, 기윤, 유통훈과 윤계선 넷은 언덕으로 먼저 달려가 풀밭에 무릎을 꿇고는 건륭을 맞을 준비를 했다. 드디어 건륭이 강바람에 용포 자락을 길게 휘날리면서 천천히 걸어 나왔다.

신하들은 건륭의 모습을 쳐다보는 것만으로도 온몸이 오그라들 정도로 위압감을 느꼈다. 네 명의 대신은 아무도 감히 먼저 고개를 들지 못했다.

"모두 일어나게."

건륭이 담담하게 말했다. 기윤과 윤계선은 내내 좌불안석으로 가시

방석에 앉아 있는 것 같았다. 왕단망의 일 때문이었다. 그런데 건륭의 얼굴에는 분노한 기색이 별로 없었다. 둘은 자신들도 모르게 한숨을 내쉬면서 조금 안도를 했다.

그러나 기윤은 매사에 얼렁뚱땅 넘어가는 법이 없는 건륭의 성정을 누구보다 잘 알고 있었다. 때문에 완전히 마음을 놓을 수가 없었다. 결국 윤계선이 망설이고 있는 사이 엉거주춤 일어서더니 다시 무릎을 꿇으면서 아뢰었다.

"신은 스스로 매를 짊어지고 와 폐하의 처분을 기다리겠사옵니다. 신이 알기로 폐하께서는 어제 분명히 왕단망에게 어지를 내리셨사옵니다. '늑이근과 함께 파직을 시키고 처벌을 기다리게 하라. 유통훈이 사람을 보내 가산을 압류할 것이니 그리 알라!'라고 말이옵니다. 그런데 오늘 신은 왕단망이 외성의 총독과 순무들 사이에 끼어있는 것을 보고 기절할 듯 놀랐사옵니다. 신과 원장 공은 폐하께서 따로 칙명을 내리신 줄 알았사옵니다. 하오나 왕단망이 사람들에게 자랑하는 말을 듣고는 어지가 잘못 전달됐다는 사실을 알게 됐사옵니다. 왕단망은 폐하께서 자신이 올린 책을 기꺼이 받아주셨다고 했사옵니다. 이는 신의 하찮은 생각이 불러온 착오이옵니다. 당직 군기대신으로서 사실査實에 소홀했던 신의 죄를 물어주시옵소서."

기윤이 말을 마치고는 고개를 푹 숙였다. 사태가 심상치 않음을 느낀 윤계선 역시 그 옆에 무릎을 꿇었다. 아까부터 기윤과 윤계선이 몰래 수군거리는 것을 보고 이상한 느낌을 받았던 유통훈도 그제야 자초지종을 파악하고는 미간을 찌푸리면서 입을 열었다.

"그자를 체포하는 건 지금이라도 늦지 않사옵니다. 그러나 그렇게 되면 어지가 잘못 전해진 것이 드러날 것이옵니다. 왕단망은 이미 폐하께서 자신이 올린 책을 기꺼이 받아주셨다고 떠벌리고 다녔으니 그자를 즉각 체포하고 그자의 집을 압수수색한다면 사람들의 오해를 불러일으킬 소지가 크옵니다. 신의 소견으로는 산서, 섬서 두 성의 얼사아문에 즉각 지시를 내리는 것이 좋을 것 같사옵니다. 역관을 통해 전해지는 개인 우편을 조사해 사전공모 혐의를 밝힐 내용이 있으면 즉각 증거를 확보하겠사옵니다. 이 밖에 그자들이 낌새를 채고 재산을 은닉할 소지가 있사온데 그 일은 윤계선 공의 몫일 것 같사옵니다."

유통훈의 말에 윤계선이 황급히 나서며 아뢰었다.

"어가를 고가언高家堰까지 배웅하고 즉각 쾌마로 돌아가 착수하겠사옵니다!"

"기왕 벌어진 일이니 최대한 피해를 줄이는 수밖에 없네! 상세한 건 북경에 가서 의논해보세."

건륭은 유통훈과 윤계선 두 사람에게 일어나라고 손짓을 했다. 이어 등 뒤의 어주들에 눈길을 줬다. 황후가 탄 배가 언덕에 디딤판을 대고 있는 모습이 보였다. 언덕 너머 방죽 위에는 사인교四人轎가 세워져 있었다. 그 옆에는 시커먼 노새 한 마리가 풀을 뜯고 있었다. 건륭은 엽천사가 태후를 모시고 황후의 배로 옮겨갔다고 짐작했다. 그러나 아직 신하들에게 할 말이 남아있었기 때문에 애써 그쪽에서 시선을 거둬들이면서 물었다.

"아계에게서는 연락이 없었나?"

기윤이 바로 아뢰었다.

"아계 공이 서찰을 보내왔사옵니다. 아목이살납이 이미 장가구張家口까지 도착했다고 하옵니다. 어지에 따라 북경에 군왕부郡王府의 격에 맞는 저택 하나를 마련해줬다고 하옵니다. 북경은 올해 이상기후가 나타나 유난히 따뜻하다고 하옵니다. 아계는 음식에 유의하지 않아 설사가 멈추지 않는다고 하옵니다. 꽤 고생을 하고 있는 것 같사옵니다. 어가가 귀경길에 올랐다는 소식을 접하고 예부와 순천부에 알려 영가迎駕 준비에 박차를 가하고 있다 하옵니다. 아계 본인은 직예直隸 보정保定까지 영접을 나오겠다고 했사옵니다. 어가가 노하역潞河驛으로 입경하실지 아니면 조양문朝陽門 부두로 들어오실지 폐하께 여쭤달라고 했사옵니다. 이밖에 위가씨 모자는 건강하오니 심려 놓으셔도 좋다고 덧붙였사옵니다."

기윤이 말을 마치고는 편지를 두 손으로 받쳐 올렸다. 이어 다시 덧붙였다.

"노작의 문안 상주문도 있사옵니다. 황하 청강구淸江口 구간에 대한 청소 작업을 증수기增水期가 도래하기 전까지 마무리 짓고자 박차를 가하고 있다고 하옵니다. 그래서 고가언까지 어가 영접을 나오지 못하게 됐다고 죄스럽게 생각한다고 했사옵니다."

건륭이 기윤의 말에 흡족한 미소를 지었다. 이어 만면에 웃음을 머금으면서 말했다.

"그런 건 죄스러운 것이 아니니 아무 걱정하지 말고 일에 전념하라고 하게. 어지를 전하라. 노작에게 인삼 한 근을 상으로 내리고, 아계에게는 속단續斷(설사 치료제) 두 근을 하사한다. 따로 두 사람에게 서찰을 보내 건강에 유의하라고 이르거라."

건륭은 할 말을 모두 마치고는 황후의 배가 정박한 곳으로 향했다. 황후의 배는 용기龍旗만 없을 뿐 규모나 양식이 건륭의 어주와 비슷했다. 선실 회랑에는 시녀들이 시립해 있었고 그중에는 황후전에서 시중드는 시녀들도 있었다. 또 태후를 따라온 시녀들 역시 있었다.

건륭은 친히 주렴을 걷고 선실 안으로 들어갔다. 진한 약 냄새가 코를 찔렀다. 태후는 목탑 옆의 의자에 앉아 있었다. 귀비 나랍씨, 왕씨와 진씨 등은 모두 한쪽에 선 채 엽천사가 황후에게 침을 놓는 모습을 지켜보고 있었다. 그러다 건륭이 들어오자 일제히 무릎을 꿇었다. 건륭이 태후에게 다가가 예를 갖추려 하자 태후는 면례하라는 손짓을 했다.

황후는 눈을 감고 있었다. 혼미한 상태에 빠진 것 같았다. 안색이 누렇게 뜬 데다 콧방울이 움직이는 것을 보니 호흡도 빨랐다 늦었다 하며 고르지 않은 것 같았다. 입은 꼭 다물고 있었으나 엽천사가 침을 꽂을 때마다 얼굴 근육이 조금씩 움직였다.

황후는 예전부터 시름시름 자주 앓아왔었다. 이 정도로 병세가 깊어진 경우도 벌써 네 번째였다. 건륭은 황후를 지켜보고 다행히 위급한 상황은 아닌 것 같다고 생각했다. 자기도 모르게 안도의 한숨이 나왔다.

건륭은 손을 내밀어 황후의 머리를 가만히 쓸어내렸다. 서로 사랑하는 사람 사이에 마력이라도 통한 것일까, 곤히 잠들어 있던 황후의 입술이 조금씩 움직이더니 눈을 떴다. 황후는 천천히 시선을 움직여 건륭을 바라보더니 희미한 목소리로 말했다.

"신첩은……, 일어나 앉을 수가 없사옵니다."

"아니, 아니. 그대로 누워 있어야지 무슨 소리야."

건륭은 황급히 황후에게 위로의 말을 건넸다. 이어 안쓰러운 듯 황후의 얼굴을 매만지며 당부의 말을 했다.

"절대 조급해하지 말고 초조해 하지도 말게. 아무 염려 말고 몸조리나 잘해. 그게 태후마마를 위하고 짐을 위하는 길이야……."

황후가 건륭의 당부에 알 듯 말 듯한 눈길로 바라보더니 스르르 눈을 감았다. 그러자 태후가 황후를 방해하지 말고 그만 물러가자면서 건륭에게 손짓을 했다. 건륭 역시 그게 좋겠다는 뜻으로 고개를 끄덕이고는 태후를 따라 선실 밖으로 나왔다. 이어 조금 큰 목소리로 말했다.

"어마마마의 입성이 너무 얇아 보입니다. 낮에는 햇볕이 좋아 괜찮을지 모르오나 밤에는 강바람이 거세니 조심해야 합니다. 황후가 저러고 있는 마당에 어마마마마저 감기라도 걸리시면 소자는 불안해 못 견딜 것입니다."

태후가 고개를 끄덕였다. 그리고 한 손으로 염주를 더듬어 돌리면서 입을 열었다.

"이 어미는 괜찮습니다. 옆에는 어미보다 이 늙은이를 더 잘 아는 시녀들이 어미를 챙겨주고 있으니 염려 마세요, 황제. 그리고 이제부터라도 황후의 곁으로 옮겨오는 것이 좋을 것 같아요. 곁에서 지켜봐주면 황후도 마음이 많이 안정될 것 같고, 칸막이가 잘돼 있으니 군기대신들을 불러 접견할 수도 있지 않습니까. 안 그러면 이렇게 배가 한 번씩 정박할 때마다 얼마나 많은 시간을 잡아먹겠습니까!"

"어마마마의 뜻에 따르도록 하겠습니다. 그리고 어마마마, 어떤 이들은 황후가 갑자기 저리도 건강이 나빠지게 된 것에 대해 혹시 과주도 행궁에 귀신이 들었던 것이 아닌지 의혹을 제기하고 있습니다. 어마마마께서는 어찌 생각하십니까?"

"이곳 양주는 우리 대청이 개국할 때 사람을 너무 많이 죽여 음기陰氣가 무거운 곳임에 틀림없습니다. 어미도 이상한 느낌이 들어 황후에게 다그쳐 물었습니다. 성정이 차분하고 실없는 소리라고는 안 하는 황후가 '귀신이 있다'고 말하는 걸 보니 뭔가 경기가 단단히 든 것 같습니다."

태후가 갓 모내기를 끝내 새파란 색이 보기 좋은 방파제 저편의 논을 바라보면서 말했다. 그리고는 다시 덧붙였다.

"단단히 놀란 것 같습니다. 귀경한 뒤 이 늙은이의 월례 은자를 과주도 행궁으로 보내주세요. 행궁에서 법사法事를 해서 귀신을 쫓아내게 말입니다……."

27장

도박꾼

건륭은 그래도 명색이 불문佛門의 제자인 '거사'居士였다. 그러나 불심은 그다지 깊지 않았다. 평소 모친의 만분의 일에도 미치지 못한다고 생각하고는 했다. 그런 마당에 태후가 마침 보시 얘기를 꺼냈으니 건륭으로서는 조심스레 태후의 팔을 부축하면서 찬성하지 않을 수가 없었다.

"이는 어마마마의 자비심慈悲心이자 보살원菩薩願이오니 소자는 당연히 어마마마의 뜻에 따라야죠. 다만 너무 거창하게 하지는 말았으면 합니다. 어사들은 감히 뭐라고 토를 달지 못하겠지만 소인배들의 구설이 시끄럽습니다. 우리 모자가 영불佞佛(부처님께 아첨함)한다는 소리라도 듣게 되면 기분이 좋을 게 없지 않습니까?"

태후가 살짝 노기 띤 어조로 즉각 반박했다.

"나는 누구든 뒤에서 이 늙은이를 두고 영불한다고 비난하는 소리

따위는 하나도 두렵지 않습니다! 영군영부佞君佞父하고 영공영맹佞孔佞孟하는 위선자들보다는 백 배 낫습니다!"

건륭은 당치도 않다는 듯 단호한 태후의 말을 듣고는 허허, 하고 너털웃음을 터트렸다.

"듣고 보니 그러네요, 어마마마! 입으로는 '성현聖賢'의 가르침을 달달 외우고 다니면서 돈독이 올라 백성들에게 기생하는 위선자들과 어떻게 비교가 되겠습니까? 승진을 위해 추잡스런 짓거리를 서슴지 않는 영공영맹의 위선자 소인배들과 똑같이 거론해서야 안 되죠. 어마마마께서 정말 지당하신 말씀을 하셨습니다!"

"황제는 방금 소인배들의 구설이 시끄럽다고 했는데, 그건 조심해서 나쁠 게 없을 것 같습니다."

태후가 갑자기 걸음을 멈췄다. 이어 아들을 위에서 아래로 천천히 쓸어보더니 사뭇 걱정 어린 표정을 지었다.

"소문이 별로 안 좋습니다. 폐하가 회족回族의 향공주香公主라는 여식을 비빈으로 들이기 위해 그쪽과 마찰을 빚고 전쟁까지 불사한다는 소문이 심심치 않게 나돌고 있습니다. 그게 어찌 된 영문입니까?"

건륭은 태후의 말에 기분이 상한 듯했다. 심각해진 모친의 표정을 힐끔 쳐다보는 얼굴에는 웃음기라고는 없었다. 곧이어 그가 곁눈질로 태감을 쓸어보면서 정색을 하고 말했다.

"당치도 않습니다! 여자 하나 때문에 국고를 탕진하고 병사들의 목숨을 바쳐가며 전쟁을 일으키다니 그게 말이 됩니까? 도대체 어떤 자들이 그런 말도 안 되는 생각을 하고 유언비어를 살포해 군주를 비방하고 다니는 것입니까? 누가 그런 소리를 하는지 반드시 색출해내어 혀를 자르고 눈을 파내 유언비어를 잠재울 것입니다! 소자, 꼭 그리 하고야 말 것입니다!"

"그렇게 무섭게 추궁하면 앞으로 누가 감히 이 늙은이에게 얘기를 전하겠습니까?"

태후가 말을 마치고는 뒤에서 수행하는 후궁, 태감, 궁녀들을 일별했다. 모두들 얼굴이 사색이 된 채 벌벌 떨고 있었다. 태후가 다시 천천히 말을 이었다.

"이런 소문이 나돈다면서 이 어미에게 이른 자는 이미 며칠 전에 없애버렸습니다. 폐하에 대해 당치도 않은 시비를 논하는 자에 대해서는 나 역시 못 봐줍니다."

건륭은 태후의 말을 듣고는 거친 숨을 길게 토해냈다. 얼굴빛이 차츰 정상으로 돌아왔다. 주위의 수행하는 사람들은 그제야 비로소 안도의 한숨을 내쉴 수 있었다. 건륭이 그들을 힐끗 쳐다보면서 입을 열었다.

"잘 처단하셨습니다. 궁중은 바깥세상과 달라 대소사가 따로 없습니다. '방미두점'防微杜漸(일이 커지기 전에 막음) 네 글자를 항시 염두에 두어야 합니다. 물론 어마마마께서 방금 전에 하셨던 그 향공주 얘기가 전혀 근거 없는 것은 아닙니다. 소자가 악종기와 수혁덕 등 장군들을 접견할 때 누군가가 '향공주'에 대해 언급했던 적이 있었습니다. 어마마마도 아시다시피 무관들은 입에 울타리가 없고 말에 가식이 없습니다. 어찌 보면 무례하기 짝이 없고 또 달리 보면 천진난만하기까지 합니다. 군주를 알현하는 자리에서도 아무 소리나 막 지껄이죠. 군신 간에 분위기가 한껏 무르익어 담소가 한창일 때 어떤 자가 '향공주를 붙잡아 빈으로 들이는 것이 어떻겠습니까?'라는 말로 농담을 했습니다. 그때 소자가 '그것도 나쁠 건 없지' 하면서 받아줬던 것이 그리 와전이 된 것 같습니다. 소인배들이 참으로 가증스럽습니다!"

태후가 웃음 띤 얼굴로 동조했다.

"그렇습니다. 궁중의 일은 따지고 보면 '외언불입내'外言不入內, '내언불외출'內言不出外 이 두 가지만 잘 지키면 아무 문제될 게 없을 겁니다. 휴! 황후가 저리 몸져누워 있으니 내가 좀 궁무를 챙겨야 하는데, 마음뿐이지 잘 안 됩니다. 나랍씨에게 잠시 궁무를 맡기고 싶어도 유호록씨가 토라질까봐 걱정이에요. 유호록씨 역시 귀비가 아닙니까. 폐하는 어찌 생각하십니까? 이런 내무는 빨리 결정을 내려야 합니다. 그리고 일단 정해진 뒤에는 변경사항이 없어야 안이 편해집니다. 궁무가 제대로 자리 잡혀야 폐하도 안심하고 정무에 전념할 수 있을 것 아닙니까."

건륭이 태후의 말을 듣고 잠시 생각에 잠긴 표정을 지었다. 이어 뭔가 결정한 듯 단호하게 대답했다.

"유호록씨는 안 됩니다. 이번에도 북경에 남아 있으면서 궁의 식구들을 제대로 보살피지 못해 구설수에 올랐습니다. 위가씨는 난산으로 한때 목숨이 위태롭기까지 했답니다. 그리고 비빈이 함부로 군기처로 쳐들어가 대신과 얼굴을 붉히며 큰 소리를 냈다고 하니 이 역시 조상들의 가법을 어긴 행위입니다. 귀경하면 실태를 조사하고 책임을 추궁할 것입니다. 아무래도 당분간은 나랍씨에게 궁무를 맡기는 게 바람직할 것 같습니다."

태후가 건륭의 말에 잠시 생각에 잠기더니 입을 열었다.

"우리가 없는 동안 북경에서 일어난 일은 대단히 뜻밖입니다. 이상한 점도 많고요! 이런 일일수록 침착하게 잘 조사해야 할 것입니다. 궁무는 폐하의 뜻대로 나랍씨에게 맡겨봅시다."

태후가 말을 마치고는 천천히 발길을 돌려 선실 안으로 들어갔다. 건륭도 곧 걸음을 옮겼다.

화신和珅은 감숙성 난주부蘭州府의 삼당진三唐鎭에서 몸져눕고 말았다. 제대로 먹지를 못하다가 갑자기 과식을 하는 바람에 탈이 났던 것이다. 그는 원래 육로로 산동까지 간 후 운하를 타고 북경으로 가려고 계획했다. 복강안이 모친에게 보내는 가신家信을 가지고 부상부傅相府를 직접 방문해 재상 마님에게 좋은 인상을 남기고 싶었던 것이다. 복강안에게 잘 보이면 그 연줄을 통해 내무부에서 한자리 차지할 수도 있을 것이라는 계산도 당연히 있었다.

사실 화신은 어렸을 때 부항의 집안과 인연이 있었다. 그것은 그가 종학宗學에서 잠깐 동안 허드렛일을 하는 일꾼으로 있을 때였다. 부항의 큰아들인 복령안福靈安과 투계와 개 경주를 즐기면서 가깝게 지냈던 적이 있었다. 때문에 그는 이번 방문 기회를 놓치지 않고 복령안과의 거리도 다시 좁혀 보고 싶은 욕심이 있었다.

그는 그렇게 속으로 주판알을 신나게 튕기면서 산동성 덕주德州에 도착했다. 그런데 공교롭게도 그곳에서 군기처의 찻물 담당 태감 조회趙檜를 만났다. 조회는 그를 만나자 북경으로 돌아오지 말고 그 길로 난주부로 가라는 아계의 명령을 전했다. 그는 북경으로 가고 싶은 마음이 간절했으나 아계 역시 곧 난주로 내려온다고 했으므로 명령을 거역할 수가 없었다. 어쨌거나 현재 섬기고 있는 본주本主는 아계였던 것이다. 결국 울며 겨자 먹기로 감숙성 난주로 출발할 수밖에 없었다.

감숙성은 작년에 날씨가 좋지 않았다. 달포 넘게 이어진 장마 때문에 농작물이 반도 넘게 죽었다. 더구나 비가 그치자 기다렸다는 듯 메뚜기(풀무치) 떼의 습격이 있었다. 천지를 새까맣게 덮은 메뚜기 떼는 동에서 서로 움직이면서 무차별 공격을 가했다. 결국 감숙성 동부와 북부는 풀 한 포기, 나뭇잎 하나 남지 않았다. 다행히 가을에 접어들어 서리가 내리자 메뚜기 떼 역시 떼죽음을 당했다. 그 잔해가 도처에 산더미처럼 쌓일 정도였다.

옛날부터 죽은 메뚜기 떼를 처치할 때는 소각하는 것이 정석이었다. 그러나 한 해 농사를 망친 데다 구제양곡까지 받지 못한 백성들로서는 당장 호구가 문제였으니 그럴 수가 없었다. 급기야 한두 집이 시험 삼아 죽은 메뚜기를 쪄먹거나 볶아먹었다. 그리 하니 가가호호 거의 모두가 그걸 주식으로 대용하기에 이르렀다. 화신이 감숙성 경내에 들어와 처음 먹은 음식 역시 바로 이 '메뚜기 요리'였다.

메뚜기 요리는 처음 몇 개를 먹을 때는 제법 괜찮았다. 고소하고 고기 맛도 났다. 진미珍味라고 해도 좋았다. 그러나 밥 대용으로 연거푸 두 끼를 먹으면 곧바로 위장장애를 일으켰다. 구토와 설사증세도 나타났다. 그런 메뚜기 요리를 감숙 경내에 들어와서부터 화지華池, 환현環縣, 경양慶陽, 고원固原, 정녕靜寧 등 내륙지방으로 들어가는 내내 지겹도록 먹었으니 화신의 속이 편할 리 만무했다. 더구나 내지로 들어갈수록 상황은 점점 더 심각해졌으니, 먹을 거라고는 '메뚜기'밖에 없었다!

화신은 그렇게 구토와 설사를 반복하면서 겨우 삼당진에 이르렀다. 그곳은 성부省府와 가까운 곳이었다. 다행히 구제양곡이 도착해 그나마 음식다운 음식 구경을 할 수가 있었다. 실로 오랜만에 쌀밥과 밀가루 음식을 먹을 수 있게 된 화신은 마치 석 달 열흘 굶은 사람처럼 물만두와 떡, 칼국수, 통닭 따위를 닥치는 대로 입에 쑤셔 넣었다.

반나절 내내 그렇게 먹을 것만 찾아 돌아다니고 나자 배는 어느새 남산만큼 불렀다. 나중에는 숨조차 제대로 쉴 수 없었다. 결국 그는 길에서 왝왝거리면서 토악질을 해댔다. 밖에서 비를 맞고 찬바람을 쐰 데다 위경련까지 겹쳤으니 그럴 수밖에 없었다. 급기야 위로 뽑고 밑으로 쏟으면서 그만 기절해버리고 말았다.

그 당시 객잔이나 역관들에서 가장 꺼리는 세 가지 부류의 사람이 있었다. 그것은 바로 곽란병癨亂病(콜레라를 비롯한 전염병) 환자, 억울한 피해자, 그리고 과거시험을 보러 가는 수재秀才들이었다.

우선 전염병 환자는 일단 걸렸다 하면 주위 사람들까지 무더기로 죽어나가기 때문에 첫 번째 기피대상이었다. 두 번째로 억울한 피해자의 경우 하소연을 들어줄 사람이 없으면 객잔이고 역관이고 가리지 않고 아무 곳에서나 대들보에 목을 매 죽으니 재수가 없는 것은 당연한 일이었다. 이밖에 과거시험을 보러 가는 수재들은 방값을 차일피일 미루다 떼어먹는 경우가 많았다. 심지어 장래가 걱정스러운 지방관들이 그런 자들을 비호까지 해주는 바람에 유유히 도망가 버리기가 일쑤였으니 싫어할 수밖에 없었다.

화신은 어쩌다 첫 번째 경우에 해당됐으니 객잔 주인으로서는 기겁을 할 노릇이었다. 화신이 혼미해 있는 틈을 타서 그예 궁리를 꾸몄다. 한밤중에 화신을 들것에 실어 삼당진 북쪽의 피폐한 절 근처에 내다버린 것이다.

몇 날 며칠이 지났을까, 어느 날 화신은 겨우 눈을 떴다. 그리고는 아직 무겁기만 한 눈꺼풀을 밀어 올리고 기운 없이 고개를 돌렸다. 순간 천장을 비롯해 벽화, 신상神像들이 거꾸로 빙글빙글 돌았다. 눈을 감자 이번에는 마치 거친 파도의 바다 위를 쪽배가 위태롭게 부침浮沈하는 것처럼 어지러웠다. 등골에서 식은땀도 솟았다. 화신은 끙, 하는 한마디 신음과 함께 또다시 의식이 혼미해지기 시작했다…….

"여보세요……, 녹두탕을 끓였는데 좀 드시죠."

화신의 귀에 아득한 지평선 너머에서 흘러오는 것 같은 여인의 가녀린 목소리가 들렸다. 그는 다시 애써 눈꺼풀을 밀어 올렸다. 반쯤 열린 시야에 어떤 사람의 모습이 희미하게 들어왔다. 서른 살쯤 돼 보이는 여인이었다. 헝클어진 머리를 아무렇게나 말아 올려 비녀를 꽂은 여인의 용모는 한마디로 자미선목慈眉善目(용모가 착하고 어짊)이었다. 행색이 후줄근하고 초라한 걸로 미뤄봐서는 폐묘廢廟에 살고 있는 거지인 것 같았다.

여인은 거적 앞에 반쯤 쭈그리고 앉은 채 김이 모락모락 나는 녹두탕 그릇을 받쳐 들고 있었다. 화신은 식욕이 전혀 없었으나 이러다가는 죽을지도 모른다는 생각에 간신히 고개를 끄덕였다. 그리고는 처연한 미소를 지은 채 말했다.

"고맙습니다……, 아주머니."

화신은 여인의 부축을 받아 겨우 윗몸을 반쯤 일으켰다. 녹두탕을 한 모금 넘기니 생각보다 달짝지근하고 시원한 것이 제법 먹을 만했다. 목이 마르던 차였기에 곧바로 꿀꺽꿀꺽 한 사발을 다 들이마셨다. 이어 다시 쓰러지듯 자리에 털썩 누웠다. 그리고는 고개를 조금 돌리니 머리맡에 풀로 엮은 바구니가 보였다. 그 안에는 만두와 오이지가 들어 있었다. 화신이 희미한 소리로 말했다.

"……뭘 이런 걸 다 만들었습니까? 죽만 마셔도 충분한데."

그러자 여인이 고개를 저었다.

"객잔의 일꾼이 가져온 겁니다. 하루에 한 번씩 먹을 것만 이렇게 갖다놓고 가네요."

"하루에 한 번씩이라니……! 그럼 내가 여기에 하루만 있었던 게 아니라는 말인가요?"

"오늘까지 사흘째입니다. 화 나리, 이곳이 원래 이렇게 풍속이 안 좋은 마을이랍니다. 돈 내고 객잔에 들었던 사람을 어찌 이런 식으로 내다버릴 수 있다는 말입니까!"

화신이 객잔에 들었을 때는 주머니에 돈이 몇 푼밖에 없었다. 과주도 역관에서 근문괴 일가가 땔감도 없이 추위에 떤다는 말을 듣고 군기처에서 제공한 출장비를 다 털어 탄炭을 사준 탓이었다. 노자를 제하고 남은 돈은 달랑 은자 1냥 2전이 전부였다. 객잔 주인이 매정하게 대한 것도 무리는 아니었다. 화신은 새삼스럽게 자신의 처지가 서글퍼 땅이 꺼져라 한숨을 내쉬었다. 그리고는 대충 한구석에 내동댕이쳐져 있는 자신의 짐을 가리키면서 말했다.

"내가 도저히 움직일 수가 없어서 그러는데 미안하지만 아주머니, 저기 저…… 전대 좀 집어주시겠습니까?"

화신은 아직 기력이 회복되지 않아 떨리는 손으로 여인이 건넨 전대를 열었다. 그 속에는 아계가 범시첩에게 보내는 서찰을 쓰다가 필묵이 잘못돼 버렸던 빈 봉투가 들어 있었다. 아계의 친필이 적힌 봉투라면 유사시에 감합勘合이나 관인官引의 대용으로 요긴하게 사용할 수도 있겠다고 생각해 소중하게 갖고 있었던 것이다.

그러나 아무리 뒤져봐도 그 봉투는 그림자도 보이지 않았다. 화신은 짜증도 나고 마음도 조급해졌다. 그러자 어디서 그런 힘이 솟구쳤는지 벌떡 일어나 앉은 그는 짐 보따리를 하나씩 다 풀어헤쳤다. 먼지를 풀썩거리면서 옷가지들을 흔들어 봤을 뿐 아니라 이 주머니 저 주머니 다 뒤집어 보기도 했다. 그러나 아무리 찾아도 봉투는 없었다. 여인이 그런 화신의 모습을 잠자코 지켜보더니 말했다.

"돈이라도 남아 있나 해서 그러시나 보네요. 나리가 잘못된 줄 알고 객잔 일꾼들이 이미 몇 번이나 뒤졌어요. 종잇장이니 구멍 난 양말이니 샅샅이 살펴보고 가더라고요. 그러니 돈이 있었던들 남아있겠어요?"

"그 종잇장이니 양말이니 하는 것들은 다 어디 갔어요?"

"태워버렸어요."

"태웠다고?"

"나리께서 사람들에게 발견됐을 당시 얼마나 지저분했는지 몰라요. 몸에 온통 오물천지였어요. 일꾼들은 나리의 짐 속에서 닥치는 대로 아무거나 꺼내 나리를 닦아주고 나서 다 태워버린 것 같아요. 오죽하면 이 절에 머물러 있던 걸인들마저 병이 옮을까봐 무서워 다 도망갔겠어요!"

"나는 돈 때문에 그러는 게 아니오."

화신은 기운이 쑥 빠져 벌렁 드러누우며 신음하듯 말했다. 이어 다시 입을 열었다.

"다 태워버렸다니 됐소. 그것도 하늘의 뜻인가 본데 무슨 말이 더 필요하겠소."

화신은 이어 '마씨'니 '아계 중당'이니 '윤 총독'이니 하면서 얼토당토않은 소리를 지껄이기 시작했다. 여인은 어리둥절한 표정으로 그런 화신을 지켜보았다. 그러다 딸이 산나물을 캐서 들어오는 것을 보고는 일어섰다.

여인은 부엌에 내려가 불을 피우고 나물을 다듬었다. 그때 객잔 일꾼이 천 보자기를 끼고 들어섰다. 여인은 또 화신에게 음식을 가져다주러 온 줄 알고 알은체도 하지 않았다. 대신 무언가에 화풀이라도 하듯 바가지로 물을 떠서는 김이 폴폴 나는 솥에 냅다 붓기만 했다.

일꾼이 화신에게 다가가더니 천 보자기를 한쪽에 던졌다. 그리고는 목을 빼들고 한참 지켜보고는 말했다.

"성이 화씨라는 걸 보니 기인旗人인 것 같소? 골골대서 다 죽은 줄 알았더니 그래도 살아나겠다고 버둥대네? 오吳씨댁, 이자가 깨어나면 우리 객잔에 진 빚이 두 냥 일 전 남았다고 전해주오. 이 거지발싸개 같은 옷가지들이야 가져가 봤자 불쏘시개도 못하겠지만 그래도 빈손으로 돌아가는 것보다는 낫겠지. 이 옷가지들을 빚 대신 가져가니 빚은 없는 걸로 하겠다고 전하오. 우리 방 나리께서 덕이 높으신 분이니 망정이지……. 이 건량은 길에서 먹으라고 하오. 가다가 굶어죽어 밤길 가는 사람을 기겁하게 만들지 말고.”

일꾼은 서둘러 화신의 옷가지들을 챙기기 시작했다. 오씨댁은 일꾼이 하는 짓이 야비하고 치사하다고 생각해서 그런지 대꾸도 하지 않았다. 그저 부지깽이로 아궁이의 불만 팍팍 쑤시면서 애꿎은 딸에게 욕설을 퍼부었다.

“야, 이 계집애야! 나이가 몇인데 아직 불도 하나 제대로 못 피워! 그래 갖고 어디 밥이나 해먹겠어? 이놈의 장작은 왜 이리 젖었어? 재수 없으려니 별 게 다 지랄이네!”

여인의 욕설에 그녀의 딸은 불도 잘 타고 물도 펄펄 끓는데 엄마가 왜 갑자기 화를 내는지 알 수 없다는 듯 눈에 눈물을 글썽거렸다. 그리고는 바로 입을 비죽거렸다. 금방이라도 울음을 터트릴 것 같았다.

“거, 입 한번 걸쭉하군!”

일꾼은 오씨의 거친 말 속에 숨은 가시를 눈치챈 듯 들었던 옷을 땅바닥에 내던졌다. 그리고는 오씨를 향해 징그러운 웃음을 지어보이며 욕을 퍼부었다.

“왜? 내가 이 거지발싸개 같은 옷을 가져간다고 해서 불만이야? 그럼 돈을 내놓든가! 네년이 뭔데 저놈 편을 들어? 아하! 과부가 죽은 자지를 만지고 환장을 한 게로구먼. 하, 하, 하…… 히히히!”

일꾼의 입에서 듣기 거북한 소리가 오물통 쏟아지듯 흘러나왔다. 참다못한 오씨댁은 아궁이 안에서 시뻘겋게 달아오른 부지깽이를 빼내더니 일꾼을 향해 힘껏 내던졌다. 당황한 일꾼은 황급히 몸을 피

했다. 다행히 정통으로 맞지는 않았다. 그러나 벽에 부딪쳐 떨어진 부지깽이 끄트머리가 포물선을 그리면서 일꾼의 목덜미로 비집고 들어갔다.

일꾼은 새빨갛게 달아오른 불똥이 몸에 닿자 사람 죽는다면서 그 자리에서 펄쩍펄쩍 뛰었다. 잠시 후 치지직하고 살이 타는 소리와 함께 고약한 냄새가 코를 찔렀다. 일꾼이 그렇게 한참 동안 비명을 지르면서 난리법석을 떨고 나서야 겨우 시커멓게 식은 재 덩어리가 그의 몸에서 떨어졌다.

일꾼은 눈에 쌍심지를 켜고 오씨에게 덮치려고 했다. 그러나 오씨는 지지 않았다. 펄펄 끓는 물을 한바가지 떠서 들고는 휘휘 내두르면서 소리를 질렀다.

"이 두꺼비 새끼야! 한 발자국만 더 다가와 봐라. 내가 아주 돼지털을 확 뽑아버릴 테니!"

악에 받친 여인을 세상천지에 누가 당해내겠는가. 과연 겁을 잔뜩 집어먹은 일꾼은 화상을 입어 온통 물집이 잡힌 아픔도 잊은 채 혼비백산해서는 바로 꼬리를 내렸다.

"알았어, 알았어. 내가 졌어! 에잇, 재수 없어!"

일꾼은 말을 마치자마자 이불 밖으로 나온 화신의 발을 한 번 걸어차고는 도망치듯 밖으로 뛰쳐나갔다. 재수 옴 붙었다는 생각을 하는 듯했다.

화신은 비록 정신이 혼미해 손가락 하나 까딱할 기운조차 없었으나 주변에서 무슨 일이 벌어지고 있는지는 다 알고 있었다. 순간 자신의 무능함과 인정이 메마른 퍽퍽한 세태에 대한 분노, 서글픔, 그리고 안타까운 감정이 한꺼번에 치밀어 올랐다. 그러나 마음뿐이지 일꾼이 발을 걸어차고 나가는데도 일어나 앉을 힘이 없었다. 누군가 그대로 그의 목을 졸라 죽인다고 해도 반항할 수가 없을 것 같았다.

그 사이 오씨가 따끈하게 데운 녹두탕을 한 그릇 더 받쳐 들고 왔다. 그리고는 반쯤 눈을 뜨고 있는 화신을 부축해 일으키더니 말했다.

"어지럽고 입맛이 없겠지만 먹어야 해요. 먹어야 살지. 다행히 젊은 사람이라 며칠만 쉬면 곧 좋아질 거예요."

화신은 여인의 정성에 콧마루가 시큰해졌다. 생면부지인 사람을 따뜻하게 대해주는 여인의 마음씨에 큰 감동을 받은 것이다. 그러나 당장 보답할 수 있는 방법은 하나도 없었다. 그저 고맙기만 할 뿐이었다. 아무려나 녹두탕을 다 마시고 나자 머리가 한결 가벼워지는 것 같았다. 화신은 아직 어린 오씨의 딸을 바라보면서 진지하게 말했다.

"지금은 이 모양 이 꼴이지만 내가 나중에 출세하게 되면 돌봐준 은혜는 절대 잊지 않겠소!"

오씨가 화신의 말에 쑥스러운 표정을 지었다.

"은혜는 무슨! 이까짓 녹두탕 한 그릇 갖고 무슨 은혜씩이나 운운하고 그래요. 너 나 할 것 없이 그저 길 떠나면 고생이에요. 가진 건 없지만 힘닿는 대로 돌봐드릴 테니 빨리 쾌차하시길 바랄게요."

화신은 여인과 그렇게 두런두런 얘기를 나누다보니 모녀의 처지를 어느 정도 알 수 있었다. 둘은 원래 오씨들만 모여 사는 오영吳營이라는 곳의 토박이들이었다. 그러나 재작년에 발생한 100년 만의 대홍수는 둘을 오갈 데 없는 신세로 만들어버렸다. 마을을 송두리째 쓸어가 버린 것도 모자라 남편마저 전염병으로 앗아가 버린 것이다. 화신은 그동안 두 모녀가 겨우겨우 빌어먹고 살아왔을 것을 생각하니 그들의 처참한 현실에 못내 가슴이 아팠다. 하지만 당장 어떻게 도와줄 방법이 없었다.

보름 동안 이어진 두 모녀의 극진한 보살핌 덕분에 화신은 날로 원기를 회복해 갔다. 어느 정도 건강을 되찾은 그는 이제 모녀에게 더이상 폐를 끼치고 싶지 않았다. 그러나 길을 떠나려고 해도 노자 한푼이 없어 엄두가 나지 않았다.

그러던 어느 날 저녁이었다. 해가 어스름해지자 화신은 답답한 마음에 밖으로 나갔다. 때는 양춘 삼월이라 겨우내 집안에서만 웅크리고 있던 사람들 역시 신록이 싱그러운 바깥으로 바람을 쐬러 나와 있었다. 집집마다 밥 짓는 연기가 하얗게 피어올라 저녁나절의 대지를 안개처럼 포근하게 감싸고 있었다. 길거리의 가게들은 청등靑燈과홍촉紅燭을 밝힌 채 저녁 장사준비를 서두르고 있었다. 거리는 방앗간의 절구 찧는 소리, 직방織坊의 방직기계 돌아가는 소리, 만두집의고기냄새까지 한데 어우러지면서 시끌벅적했다. 화신은 그런 활기찬소리에 저도 모르게 힘이 솟는 것 같았다.

아직 초저녁이라 그런지 길에는 사람이 그리 많지 않았다. 서로 어깨를 부딪치면서 인파에 밀려다닐 정도는 아니었다. 화신은 가게에서풍기는 맛있는 음식냄새에 입안에 침이 가득 고였다. 그러나 주머니가 텅 비어 있었기에 가게에 들어갈 형편이 못돼 그저 침만 꿀꺽꿀꺽 삼킬 뿐이었다.

그가 이제 그만 절로 돌아가야겠다고 발길을 돌리려고 할 때였다. 길 북쪽의 어느 찻집에서 크게 흥분한 듯한 사람의 목소리가 터져나왔다.

"이겼다! 하하하하······. 대박이다, 대박! 내놔, 내놔! 한 방에 오백냥 딴 놈 있으면 나와 보라 그래! 하하하······!"

그런데 그 웃음소리는 마치 한밤중의 묘지에서 들려오는 부엉이소리처럼 괴괴했다. 화신은 소름이 끼쳤다. 몸도 오싹 떨렸다. 그렇지만 밀려드는 호기심을 어쩔 수 없었다. 그의 발걸음은 어느덧 찻집으로 향하고 있었다.

사실 화신은 어려서부터 땅따먹기, 팽이 돌리기, 딱지치기 등 온갖 잡기의 '달인'이었다. 동네 골목대장 노릇을 하면서 놀이라는 놀이는 모조리 싹쓸이하고는 했다. 그래서 커서도 내기라면 자신이 있었다. 당연히 노름판에 기웃거리면서 푼돈깨나 만졌었다. 그러나 군기처에 들어가 아계의 필묵을 시중들면서부터는 언감생심 도박의 '도'자도 생각하지 못했다.

화신은 침을 꿀꺽 삼키고는 길 한복판에 서서 잠깐 망설였다. '한 방에 오백 냥 대박'을 터뜨렸다는 소리를 듣는 순간 가슴이 쿵쾅거리고 얼굴이 화끈화끈 달아오르면서 주체할 수 없는 흥분이 밀려왔다.

'마지막으로 한 번만 해보면 어떨까? 인생이 바뀔 수도 있지 않을까? 이 절호의 기회를 놓치면 후회하지 않을까?'

화신은 그런 생각이 들자 자신도 모르게 달려가듯 찻집으로 향했다. 그렇지만 주머니를 더듬어 보니 나오는 건 달랑 동전 몇 닢뿐이었다. 오씨가 올 때 두부 한 모만 사오라고 준 동전이었다.

'이걸 잃으면 두부를 못 먹어. 두부를 못 먹는 건 괜찮지만 오씨 모녀를 대할 면목이 없을 거야……'

화신은 그렇게 잠시 머뭇거렸으나 이미 마음은 도박장으로 달려가고 있었다. 더 이상 이것저것 따지고 잴 마음의 여유가 없었다.

화신은 빠끔히 열린 찻집 문틈으로 안을 들여다봤다. 자욱한 담배 연기 속에서 네 사람이 등불을 대낮같이 밝혀놓은 팔선탁八仙卓에 모여 앉아 있었다. 그 뒤에는 대여섯 명의 구경꾼이 서 있었다. 그들은 모두 목을 길게 빼들고 뚫어져라 팔선탁 위의 주사위만 바라보고 있었다. 한쪽에는 눈이 부시도록 번쩍이는 은자가 수북이 쌓여 있었다.

'이제 곧 저것들은 다 내 것이 될 거야.'

화신은 속으로 중얼거리면서 추호도 망설이지 않고 문을 밀고 안으로 들어갔다.

방안에서 노름꾼들이 하고 있는 것은 일명 투화주鬪花籌라는 도박이었다. 투화주를 발명한 창시자는 청나라 때의 동엽경童葉庚으로 알려져 있다. 놀이 방법은 크게 어렵지 않다. 우선 크기가 일정치 않은 대쪽에 101가지 꽃의 이름을 적어놓는다. 이어 각각 1품부터 9품까지 등급을 매기면 총 909개의 죽주竹籌가 만들어진다. 죽주에는 꽃 이름과 품수品數, 그리고 시사詩詞를 한 줄씩 적어 놓는다. 그렇게 해서 여섯 개의 주사위를 던져 주사위에 나타난 점이나 색깔의 모양에 따라 죽주를 뽑고 거기에 적혀 있는 품수가 높은 사람이 이기는 놀이라고 보면 된다.

투화주는 처음에는 문인묵객들이 술 한잔 걸친 뒤 둘러앉아 심심풀이로 하는 일종의 주령酒令에 불과했으나 민간에 전해지면서부터 자연스럽게 도박으로 변질됐다. 그러다 건륭 11년부터 최근 10년 사이에는 선풍적인 인기를 끌면서 세간에 크게 유행하고 있었다. 크고 작은 도박장들이 다른 놀이는 다 없애고 투화주만 취급했을 정도였다.

화신은 자리에 앉은 사람들을 천천히 둘러봤다. 북쪽에는 마흔 살 가량의 중년 사내가 앉아 있었다. 천으로 된 남색 두루마기를 입고 있는 사람이었다. 칼로 조각한 듯한 각진 얼굴, 매부리코, 어딘가 교활하고 매서워 보이는 짙은 눈썹 아래의 세모눈이 인상적이었다. 그는 바로 방씨 객잔의 회계 방가기方家驥였다. 지금까지 적어도 잃지는 않은 듯 꽤 흡족한 표정을 짓고 있었다. 옆에는 그새 낚아 올린 일품一品 죽주가 네댓 개는 되는 것 같았다.

화신은 남쪽에 앉은 사람도 알고 있었다. 그는 삼당진에서 둘째가라면 서러워할 노름꾼 유전劉全이었다. 이 일대에서 내로라하는 땅 부자로, 나이는 아직 스무 살이 될까 말까 했다. 그런데 그는 벌써부터 어마어마한 재산을 다 말아먹고 몰락의 길을 걷는 중이었다. 심지어 그의 아비와 어미가 홧김에 극약을 마시고 자살해 버렸으나 한바탕 땅을 치면서 울고 나서는 다시 도박판으로 돌아가 팔을 걷어붙인 위인이었다.

그 시각 그는 한쪽 발로 의자를 밟고 앉은 채 머리채를 목에 칭칭 감고는 미간을 한껏 찌푸리고 있었다. 모래 속에서 금싸라기를 찾듯 두 눈에 잔뜩 힘을 주고는 주사위가 돌아가는 모습만 뚫어지게 노려보고 있었다. 그의 옆에 큰 죽주가 꽤 있는 걸 보니 오늘은 운이 그리 나쁘지 않은 것 같았다.

맞은편 서쪽에는 차상茶商 차림을 한 사내가 의자에 기댄 채 다리를 꼬고 앉아 있었다. 한 손으로는 한옥漢玉 장식물을 만지작거리고 다른 한 손으로는 탁자를 톡톡 두드리는 여유 만만한 모습이었다. 그러나 네 명 중 이 사내만이 옆에 아무것도 없었다. 보아하니 장사밑천까지 탈탈 털린 것 같았다. 이대로라면 끝난 뒤 도박장 주인에게 인사치레로 조금 내놓을 돈도 없을 것 같았다. 그러나 이상하게도 돈을 잃은 사람의 표정이라고는 볼 수 없을 정도로 여유롭고 침착했다. 그는 반지르르 윤기가 흐르는 까만 머리채를 한 손으로 만지작거리면서 주사위를 던지려고 준비하는 방가기를 조용히 바라보고 있었다.

"자, 다들 똑바로 보세요. 이번에도 틀림없이 보배가 나옵니다. 자, 보배만 뽑는 손에서 이번에도 일품이 나오너라!"

방가기는 한 손에 주사위가 담긴 통을 잡고 다른 손으로 위를 덮은 뒤 흔들기 시작했다. 이어 귓가에 대고 두어 번 흔들어 주사위끼리 부딪치는 소리를 확인하고는 다시 학질 걸린 사람처럼 세게 흔들어 댔다.

"일품이다!"

그가 떠나갈 듯 고함을 지르면서 주사위통을 탁자 위에 엎었다. 찻집 주인이 그자의 손을 밀어냈다. 열 몇 쌍의 눈이 일제히 탁자에 날아가 꽂혔다. 여섯 개의 주사위 가운데에서 '一'과 '二'가 각각 하나씩 나왔다. 나머지 네 개는 모두 점이 네 개씩 박힌 네 끗짜리였다. 놀이 규정에 따르면 2품에 해당되는 점수였다. 방가기는 2품 죽주통에서 하나를 골라 들었다. 매화꽃이라고 적힌 대나무 쪽에는 그럴싸한 시구가 적혀 있었다.

모옥茅屋과 대나무 울타리 밖에 달이 비치니,
쇠처럼 얼어붙은 마음에도 봄은 오는구나.

"끝내주네!"

9품 중에 2품을 얻은 데다 시어까지 좋은 것이었다. 사람들은 모두 박수갈채를 보냈다. 방가기는 어깨를 으쓱하면서 몇 올 안 되는 수염을 쓸어내렸다. 자못 득의양양한 표정이었다.

이번에는 차상 차례였다. 그 역시 주사위를 흔드는 그 나름의 방식이 있었다. 주사위통을 머리 위로 들어 올려 짜자작 흔든 다음 귓가에 대고 다시 짜자작 흔들었다. 이어 가슴께에 대고 다시 짜자작 흔들더니 탁자 위에 힘껏 엎었다. 그리고는 손을 살며시 떼고 마치 관세음보살을 우러러보듯 경건하게 들여다봤다. 그는 순간 벌떡 일어서더니 엉덩이춤을 춰댔다. 다른 사람들이 잔뜩 부러운 눈으로 바라봤다. 역시 2품이 나왔던 것이다. 방가기는 앉은 채로 엉덩이를 실룩대면서 안절부절 못하는 눈치를 보였다.

"이번에는 제대로 나와야 할 텐데……. 일품이 안 나오면 끝장이야!"

화신과 비스듬히 비껴 앉은 중년의 사내가 그렇게 말하면서 주사위를 집어 들었다. 그리고는 기도하듯 말했다.

"계속 밑바닥만 쳤지만, 마지막에는 기가 막힌 게 나오지 않을까?"

중년 사내가 두 손으로 주사위통을 꼭 잡은 채 팔랑개비 돌리듯 한 번은 시계방향으로, 한 번은 시계반대방향으로 돌렸다. 그러면서 돈 잃은 사람답지 않게 능글맞은 표정으로 좌중을 웃겼다. 이어 일어서서 엉덩이를 오리궁둥이 모양으로 쭉 내밀고는 주사위통을 엎을까 말까 움찔움찔했다. 그렇게 했으니 다른 사람들은 애간장이 다 탈 수밖에 없었다.

화신은 그 모습을 보고 있다가 이상한 생각이 들어 그 사람에게 가까이 다가갔다. 그리고는 자세히 눈여겨 바라봤다. 어딘가 눈에 익은 인상이었다. 처음에는 잘 몰랐는데 시치미를 떼면서 웃기는 모습이 낯설지 않았다. 그는 혹시나 자기가 잘못 봤나 싶어 눈을 비비고 다시 바라봤다. 그러나 잘못 본 게 아니었다. 그 사람은 다름 아닌 화친왕 홍주였다!

북경에 있어야 할 친왕이 여기는 어쩐 일인가? 이렇게 '망가져도' 된다는 말인가? 혹시 많이 닮은 사람은 아닐까? 그러나 아무리 봐도 그는 틀림없는 화친왕이었다. 생김새는 물론 하는 행동도 그리 평범한 사람이 아니었으니 다른 사람일 리는 만무했다!

화신은 이번에는 화친왕 뒤쪽에서 그를 병풍처럼 에워싸고 서 있는 '구경꾼'들을 살펴봤다. 아니나 다를까, 화친왕부의 으뜸 종복인 왕보王保가 눈에 들어왔다. 화신은 알은체를 하고 싶었으나 꾹 참았다. 비록 몇 번 얼굴을 본 적은 있었으나 "귀인은 쉽게 잊는다"라는 말이 있듯 현존 최고의 친왕이 그를 알아볼 수 있을지 자신이 없었던 것이다. 그리고 이런 자리에서 친왕의 신분을 까밝혀 좋을 것도 없겠다는 생각도 들었다.

잔뜩 '뜸'을 들이고 엎어 보인 홍주의 패는 이번에도 '꽝'이었다. 긴장한 눈빛으로 탁자를 들여다보던 다른 세 명은 어김없이 '꽝'이 나온 패를 보고는 모두 뒤로 벌렁 넘어갈듯이 박수를 치면서 웃었다. 하하하…… 히히히……. 한바탕 터져 나온 홍소哄笑 속에서 홍주 역시 의자등받이에 벌렁 기대 앉으면서 자조 섞인 웃음을 지었다.

"제기랄, 오늘은 재수 옴 붙었네! 또 오백 냥 잃었잖아! 한 번 더 해. 오늘은 네가 이기나 내가 이기나 끝장을 볼 거야!"

다시 놀이가 시작됐다. 홍주의 차례가 되었을 때였다. 화신이 그에게 천천히 다가갔다. 이어 그를 향해 희미한 미소를 지으면서 조용히 말했다.

"다섯째나리, 외람되오나 이놈이 나리를 대신해 한번 흔들어보겠습니다."

"누구신가?"

홍주가 고개를 돌렸다. 그 역시 화신이 눈에 익은 모양이었다. 바로 왕보를 바라봤다. 그러자 왕보가 대답했다.

"가목(아계의 호) 나리댁의 집사입니다. 어쩌다 이런 데서 다 만났네요!"

화신이 웃음을 지으면서 말했다.

"달포 전 남경에서 나리를 뵌 적이 있습니다. 우익 종학宗學 골목으로 가시는 길에서 복 나리하고 공놀이를 잠깐 하시지 않았습니까?"

홍주는 화신이 신분을 똑바로 밝히지는 않았으나 상대가 자신을 잘 알고 있다는 것을 알아차렸다. 그는 고개를 끄덕이면서 자리를 화신에게 내주고 일어났다. 화신은 즉각 주사위통에서 주사위를 꺼내 손바닥에 올려놓았다. 이어 두 손에 모아 쥔 채 합장하듯 중얼거렸다.

"비나이다, 비나이다, 주사위 신神께 비나이다. 부디 이놈의 소원을 들어 주시어 한 번만 이기게 해주시옵소서!"

화신이 주문을 외운 다음 주사위를 차상과 비슷한 동작으로 흔들어대기 시작했다. 쓸데없이 동작을 크게 취하는 화신을 바라보는 세 사람의 시선은 그리 곱지 않았다. 그중 방가기가 화신을 알아보고는 비아냥거렸다.

"폐묘에 열사흘 동안 누워있으면서 거지모녀한테서 한 수 배웠나 보지?"

화신은 그러나 방가기의 말에는 아랑곳하지 않고 주사위를 엎었다. 자신에 찬 표정으로 손을 떼는 화신을 보면서 코웃음을 치던 방가기는 순간 뜨악한 표정을 한 채 그 자리에 굳어지고 말았다. 여섯 개의 주사위 모두 빨간색 쪽으로 펼쳐졌던 것이다! 그동안 누구도 해보지 못했던 1품이었다.

방가기는 이번 판의 물주라고 해도 과언이 아니었다. 자신만만하게 판돈 500냥을 걸었다가 2배인 1000냥을 단숨에 잃어버리고 말았다. 차상과 유전 역시 꽤 잃은 것 같았다. 그렇게 화신은 홍주를 대신해 단번에 1800냥을 따버렸다.

차상과 유전은 별다른 불만을 내보이지 않았으나 방가기는 엄청나게 화가 난 듯했다. 그의 얼굴에는 믿을 수 없다는 표정이 역력했다. 아무려나 화신이 싹쓸이를 하다시피 했으니 방가기와 유전, 차상 세 사람은 이제 판돈이 없어 더 이상 놀이를 계속할 수가 없는 지경이 돼버렸다. 심지어 유전은 500냥을 내야 하는데 수중에는 430냥 밖에 없었다. 70냥을 빚지게 생긴 것이다.

홍주는 대단히 흡족한 표정으로 곰방대를 뻑뻑 소리나게 빨았다. 그때 화신이 입을 열었다.

"오늘은 아쉽지만 이만 하셔야겠어요. 칠십 냥이면 우리 나리의 한 끼 술값인데 모자라면 모자란 대로 있는 돈만 내고 그냥 가세요."

그러자 유전이 탁자를 무섭게 내리치면서 소리쳤다.

"딱 한 판만 더 해!"

화신이 희미하게 냉소를 지었다.

"안 될 것도 없죠! 헌데 판돈이 없잖소?"

"은자는 없어!"

"판돈도 없이 어찌 놀이를 한다는 말이오?"

"나의 팔뚝 하나를 판돈으로 걸 거야!"

유전은 가슴팍을 치면서 큰소리를 쳤다. 이어 덧붙였다.

"삼당진에서는 이 유아무개가 자존심 빼면 시체인 줄 모르는 사람이 없어. 배를 곯고 살 수는 있어도 빚을 지고는 못 산단 말이지!"

홍주는 유전의 사내다운 배짱이 마음에 들었으나 일부러 내색하지 않았다. 오히려 약을 올리듯 입을 열었다.

"제발 그러지 마오. 그럼 나는 얼마나 손해요? 돈을 못 받는 건 둘째 치고 남의 팔을 잘라놓고 나면 죄 지은 기분을 평생 지고 살아야 할 테니 말이오. 칠십 냥은 내가 상으로 내렸다고 생각하고 조용히 돌아가는 게 좋겠소!"

그러자 유전이 버럭 화를 냈다.

"상은 무슨! 내가 뭐 당신의 아랫것이야? 팔을 떼도 다리가 남아 있고, 목숨이 붙어 있는데 뭐가 걱정이오. 팔 한 쪽에 천 냥, 다리 하나에 이천 냥, 목숨까지 내걸면 오천 냥, 그렇게 만 냥 어떻소? 나는 여차할 경우 목숨까지 내놓을 각오가 되어 있는 사람이오. 도박을 위해 태어났으니 죽어도 여기서 죽고 살아도 여기서 살 거요!"

유전이 말을 마치고는 허리춤에서 비수를 쑥 뽑아들었다. 그러는 기세가 장난은 아닌 것 같았다. 돈을 잃은 방가기와 차상도 은근히 '한 판 더'를 원하는 눈치였다. 홍주는 어쩔 수 없이 다시 화신을 자리에 앉혔다.

그러나 한 판이 아니라 두 판, 세 판이 이어져도 세 사람은 화신의 신기에 가까운 솜씨를 당해내지 못했다. 유전은 7품과 8품에서 고전을 면치 못했다. 그의 호언장담대로라면 팔다리는 물론 목숨까지 이미 '저당' 잡힌 셈이었다. 무거운 분위기가 사람들을 질식하게 만들고 있었다.

"오늘은 하늘이 정해준 나의 기일인가 보군."

유전이 드디어 식은땀을 철철 흘리면서 일어섰다. 비수를 든 손이 부들부들 떨리고 얼굴은 창백하게 질려 있었다. 그가 모든 것을 포기한 눈빛으로 사람들을 쓸어보더니 갑자기 발작에 가까운 웃음소리를 냈다.

"도박을 위해 태어난 사람이 도박을 못한다면 죽어야지. 이제 내 목숨으로 그대들에게 진 빚을 갚겠소!"

유전이 말을 마치자마자 비수를 치켜들더니 자신의 가슴팍을 조준했다.

"잠깐!"

순간 다급해진 홍주와 화신이 이구동성으로 외쳤다.

"노름은 어디까지나 노름으로 끝나야 하오. 우리가 뭐 빚을 갚으라고 성화라도 부렸소? 어찌 그리 바보스러운 짓으로 여러 사람을 곤혹스럽게 만들고 그러오. 우리는 도박을 해서 이긴 죄밖에 없거늘

유 선생이 그렇게 죽어버리면 우리는 살인죄로 송사를 당할 게 뻔하지 않겠소?"

"나는 무식해서 무슨 말인지 통 못 알아듣겠소!"

유전은 여전히 칼을 든 손을 내리지 않았다. 그러자 화신이 굳어진 표정으로 코웃음을 쳤다.

"뭐? 도박을 위해 태어났다고? 그깟 재주로? 이런 말까지는 하고 싶지 않았지만 솔직히 여러분은 도박이 아니라 애들 땅따먹기를 하고 있었던 거요. 내가 이 자리에 있는 한 여러분이 집안을 말아먹는 건 시간문제요. 못 믿겠으면 직접 보여주지. 자, 모두들 두 눈 똑바로 뜨고 보시오. 주사위는 모두 여섯 개요. 뭐가 나오기를 바라오? 아까 1품이 나왔으니 이번에는 자紫, 청靑, 홍紅, 흑黑, 황黃, 백白 여섯 가지 색깔이 나오는 극품極品을 보여주지!"

화신이 모두가 눈을 부릅뜨고 지켜보는 가운데 주사위를 흔들었다. 이어 아무렇게나 엎어버렸다. 그러나 그가 손을 떼는 순간 모두의 눈은 금방이라도 튀어나올 듯 휘둥그레졌다. 귀신의 조화가 바로 이런 것일까? 알록달록 펼쳐진 여섯 가지 색깔은 사람들을 기절초풍하게 만들었다!

화신을 뚫어져라 쳐다보는 세 사람은 당장에라도 오체투지를 할 것 같은 표정을 지었다. 뼈에 가죽을 대충 걸쳐놓은 것처럼 비쩍 마른 젊은이가 도무지 사람으로 보이지 않는 듯했다. 화신이 반쯤 얼이 빠져 있는 방가기와 차상을 보면서 말했다.

"나는 천하제일의 노름꾼이오. 이렇게 만난 것도 인연인데 오늘 좋은 구경을 하셨으니 이 주사위를 나에게 선물하시오. 내가 오늘을 기념해 잘 건사해두겠소."

차상과 방가기는 화신의 말이 끝나기도 전에 연신 허리를 굽실거렸다.

"그깟 주사위가 다 뭐요. 그대는 불세출의 귀재인데 우리가 뭔들 못 주겠소!"

28장
홍주와 화신의 운명적인 만남

유전을 제외한 노름꾼과 구경꾼들이 뿔뿔이 흩어졌을 때는 초경初更 무렵이었다. 팔뚝만큼 굵은 촛불을 대낮처럼 환하게 밝힌 방안에는 그렇게 해서 홍주를 비롯한 몇몇만 남았다. 팔선탁 위에 산더미처럼 쌓여 있는 은자는 족히 2000냥도 넘을 것 같았다. 은자 옆에는 열 몇 장의 용두龍頭 은표도 있었다. 모두 홍주가 잃었다가 되찾은 것들이었다. 허름한 찻집에 번쩍번쩍하는 은자가 수북이 쌓여 있으니 어쩐지 괴이한 느낌조차 들었다. 게다가 유전은 자리를 뜰 생각을 하지 않고 생떼를 쓰고 있었다.

화신이 고개를 들어 왕보와 홍주의 뒤에 서 있는 두 사람을 쓱 둘러보고는 말했다.

"유전, 나는 정말 그대의 목숨을 취하고 싶은 생각이 없소! 아무리 애를 써봤자 이 사람의 상대가 못 된다는 것을 확인했잖소. 그대는 도박에만 빠졌을 뿐 이 바닥의 험악함을 아직 모르는 것 같소. 나는 이미 금분에 손을 씻은 지 오래 됐소. 다만 오늘은 우리 주인 나리께서 본전은 찾아야 할 것 같아서 대신 나섰을 뿐이오. 그대도 나쁜 사람이 아닌데 흙탕물에서 노는 게 안타까워서 구해주고 싶었고. 나의 이런 보살 같은 마음을 알아줬으면 좋겠소. 다섯째어르신, 유전에게 은자 이백 냥을 상으로 내리시어 보내는 게 어떻겠습니까?"

화신이 말을 마치고는 홍주의 등 뒤에 바위처럼 떡 버티고 서 있는 두 사내에게 시선을 보냈다. 둘의 정체가 궁금한 듯했다. 홍주는 그런 눈치를 채고는 빙긋이 웃었다.

"그대는 저 둘이 누군지 무척 궁금한 게로군! 한 명은 양부운, 다른 한 명은 황부광이라고 하네. 황천패의 문생들이네. 이번에 유통훈 그 영감탱이가 나의 엉덩이에 저 둘을 고약처럼 철썩 붙여놨지 뭔가. 어찌나 제대로 붙였는지 아무리 떼어내려고 해도 떼어낼 수가 없어! 왕보, 은자 이백 냥을 가져다 저자에게 상으로 내리거라. 못났기는 하지만 어찌 됐건 용감해서 사내답네!"

왕보가 은자를 세면서 낄낄거렸다.

"이 양반, 오늘 운수 대통했는데? 손 하나 까딱하지 않고 은자를 이백 냥씩이나 얻고!"

유전은 그러나 은자를 받을 생각은 눈곱만큼도 없는 것 같았다. 그저 왕방울 같은 두 눈을 끔벅이더니 이 사람 저 사람을 번갈아 보고는 "쿵!" 하고 무릎을 꿇었다. 이어서 화신을 향해 말했다.

"화 나리! 남아일언중천금이라고 했습니다! 이 사람의 모가지가 땅바닥에 나뒹구는 걸 원치 않으신다면 이 못난 뼈다귀라도 받아주십시오. 칼산이든 불바다든 화 나리께서 가시는 곳이라면 이 세상의 끝, 그 어디든 따라가겠습니다. 부디 화 나리를 주인으로 섬기게 해

주십시오!"

화신은 느닷없는 유전의 말에 황당하기 짝이 없었다. 그러다 한참 후 웃음을 터트렸다.

"뜻은 고맙지만 사람을 잘못 본 것 같소. 나는 내 코가 석 자인 사람이오. 지금은 걸식하는 모녀에게 빌붙어 하루하루를 구차하게 연명하는 중이오. 그런 나를 따라 다녀서 뭘 어쩌겠다는 거요? 북경으로 돌아간다고 해도 나는 관품도 없고 장래도 막막하오. 그대를 먹여 살릴 형편이 못 되오."

그러나 화신의 말에도 유전은 막무가내로 머리만 조아릴 뿐이었다. 잠시 후 홍주가 빙그레 웃으면서 입을 열었다.

"옷자락 붙잡고 따르겠다는 사람이 있는 게 나쁜 일이 아니지. 지금 당장은 어렵겠지만 훗날 일은 아무도 모르는 법이네. 이렇게 나를 만난 것부터가 좋은 조짐이라 생각하게. 일관반직一官半職이라도 차지하려면 내 말 한마디가 꽤 값이 나가거든."

"그렇게 말씀을 해주시니 뭐라고 감사를 드려야 할지 모르겠습니다!"

화신이 즉시 홍주에게 무릎을 꿇으며 사은을 표했다. 그리고는 일어나면서 아뢰었다.

"그나저나 이곳을 빨리 떠야겠습니다. 다섯째어르신께서는 지금 어디에 거처를 정하고 계십니까? 방가기와 차상이 올가미를 만들어 놓고 이쪽으로 달려오고 있을지 모릅니다. 어르신께서는 이 바닥의 생리를 몰라서 그러십니다. 저자들은 본전을 잃고 가만히 있을 자들이 아닙니다."

그러자 홍주가 발끈하며 화신의 말에 반박했다.

"그건 말도 안 되네. 자기네들이 설설 기면서 나갔지 않은가. 가만히 있지 않으면 빼앗으러 오기라도 하겠다는 말인가?"

양부운이 그러자 바로 끼어들었다.

"화 나리의 말씀에 일리가 있습니다. 우리는 풍화점風華店으로 돌아가는 것이 좋을 것 같습니다."

풍화점은 삼당진에서 가장 큰 객잔이었다. 이곳 찻집에서도 그리 멀지 않았다. 여섯 사람은 말이 나온 김에 일단 자리를 옮겼다.

홍주는 풍화점에 도착하자마자 시계를 꺼내 봤다. 막 열 시가 넘어가는 시각이었다.

"이제 해시亥時 정각밖에 안 됐네? 오늘은 잃기도 빨리 잃고, 찾는 것도 금방이었군. 화신, 자네도 같이 올라오지, 얘기나 좀 나누게!"

화신과 유전은 대답과 함께 이층에 있는 홍주의 방으로 따라 들어갔다. 양부운과 황부광은 옆방에서 대기했다.

"이보게 화신, 대체 무슨 술수를 부린 건가? 주사위를 마음대로 가지고 노는 게 그야말로 비와 바람을 부르는 모습이 따로 없던데? 일품 나오라면 일품 나오고, 극품 나와라 하면 극품 나오고 말이야."

홍주는 자리에 앉기 무섭게 화신에게 몹시 궁금한 듯 물었다.

"어르신께서는 용자봉손에 금지옥엽의 귀한 몸이신데 어찌 아랫것들의 천한 짓거리에 관심을 보이십니까?"

화신은 만면에 웃음을 띠우고 공손하게 절을 올렸다. 그리고는 왕보를 도와 차를 따라 홍주에게 받쳐 올리면서 덧붙였다.

"외람되오나 이런 경우는 그저 한번 구경해 보는 것으로 족하다고 말씀드리고 싶습니다. 돈을 잃는 건 작은 일이나 천하제일신天下第一臣의 천황귀주天潢貴胄께서 자칫 악귀들이 놓은 덫에 걸려드시면 큰일 아닙니까! 어르신께서는 화석친왕和碩親王이시옵니다!"

유전은 화신의 말을 듣는 순간 깜짝 놀라 눈이 휘둥그레졌다. 처음에 방가기는 '북경에서 가진 게 돈뿐인 바보천치'가 왔으니 한탕 멋있게 해치우자고 했었다. 먼저 조금씩 잃어주는 척해서 빠져들게 한 뒤 판돈을 크게 걸어 크게 해먹자고도 했다. 그런데 화신은 그 바보천치를 "어르신", "어르신" 하더니 급기야 친왕이라고 하는 것이 아닌가!

'분명히 그냥 대접하느라 부르는 말이 아니야. 꿈에서도 상상하지 못했던 '친왕'이 바로 내 눈앞에 있어. 삼당진은 말할 것도 없고 난주부에서도 이리 어마어마한 거물이 다녀간 적은 없었을 거야! 진작 알았더라면 먹여 살리지 못한다면서 뜨악해 하는 저 인간 화신에게 붙는 게 아니었는데……'

유전은 그렇게 생각하면서 득의양양해하는 왕보를 바라보고는 연신 마른침을 꿀꺽 삼켰다. 화신이 그때 도박장에서 가져온 주사위를 꺼내 사람들 앞에 내놓았다.

"마마, 이 주사위를 잘 보십시오!"

화신은 주사위에 대고 엄지와 중지를 동그랗게 말아 두어 번 튕기고는 통에 넣은 채로 땅바닥에 힘껏 내동댕이쳤다. 한 덩어리로 깎아놓은 것처럼 보이던 주사위가 산산이 분해됐다. 화신은 사람들에게 주사위를 만지지 못하게 하고는 눈으로만 살펴보도록 했다.

"주사위 안에 들어있는 비밀을 모르시고 어찌 저놈들의 수작을 당해낼 수 있겠습니까?"

좌중의 사람들은 깜짝 놀라서 눈이 휘둥그레졌다. 주사위가 들어있던 함에는 네모반듯한 상아 뼈 여덟 개가 들어 있었다. 그것들은 주사위 껍질이 분해되면서 나온 것들이었다. 순간 왕보가 새된 목소리로 외쳤다.

"마마! 안에 수은水銀이 들어있습니다. 독이 든 주사위였습니다!"

홍주는 왕보의 말에 젓가락으로 조심스럽게 주사위들을 헤쳐 보았다. 과연 좁쌀만 한 수은 알갱이가 등불 밑에서 섬뜩한 빛을 발하고 있었다. 화신이 그러면 그렇지 하는 표정으로 말했다.

"수은뿐만이 아닙니다. 여기 자세히 보면 작은 쇳조각도 붙어 있습니다. 방아무개가 손에 유난히 큰 반지를 끼고 있는 걸 보셨죠? 언뜻 보면 묵옥墨玉 같았지만 그건 자석이었습니다!"

화신은 마치 서당훈장이 아이들에게 글공부를 가르치듯 분해된 상아 뼈 하나를 집어 들고 말을 이었다.

"이걸 이렇게 움켜쥐었단 말이죠. 이 손에 자석 반지를 낀 채로 말입니다. 초보자는 잘 모르겠지만 선수들은 끌어당기는 느낌만으로도 이 품 패를 너끈히 조작할 수 있습니다!"

좌중 사람들의 눈빛이 반짝거렸다. 큰 깨달음을 얻었다는 표정이었다. 화신이 덧붙였다.

"물론 패 조작의 백미는 수은을 가지고 노는 거죠. 안에 든 수은은 액체이니 움직일 게 아닙니까? 움직이는 방향을 잘 파악하고 손바닥의 열을 받아 생기는 반응을 유심히 느낀 뒤 주사위를 던지면 십중팔구 내가 원하는 패가 나오게 돼 있습니다. 이는 지금 이 자리에서 말로 설명한다고 해서 금방 이해할 수도 없고, 따라 할 수도 없습니다. 오랜 시간에 걸쳐 연마하지 않으면 안 되죠. 방아무개는 지금까지 어설픈 기량으로 초보자들을 거뜬히 속여먹었겠죠. 그러나 저에게는 속수무책으로 당했습니다. 제 자랑은 아니오나 도박판의 온갖 행태와 술수에 대해서 말하자면 책 한 권으로도 부족할 겁니다."

좌중의 사람들이 화신의 말에 놀라워하면서 고개를 끄덕였다. 유전이 한숨을 내쉬었다.

"저는 그런 원리에 대해서는 정말 까맣게 모르고 있었어요. 그러니 꼼짝없이 당할 수밖에요. 화 나리께서 십년 전에만 나타나셨어도 제가 가산을 탕진하는 일은 없었을 겁니다!"

홍주가 말했다.

"도박에도 그런 학문이 숨어 있었구먼! 자네가 아니었더라면 나는 왕부王府 하나를 통째로 집어넣고도 어인 영문인지 모르고 있을 뻔했네!"

"꾼들끼리 모인 도박판에 양심과 의리가 통하는 줄 아십니까? 전부 속고 속이는 기기묘묘한 수작의 다툼에 불과합니다."

화신의 눈빛이 조금 우울해졌다. 그러나 말을 잇는 것은 잊지 않았다.

"하지만 저도 돌아가신 숙부의 상대는 못 됩니다. 그분의 솜씨는 진짜 귀신도 따라올 수 없을 정도입니다! 저처럼 귀를 기울여 소리를 확인하고 따져보는 시간도 필요 없이 그저 눈을 감고 엎어버립니다. 그런데 그래봤자 뭘 합니까? 결국에는 집이고 땅이고 다 잃고 쪽박 찬 신세가 된 걸요! 뛰는 놈 위에 나는 놈 있고, 오랜 도박에는 승자가 없는 법입니다……. 유전, 그대는 이미 오래 전에 맹세하지 않았소. 다시 한 번 여기에 손을 담그는 날에는 이 손목을 잘라버리겠노라고 말이오. 이제는 나를 따르기로 한 이상 도박은 절대 안 되겠소. 마마께서 우리의 든든한 뒷심이 되어주실 테니 우리는 바른 길에서 승부를 걸어야 한다 이 말이오!"

"어린 것이 예사내기가 아닌 걸?"

홍주가 얼굴 가득 미소를 지으며 말했다. 이어 몇 마디 덧붙였다.

"오늘 우연찮게 만나 느낀 바가 많았네! 왕보가 자네처럼 영특하고 명민했더라면 벌써 외관으로 내보냈을 텐데……. 설익은 감자는 방법이 없어!"

왕보는 홍주가 자신을 설익은 감자에 비유하자 내심 기분이 언짢았다. 그러나 감히 내색하지는 못했다.

화신은 이어진 대화를 통해 홍주가 왕단망의 뒤를 캐기 위해 감숙으로 미복 순행을 왔다는 사실을 알게 됐다. 그뿐만이 아니었다. 홍주는 또 시도 때도 없이 터져 나오는 이치吏治 부패 문제와 부쩍 악화되는 황후의 병세 때문에 폐하의 심신이 무겁다는 얘기도 했다. 더불어 황제의 신변에 '용을 쓰는' 일꾼이 부족해 조만간 인재를 대거 물색할 것이라는 언질도 줬다. 그리고 마치 자신의 일처럼 뿌듯해하면서 복강안이 조장에서 채칠 일당을 일망타진한 얘기 역시 중간중간 구수하게 들려줬다. 자신이 직접 그 자리에 있었던 양 적당히 양념을 뿌리는 것은 기본이었다.

그러나 그 얘기를 들은 화신은 망연자실했다. 며칠만 더 늦게 떠나 복강안을 따라갔더라면 이 고생을 안 했을 것은 물론이고 자기도 작지 않은 공로를 세웠을 텐데…….

홍주가 멍하니 생각에 잠겨 있는 화신을 보고 물었다.

"자네, 무슨 생각을 그리 하고 있나?"

"예? 아, 아니옵니다. 잠깐 좀…….''

화신은 적잖이 당황했다. 그러나 이내 솔직한 마음을 털어놓았다.

"이번에 강남에서 복 도련님을 뵈었었거든요. 그럴 줄 알았더라면 무슨 수를 써서라도 도련님의 꽁무니를 쫓아갔어야 했는데……. 그랬더라면 저도 큰 공을 세우고 덕분에 지방의 어느 현령 자리에는 무난히 앉았을 텐데……. 뭐 이런 두서없는 생각을 해 보았습니다.''

화신은 내친김에 과주도 역관에서 근문괴의 가솔들에게 가지고 있던 은자를 다 털어준 일을 얘기했다. 그래서 어찌어찌해서 힘겹게 감숙으로 왔으나 급병急病에 걸려 죽을 뻔했다가 오씨 모녀의 도움으로 목숨을 부지하게 된 얘기도 털어놓았다. 얘기를 하다 보니 며칠 전

일인데도 아주 오래된 옛날 일 같았다. 그리고는 말미에 덧붙였다.

"오늘 이런 곳에서 우연히 친왕마마를 만난 것은 앞으로 소인의 운이 트일 조짐이 아닌가 생각합니다. 은혜를 입고도 보답할 줄 모른다면 대장부가 아니죠. 이런 말씀 드리기는 뭣하지만 은자를 조금만 상으로 내려 주십사 청을 드리고 싶습니다. 북경에 돌아갈 노자도 노자려니와 착한 오씨 모녀를 더 이상 굶주림과 추위에 허덕이지 않게 해주고 싶습니다. 북경에 돌아가면 어떻게든 갚아드리겠습니다!"

홍주는 화신의 말을 들으면서 연신 고개를 끄덕였다. 그리고는 길게 한숨을 내쉬었다.

"자네 팔자에 이런 겁수劫數가 정해져 있었나 보네. 과주도에서 자네가 그런 의로움을 베풀지 않았더라면 자네가 사경을 헤맬 때 어떻게 그런 귀인이 나와 자네를 도와줬겠는가?"

그러자 왕보가 끼어들었다.

"마마의 말씀대로라면 그 거지 여편네가 '귀인'이라도 된다는 것입니까?"

홍주가 정색을 하면서 대답했다.

"당연하지! 화신이 혹한에 시달리는 근문괴 일가에게 탄炭을 사줬으니 화신은 그 집의 귀인이지. 또 화신이 어려움에 처했을 때는 오씨 여인을 만나 도움을 받았고 또 나를 만나 이제는 그 여인에게 도움을 주게 됐으니 서로가 귀인인 셈이지. 화신, 자네는 의로운 젊은이네. 은자는 원하는 대로 가져다 오씨 여인에게 보은하게. 오늘 쭉 지켜보니 내 마음에 쏙 드는 젊은이라는 생각이 드네. 원한다면 나를 따라 숙주肅州까지 가는 게 어떻겠나?"

탁자 위에 수북한 은자를 맘대로 가져가라니? 유전은 친왕의 배포에 두 눈이 휘둥그레지지 않을 수 없었다.

"그러면……, 소인은 염치없지만 원 없이 가져가겠습니다."

화신이 날렵한 동작으로 홍주에게 무릎을 꿇으며 사은을 표했다. 그러나 은자를 챙길 생각은 하지 않고 계속해서 아뢰었다.

"은자를 무겁게 그곳까지 낑낑대면서 가져갈 게 아니라 오씨 여인을 이리로 불러오는 것이 나을 듯합니다. 괜찮겠습니까?"

홍주가 흔쾌히 대답했다.

"안 그래도 비실비실한 몸으로 얼마나 가지고 갈 수 있을까 생각했네. 그것도 나쁠 건 없겠지?"

화신은 곧바로 일어나 밖으로 뛰쳐나갔다. 그제야 홍주는 배가 좀 출출해졌다. 그래서 왕보에게 야식을 준비해 오라고 명령을 내리려고 했다. 그때 갑자기 이층으로 올라오는 계단 쪽에서 어지러운 발자국 소리가 들려왔다. 어찌나 요란하게 쿵쿵거리는지 천장이 드르르 떨면서 먼지가 뽀얗게 쏟아져 내릴 정도였다. 홍주를 비롯한 사람들이 무슨 일인지 몰라 어리둥절해하고 있을 때였다. 방가기의 째지는 듯한 목소리가 들려왔다.

"바로 여기요! 대낮에 코를 베어갈 도둑들이 한 무리 들어 있으니 무조건 다 잡아들여요!"

홍주는 갑작스런 상황에 무슨 일인지 몰라 멍하니 서 있었다. 순간 약삭빠른 유전이 다급히 소리쳤다.

"마마, 어서 은자부터 치워야겠습니다! 방가네가 아문과 내통해 돈을 빼앗으러 온 게 분명합니다!"

유전은 홍주가 미처 뭐라고 말하기도 전에 허겁지겁 자루에 은자를 쓸어담았다. 그리고는 침대 밑으로 쑤셔 넣었다.

"개자식들, 뒈지고 싶어 환장을 한 게로구나!"

왕보가 씩씩거리면서 밖으로 뛰쳐나갔다. 몇몇 청의靑衣를 입은 사내들이 문을 박차고 들어오려던 찰나였다. 왕보는 허리에 손을 짚은 채 그들 앞에 버티고 섰다. 그러자 방가기가 왕보를 손가락질하면서 고함쳤다.

"이 새끼도 그 자리에 있었소!"

사내 한 명이 방가기의 말이 끝나기 무섭게 다짜고짜 왕보의 멱살을 거머쥐었다. 이어 불문곡직하고 귀싸대기부터 불이 번쩍 나게 갈겼다. 비틀거리면서 저만치 나가떨어졌던 왕보는 이내 솟구치듯 벌떡 일어났다. 그리고는 우악스레 고함을 지르면서 무서운 기세로 돌진했다. 이어 사내의 배를 온몸으로 들이받았다. 무방비상태에서 공격을 당한 사내는 기우뚱거리더니 뒤로 벌렁 넘어져 계단 밑으로 데굴데굴 굴러 떨어졌다. 때 아닌 소동에 객잔의 손님들이 놀라 방안에서 뛰쳐나왔다.

이상한 낌새를 눈치채고 옆방에서 달려온 양부운과 황부광은 두 손에 쇠 채찍을 든 채 홍주를 보호했다. 홍주는 당황한 나머지 방 뒤편의 창으로 뛰어내리려고 창문을 열어 젖혔다. 그러나 너무 높아 뛰어내릴 엄두가 나지 않았다. 그러자 유전이 말했다.

"겁내실 것 없습니다! 저자들은 강도가 아니고 관부에서 나온 자들이니 무작정 사람을 해치지는 않을 것입니다. 전후의 사정을 알아듣게 말하면 꺼질 것입니다."

홍주가 이마의 식은땀을 훔치면서 말했다.

"겁을 내다니? 방안이 너무 더워서 환기라도 할 참이었는데! 황부광, 자네가 가서 아역 대장에게 전하게. 내가 좀 보자고 한다고 해. 아니면 왕보가 다칠 거야!"

양부운이 황부광 대신 대답했다.

"부광은 여기 있어. 제가 가보겠습니다."

양부운은 말을 마치자마자 허리춤에서 손바닥만 한 요패腰牌를 꺼내들고 뛰쳐나갔다. 잠시 후 밖에서 그의 고함소리가 들려왔다.

"지금 뭣들 하는 거야! 전쟁이라도 일어난 거야? 우리는 형부 순포사巡捕司에서 나왔어. 못 믿겠으면 여기 요패를 봐! 누가 대장이야? 우리 왕 어르신께서 보자고 하신다!"

그러자 패거리들끼리 잠시 수군거리는 소리가 들려오는가 싶더니 계단 밟는 소리가 가까워졌다. 양부운이 코피가 아직 멈추지 않은 왕보를 데리고 문 앞에 나타났다. 그 뒤로 얼굴이 하얀 중년 사내가 따라왔다.

그는 겁을 잔뜩 먹은 듯 쭈뼛거리면서 들어오더니 홍주를 힐끔힐끔 쳐다봤다. 그리고는 당장이라도 덮쳐들어 물어 뜯어버릴 것처럼 노려보는 양부운과 황부광을 훔쳐보고는 길게 읍을 했다. 이어 떨리는 소리로 아뢰었다.

"하관 막회고莫懷古가 왕 어르신을 참견參見합니다. 외람되오나 관벌官閥이나 존함을 알 수 없을까요?"

"자네가 이곳 삼당진의 전사典史인가? 삼라만상이 잠든 야밤삼경에 멀쩡한 사람을 연행하려는 까닭이 뭔가?"

홍주가 막회고의 말에는 대답도 하지 않은 채 따져 물었다. 사실 막회고는 조금 전 양부운의 요패를 보고 그가 6품 관리라는 것을 확인할 수 있었다. 그렇다면 6품관마저 굽실거리게 만드는 이 '왕 어르신'은 대체 누구라는 말인가? 그러나 대답을 해주지 않으니 더 이상 캐물을 수도 없었다. 그가 더욱 조심스럽게 아뢰었다.

"하관이 어르신이 누군지 알았다면 어찌 감히 이런 무례를 범했겠습니까? 실은 방금 이곳 갑장甲長이 진공소鎭公所로 달려와 신고했습니다. 풍화風華객잔의 차마상들이 사람들을 모아놓고 판돈이 어마어마한 도박판을 벌였다고 말입니다. 요즘 워낙 서북의 군정軍情이 복잡한지라 늑이근 총독께서는 헌명憲命을 내리셨습니다. 차마상을 비롯한 모든 장사꾼들의 신분을 철저히 조회하라고 말입니다. 준갈이準噶爾나 탁부卓部의 간첩들이 군정을 정탐해 가지 못하도록 미연에 방지해야 한다고 했습니다. 더군다나 난주현蘭州縣의 고高 태존께서도 지금 삼당진에 머물러 계십니다. 그래서 하관은 추호의 차질도 빚어서는 아니 된다는 생각으로 달려오게 됐습니다. 무모한 짓으로 나리를 놀라게 해드린 점, 진심으로 사죄드립니다. 부디 한 번만 용서해 주십시오. 애들을 당장 철수시키겠습니다."

들어보니 일리가 있는 말이었다. 게다가 막회고가 처음부터 설설기면서 나오니 홍주의 뱃속에 가득하던 분노는 서서히 사그라질 수밖에 없었다. 그러나 홍주는 짐짓 굳어진 표정을 풀지 않은 채 물었다.

"내가 도박을 한다고 맨 처음 고발한 자가 방아무개인가?"

막회고가 대답했다.

"예, 그렇습니다. 이곳 무영茂榮객잔의 주인인 방가기方家驥(사기도박을 친 방가기方家驥의 형)라는 사람이옵니다. 본분에 충실한 상인인지라 갑장甲長 직을 맡겼습니다."

"본분에 충실한 자라고?"

홍주가 막회고의 말을 싹둑 잘라버렸다. 이어 준엄한 어조로 다시 다그쳤다.

"그자의 아우는 둘째가라면 서러워 할 도박꾼이야. 판돈을 다 잃고 나니 분풀이를 하려고 자기 형을 내세운 거지. 그런데도 본분에 충실한 자라고? 나 참 어처구니가 없어서! 입 닥치고 가서 그놈들이나 혼내줘!"

막회고가 겁에 질려 덜덜 떨면서 바로 대답했다.

"예! 그리 하겠습니다. 사실 방가네는 이곳의 터줏대감임을 내세워 갖은 악랄한 짓을 일삼고 다니는 불량배들입니다. 하관이 당장 가서 혼을 내주겠습니다!"

막회고가 말을 마치고는 황급히 물러가려고 했다. 그러나 홍주는 머리를 조아린 후 일어서서 돌아나가는 그를 다시 불러 세웠다.

"내가 언제 나가봐도 괜찮다고 했나? 잠깐 있어봐! 내가 물어볼 게 있으니. 이 지역에서는 보통 어떤 작물을 재배하는가? 또 한 무畝당 수확은 어느 정도이고?"

느닷없는 질문에 막회고는 망연한 표정으로 잠시 입을 헤벌렸다. 그러다 겨우 정신을 차린 듯 바로 대답했다.

"여기는 난주 근교라 분뇨 비료가 많습니다. 그래서 땅이 비옥한 걸로 알고 있습니다. 옥수수는 한 무당 사백 근 정도, 붉은 수수는 삼백 근 안팎, 콩이나 보리, 녹두 같은 경우 적어도 이백 근은 나오지 않겠나 생각합니다."

홍주가 바로 따져 물었다.

"그러면……, 땅이 비옥해 수확량도 좋은데 굶어죽는 사람이 많은 건 어찌된 일인가?"

그제야 막회고는 신분을 종잡을 수 없는 이 '왕 어르신'이 기민饑民들의 생활상과 재해 상황을 파악하러 나온 관리일 거라고 짐작을 했다. 그는 조심스레 바로 대답했다.

"저희 감숙성은 원래 척박하고 쩨지게 가난한 곳입니다. 자연히 굶어 죽는 사람도 많고요. 남부 지방의 작황은 그런대로 괜찮았으나 동부와 북부는 메뚜기 피해도 심각합니다. 구제양곡이 제때에 보급되지 못한 데다 봄에 전염병까지 나돌기 시작하면 사태가 걷잡을 수 없이 악화될 것입니다! 다만 이곳 삼당진은 성省의 번고藩庫와 가까이 있어 어느 정도 혜택을 보고 있습니다. 동부의 구제양곡이 전부 여기서 나가기 때문입니다!"

"그건 그렇고……, 여기에도 연감捐監이나 납량納糧을 하는 사람들이 많은가?"

홍주가 대수롭지 않게 물었다. 막회고는 어리둥절해 하면서 무슨 뜻인지 잘 모르겠다는 표정을 지었다. 그러자 홍주가 보충설명을 했다.

"내 말은, 이곳에서는 작년에 몇 사람이나 돈을 내고 감생監生 자격을 취득했느냐 이 말이야."

"한…… 예닐곱 명? 그 정도 될 겁니다."

"예닐곱……? 육칠십 명이 아니고?"

그러자 막회고가 당치도 않은 소리라는 듯 어깨를 으쓱이고 두 손을 펴 보이면서 대답했다.

"은자 쉰다섯 냥이 뉘 집 개 이름은 아니지 않습니까? 너도 나도 입에 풀칠하기 힘든 때에 누가 그런 여유가 있어 껍데기 공명에 그리 목을 매려 하겠습니까? '작년' 뿐만 아니라 여태 난주에 묻힌 감생들의 뼈를 다 파내도 육칠십 구는 안 될 겁니다!"

"음……, 그래?"

홍주가 생각에 잠긴 채 고개를 끄덕였다. 그리고는 차를 조금씩 홀짝이면서 덧붙였다.

"가…… 보게!"

막회고가 물러가자 화신이 문고리를 잡고 들어섰다. 홍주가 찻잔을 내려놓으며 물었다.

"오씨는 데리고 왔나?"

"온 지 한참 됐습니다. 마마께서 계시니 오씨가 감히 들어오지 못하겠다고 해서 방을 하나 잡아줘서 쉬게 했습니다."

화신이 대답했다. 그러더니 막회고가 계단을 내려가는 소리를 들으면서 석연치 않은 표정을 지었다.

"어쩐지 오늘밤은 내내 꿈을 꾸고 있는 것 같은 느낌이 듭니다. 모든 게 가짜 같고 거대한 음모가 숨어 있는 것 같습니다. 방금 오씨에게서 들은 말인데 방가네는 돈이 좀 있기는 하지만 하룻밤에 몇 천 냥씩 잃을 정도로 어마어마한 부자는 못 된다고 합니다. 요패 하나에 조용히 물러간 것도 그렇고……."

화신의 말에 홍주가 고개를 끄덕이고는 유전에게 물었다.

"평소에는 하룻밤에 돈이 얼마 정도 들었나? 이렇게 큰 판돈을 걸어 본 적이 있었나?"

유전 역시 뭔가 이상하다는 생각이 드는지 이마를 탁 쳤다.

"이렇게 크게 판을 벌인 적은 몇 년 전에 한 번 있었습니다. 그때는 한창 잘 나갈 때라 눈에 뵈는 게 없었거든요. 백 냥도 걸고 사백 냥도 걸고요……. 제가 그러다 망했다는 거 아닙니까."

유전의 눈빛이 다시 암울해졌다. 그래도 계속 말은 이었다.

"요즘은 아무도 그렇게 큰 판돈을 내거는 사람이 없습니다. 방가네도…… 그리 크게 놀 정도로 재력이 막강한 건 아닙니다. 솔직히 마마께서 은자 몇 만 냥을 꿰차고 말을 사러 왔다는 말을 들었을 때 소인도 눈이 확 뒤집혔습니다. 오늘밤은 죽으나 사나 여기에서 승부를 걸어야 한다고 생각했죠."

양부운은 사실 진작부터 의혹을 품고 있었다. 그러나 그에게는 말을 아낄 수밖에 없었던 이유가 있었다. 오는 길에 몇 마디 말을 했다가 홍주로부터 '잔소리'가 너무 심하다는 핀잔을 들었던 것이다. 홍주는 심지어 "뒷간에 가는 건 괜찮으냐?", "대체 나는 상전이냐 아랫것이냐?" 등등의 말까지 했었다. 아무튼 다른 사람의 배려와 관심을 극도로 싫어하는 홍주 앞에서 불필요한 오해를 사지 않으려면 말을 아끼는 수밖에 없었다. 그래서 지금까지는 있는 듯 없는 듯 조용히 따라다니기만 했었다.

그러나 화신의 의혹에 힘을 실어줄 필요가 있다고 생각한 양부운은 조심스레 입을 열었다.

"마마, 여기는 천자天子의 발밑이 아닙니다. 늑이근은 일만 병사를 거느린 일방의 제후諸侯입니다. 또 이미 체포령이 내려진 왕단망의 일당이고요. 아계 중당은 닷새 전에 사람을 파견해 이미 성城 안에 도착해 있다는 소식만 알려왔을 뿐입니다. 그 뒤로는 연락이 닿지 않고 있는 상태입니다. 오늘밤에 일어난 일들은 우연의 일치라고만 보기에는 어딘가 석연치 않은 구석이 많습니다. 조심하는 게 좋겠습니다. 소인의 어리석은 생각으로는 화 나리만 여기 남아계시고 마마께서는 저희와 함께 나가서 다른 거처를 알아보는 것이 어떨까 합니다."

"뭐?"

홍주의 안색이 바로 굳어졌다. 곧바로 이어지는 말에는 화가 잔뜩 묻어났다.

"그자가 감히 난이라도 일으킬 거라는 얘기인가? 악종기의 칠만 녹영병이 섬서 북부에 주둔하고 있어. 늑이근 그자의 삼친구족三親九族도 모두 북경에 있네! 게다가 이곳의 녹영병은 총독아문과 병부의 공동 견제하에 있어 늑이근 혼자 힘으로는 졸병 하나도 움직일 수 없어!"

이제 홍주의 훈책에도 이골이 난 양부운은 굴하지 않고 꿋꿋하게 입을 열었다.

"지당하신 말씀입니다. 하관의 말은 그런 뜻이 아닙니다. 다만 거대한 사건에 연루돼 있는 늑이근이 흙탕물에 같이 발을 담근 부하들을 시켜 함정을 파놓고 친왕마마를 밀어 넣으려 하는 게 아닌가 하는 생각이 들었을 뿐입니다. 목숨까지는 노리지 않더라도 마마의 체면을 바닥에 떨어뜨려 짓밟아 놓고 자기네의 사건을 최대한 희석시키려고 하지 않을까요? 그자들은 잠자고 있는 귀신도 불러낼 만큼 악랄한 자들입니다!"

홍주가 그래도 계속 망설이자 이번에는 화신이 나섰다.

"마마께서는 지금 차마상茶馬商입니다. 미복微服이오니 저자들이 '정체가 수상하다'는 명목으로 어떤 죄를 덮어씌우더라도 어쩔 수가 없지 않습니까? 이번 도박판만 봐도 그렇습니다. 정작 수작을 부린 건 자기네들이면서 우리더러 사기도박으로 판돈을 모조리 쓸어갔다면서 몰아세우지 않았습니까. 다짜고짜 감방에 처넣기라도 하면 그 사이 늑이근은 변신을 해도 열두 번은 더 하지 않겠습니까? 작년에 광동 얼사아문의 어떤 관리도 지방으로 사건 수사차 내려갔다가 기방에서 화주花酒를 마셨다고 합니다. 그런데 재수 없게 현지 얼사아문에 덜미가 잡혀 사흘 동안 갇혀 있었다고 합니다. 결국 일도 제대로 처리하지 못한 채 세 등급 강등되는 처벌만 받았다지 않습니까?"

"됐네, 겁주지 말고 그만하게! 자네들의 뜻에 따를 테니."

홍주가 드디어 고개를 끄덕이면서 자리를 털고 일어났다. 이어 다시 덧붙였다.

"양부운의 말대로 화신만 여기 남고 우리는 밖에 나가 돌아보고 오지!"

홍주 일행이 떠나자 혼자 남은 화신은 곧바로 자신의 방으로 돌아왔다. 명색이 양춘 삼월이었으나 감숙은 아직 바람 끝이 차가웠다.

삼경三更이 가까워오는 시각이라 허름한 뒤뜰 방에서는 꺼질 듯한 유리등 불빛만 희미할 뿐 인기척은 들리지 않았다.

화신은 오늘 밤 일어난 모든 일이 그저 꿈만 같았다. 달랑 동전 몇 닢만 믿고 들어간 도박장에서 꿈같이 제일친왕인 홍주를 만나지 않았던가. 더구나 다행히도 친왕은 그에게 호감이 생긴 것 같았다. 이제 큰 이변이 없는 한 앞날은 보장됐다고 볼 수 있었다. 화신은 새삼 인생의 부침은 아무도 예측할 수 없다는 생각을 했다. 이어 등잔불도 밝히지 않고 옷도 입은 그대로 침대에 벌렁 드러누워 버렸다.

화신이 이런저런 생각을 하다가 어렴풋이 잠이 들 무렵이었다. 갑자기 장작을 패는 듯한 큰 소리가 들렸다. 그는 깜짝 놀라 잠에서 깼다. 그리고는 후닥닥 일어나 앉아 밖을 내다봤다. 아직 날은 밝지 않았다.

'아닌 밤중에 폭죽소리는 아닐 테고 도대체 무슨 일일까?'

화신이 미처 상황 판단을 하기도 전에 방문이 벌컥 열렸다. 이어 시커먼 그림자들이 침대께로 덮쳐왔다.

"왕 어르신인가 뭔가 하는 그 자식은 어디 있어?"

그림자들이 다짜고짜 물었다. 화신은 경황이 없는 와중에도 홍주 등이 피하기를 잘했다는 생각을 하지 않을 수 없었다. 그러나 곧이어 그런 생각을 계속할 겨를도 없이 엉거주춤 몸을 일으키면서 항의를 했다.

"지금 뭘 하는 짓이오? 낭랑건곤朗朗乾坤의 청평세계淸平世界에서 이리 무법천지로 굴어도 되는 거요?"

화신의 말이 끝나기도 전에 오씨 모녀가 머물러 있는 저쪽 방에서도 아이의 울음소리와 여자의 욕설이 터져 나왔다. 그 사이 등잔에 불이 켜졌다. 그리고 산발이 된 오씨와 아이가 누군가에게 거칠게 등을 떠밀리면서 들어왔다. 화신은 불빛을 빌어 그 누군가를 쳐다봤다. 방가기 형제였다. 화가 치밀어 오른 화신이 버럭 소리를 질렀다.

"지금 판돈 잃었다고 보복하는 거야 뭐야? 이놈의 동네는 원래 이렇게 무법천지야?"

"나는 이곳의 갑장이야!"

큰 방가기가 두 말이 필요 없다는 듯 으르렁대면서 말을 이었다.

"어젯밤에 왔을 때는 도망가고 없더니, 이 난리통에도 음부淫婦를 꿰차고 재미를 보고 있었군. 너야말로 무법천지 아니냐?"

오씨가 방가기의 말이 채 끝나기도 전에 그의 얼굴에 침을 뱉으면서 악을 썼다.

"이놈의 자식이 지금 뭐라고 지껄였어? 너의 어미가 화냥년이고, 네 마누라가 걸레면 다 그런 줄 알아? 우리는 돈 내고 각자의 방에서 잠만 잤을 뿐이야. 이 더러운 놈이 무슨 개소리를 하는 거야!"

큰 방가기가 징글맞게 웃으면서 다시 욕설을 퍼부었다.

"아무리 발광해도 소용없어 이년아! 칼날 잡은 쪽이 이기는 것 봤냐? 너희 연놈들은 저쪽 절에 있을 때부터 한 이불을 덮었어! 오늘밤에도 일부러 사람들의 이목을 피해 한 칸 건너에 방을 잡고 재미는 이미 다 봤겠지. 누가 그런 것도 모르는 바보인 줄 아냐? 둘 다 진공소진公所로 가야겠어. 일어나, 어서!"

화신은 기가 막혀 환장할 노릇이었다. 그러나 이미 방가기 등의 올가미에 빠졌으니 이 자리에서는 아무리 항변해봤자 의미가 없을 것 같았다. 이곳에서 시간을 끌다가 자칫 홍주 일행이 멋모르고 들어와 한데 엮이는 날에는 더 큰일이 날 터였다.

"가자면 가지, 못 갈 줄 아냐?"

화신이 코웃음을 치면서 방가기 일행을 따라나섰다. 얼굴에 싸늘한 미소가 떠올랐다.

진공소는 풍화객잔 지척에 있었다. 절을 개조해 세운 아문은 별로 크지 않았다. 주위를 둘러봐도 여느 진공소나 다를 바 없이 평범했다. 그러나 아역들은 미리 연락을 받고 대기하고 있었는지 밤이 깊은 새벽시간임에도 불구하고 모두 나와 있었다. 화신이 미처 숨을 돌리기도 전에 고함소리가 들려왔다.

"승당昇堂! 범인을 끌어내라!"

고함소리에 이어 죽판竹板을 든 아역들이 두 줄로 서서 기세등등하게 걸어 나왔다. 멍하니 서 있던 화신은 거칠게 등을 떠밀리면서 엎어질 듯 대당大堂 안으로 들어갔다.

이럭저럭 날이 조금씩 밝아오기 시작했다. 화신은 두리번거리며 아역들을 눈여겨보았다. 놀랍게도 아역이라는 자들의 차림새가 덕지덕지 기운 두루마기를 대충 걸치고 얼굴도 꾀죄죄한 것이 한 무리의 거지들이 따로 없었다. 고씨 성을 가진 현령이라는 사람은 공복公服도 입지 않고 앉아 있었다. 자세 역시 한껏 흐트러져 있었다.

그의 동쪽에는 큰 방가기가 서 있었다. 또 그의 옆에는 막료 복장을 한 자가 있었다. 바로 어젯밤 도박장에 같이 있었던 그 차상이었다. 그제야 화신은 이자들이 미리 함정을 파놓고 홍주가 걸려들기만 기다렸을 것이라는 추측이 맞아떨어졌다고 확신했다. 아무려나 고 현령은 전혀 떨지 않고 마냥 당당하기만 한 화신을 보면서 이게 어떻게 된 일이냐는 눈빛으로 차상을 힐끔 일별했다. 그리고는 철척鐵尺으로 책상을 탁 치면서 물었다.

"너……, 이름이 뭐야?"

"유호록 화신이라 하오."

화신은 대답을 하고는 재빨리 머리를 굴렸다.

'아무리 둘러봐도 이 자리에 막회고는 보이지 않아. 후환이 두려워 숨어버렸을 가능성이 커. 이 현령이라는 자는 마흔도 넘어 보여. 그런데도 아직 현령 자리에서 뭉개고 있다는 것은 늑이근의 수하에서 그리 잘 나가는 편이 못 된다는 증거지. 아무리 겁이 없는 자들이라 해도 친왕을 해치려 든다는 것은 어지간한 담력이 아니고서는 불가능한 일이야. 그러니 이 현령이라는 자는 지금까지의 상황을 잘모를 가능성이 커. 이런 경우에는 신분을 정확하게 밝히는 것이 도움이 될 거야.'

화신은 순식간에 계산을 끝내고는 초반에 기선을 제압할 요량으로 입을 열었다.

"나는 만주 정홍기正紅旗 소속이오. 집은 북경 서직문 내에 있소. 부친은 한때 복건성 부도통副都統으로 계셨소. 나는 지금 군기대신 아계 중당을 따라 군기처에서 업무를 맡고 있소."

화신의 말이 끝나기 무섭게 고 현령이 미간을 심하게 찌푸렸다. 그는 원래 삼당진 부근에 있는 번고藩庫에 물이 찼다는 보고를 받고 실태조사를 위해 내려왔던 차였다. 그러다 총독아문의 막료로 있는 원청신阮淸臣의 보고를 받고 늦은 밤임에도 이곳까지 오게 됐다. 원청신은 보고를 할 당시 '풍기를 해친 음탕한 도박꾼'을 붙잡았노라고 하면서 심문을 맡아달라고 했던 것이다. 그런데 '음탕한 도박꾼'의 입에서 군기처 요원이라는 말이 흘러나왔다. 그로서는 놀라지 않을 수 없었다!

그는 불만이 가득한 시선으로 막료를 힐끗 쏠어보면서 말투를 조금 부드럽게 바꿨다.

"군기처에서 구체적으로 어떤 업무를 맡고 있는지 물어봐도 되겠소?"

"아계 중당의 시중을 들고 있소."

"난주에는 무슨 일로 오게 됐소?"

"미리 와서 기다리라는 아계 중당의 지시를 받고 왔소."

"아계 중당께서도 난주로 내려오신다고 했소?"

"중당께서는 이미 도착해 계시오!"

고 현령은 속으로 흠칫 놀랐다. 당장에 아계 중당이 지금 어디에 머물고 있는지 묻고 싶었다. 그러나 그것은 예의에 어긋나는 일이었다. 그는 원 막료 때문에 원치 않게 흙탕물에 발을 담그게 됐다는 생각을 하지 않을 수 없었다. 사실 조정에서 식량 조사단이 내려올 거라는 소문은 이전부터 파다했었다. 그렇지만 이렇게 빠를 줄은 미처 몰랐다. 그는 늑이근과 왕단망이 한통속이라는 사실 역시 너무나도 잘 알고 있었다. 그러니, 이곳에서 계속 현령 자리에라도 버티고 있으려면 그 두 사람에게 미운 털이 박힐 수도 없는 노릇이었다. 고 현령은 머릿속이 한없이 복잡해졌다. 중간에서 어떤 역할을 해야 할지 난감했던 것이다!

그가 잠시 생각한 끝에 입을 열었다.

"아계 중당을 시중든다고 했는데, 그러면 무슨 증명이라도 보여줘야 할 거 아니오? 명색이 국가 중추기관에서 업무를 맡고 있다는 사람이 시골 도박장에서 물의를 일으켰다고 하니 어째 좀 믿음이 안 가서 말이오."

막료 원청신은 불만 어린 시선으로 고 현령을 바라봤다. 어서 빨리 '왕 어르신'의 행방을 추적해 한 끈에 '엮어'야 하는데 엉뚱하게 화신의 얘기에 끌려 시간을 허비하고 있는 그의 처사가 마음에 들지 않았던 것이다. 그는 솔직히 아계가 난주로 내려왔다는 말을 애당초 믿지도 않았다. 얼마 전 늑이근은 총독아문의 몇몇 막료들을 모아놓고 밀모를 했었다. 이번에 누가 암행을 오든 상관없이 일단 사건을 조작해 똥바가지부터 뒤집어씌운 다음 흙탕물을 만들어 자신들의 책임을 피해보자는 쪽으로 계획을 짰던 것이다.

사실 이런 일에 망설임은 금물이었다. 정신을 못 차리도록 번갯불에 콩 볶듯 빠르게 추진하는 것이 기본이었다. 그러나 어젯밤에는 늑이근에게 보고를 올리러 가느라 때를 놓쳐버렸다. 또 나중에 막회고를 보냈으나 '왕 어르신'을 놓치고 말았다. 그런데 지금은 현령 고문진高文晉이라는 자마저 이리 꾸물대니 속이 터질 일이었다.

총명한 화신은 원청신의 속내를 짐작이라도 한 듯 장광설을 늘어놓기 시작했다. 자신이 어쩌다 병을 앓았고, 절에 버려졌다가 구사일생으로 오씨 모녀의 도움을 받아 되살아났다는 둥 있는 말 없는 말을 자랑처럼 늘어놓으면서 완전히 원청신의 염장을 질렀다. 급기야 듣다 못한 원청신이 책상을 탁 치면서 무섭게 소리쳤다.

"누가 그런 허튼소리를 늘어놓으라고 했어? 감합勘合이 없고 신분을 증명할 수 있는 서찰이 없으면 너는 평민이야! 부모관 앞에서 무릎을 안 꿇어?"

"나의 감합은 방가기 저자가 없애버렸소!"

화신이 냉소를 흘리면서 방가기를 가리켰다. 이어 다시 말을 이었다.

"내 감합이 지금 내 손에 있다면 무릎을 꿇어야 할 사람은 당신네들이라는 걸 어찌 모르오!"

"군기처에 있으면 다야? 물이나 따라주고 비질이나 하는 게 대단한 줄 알아?"

"나는 공신의 후예야. 이래봬도 삼등도위三等都尉의 신분을 세습한 귀한 몸이란 말이야. 그러는 당신은 무슨 작위爵位를 갖고 있소?"

순간 장내는 쥐 죽은 듯 조용해지고 말았다. 원청신도 크게 놀란 표정이 역력했다. '삼등도위' 신분이면 현령은 말할 것도 없고 총독을 만난 자리에서도 무릎을 꿇을 필요가 없었다. 호시탐탐 화신을 노려보던 좌중 사람들의 눈빛이 주체할 수 없이 흔들리기 시작했다.

29장
황후 부찰씨의 죽음

그로부터 열흘 뒤 홍주와 아계의 탄핵 상주문이 600리 긴급 편으로 건륭에게 전해졌다. 물론 왕단망과 늑이근의 부정부패와 횡령에 관한 실태조사 보고서였다. 건륭은 그러나 일단 귀경길부터 서둘렀다. 그러다 황후의 건강을 챙기고 태후의 여독도 풀어드릴 겸 산동성 덕주 행궁에 잠시 머물렀다 가기로 했다.

건륭은 멀리서 마중 나온 강남, 절강, 강서, 복건, 안휘, 하남 등지의 총독, 순무, 포정사들에게 각자 원래의 위치에서 업무에 임하라는 명령을 내렸다. 두 군기대신 역시 어가를 수행하랴, 각자의 일을 보랴 눈코 뜰 새 없이 바쁘게 보내지 않으면 안 됐다.

특히 유통훈은 어가 관방關防을 책임진 외에도 해야 할 일이 많았다. 우선 재해지역으로 보내는 구제양곡이 조운漕運 과정에 문제가 생기지 않도록 오할자와 황천패를 파견하면서 만사에 만전을 기할 것을 신신당부했다. 전도와 고항 사건에 대한 심사 결과도 제때에 보고받고 처리했다. 또 건륭이 황후의 재앙을 물리치기 위해 죄수들의 형옥刑獄을 면제하라는 어지御旨를 내리자 북경 형부에서 온 관리들과 함께 사면자 명단을 작성하느라 정신이 없었다.

기윤 역시 몸이 두 개라도 부족하기는 마찬가지였다. 우선 매일 정시에《사고전서》편수작업에 참여한 인원들을 접견하고 중요한 서적들은 건륭에게 올려 어람을 청했다. 또 얼마 뒤에 곧 치러질 박학홍유과博學鴻儒科 시험 준비를 위해 관리들도 접견했다.

"연청 공, 화친왕과 아계는 실로 쾌도난마의 패기가 대단한 분들이오."

기윤이 홍주의 상주문을 읽고 나서 말했다. 이어 눈을 감고 잠깐 생각에 잠겼다. 그리고는 상주문을 다시 봉투에 넣어 옆자리에 앉은 유통훈에게 건네주면서 덧붙였다.

"사흘 만에 후닥닥 처리했다지 뭐요. 이걸 좀 보시오! 감숙성에는 비축 식량이 오만 석도 되나마나 하고, 은자는 삼십만 냥밖에 없다고 하오. 호부 장부에 기록되어 있는 수치보다 칠십만 냥이나 적소. 왕단망 그자는 평소에 조용하고 겸손해 보여서 인품 하나는 괜찮다고 생각했는데, 그렇게나 속이 검은 줄은 진정 몰랐소! 이번 사태로 처벌받은 관리가 삼사三司 아문을 통틀어 백칠십이 명이라는데……, 그 빈자리를 막는 일이 시급하오. 어서 폐하를 알현해서 주청을 올려야겠소."

지친 듯 의자에 기대앉은 채 담배만 뻑뻑 빨고 있던 유통훈은 기윤의 말에 벌떡 일어나 자세를 고쳐 앉았다. 그 사이 감숙성 사건에 실마리가 잡혔을 뿐 아니라 추측했던 것보다 사태가 훨씬 심각하다는 데 적이 놀란 모양이었다. 아무려나 그가 곰방대를 입에 문 채 두 손으로 상주문을 넘겨보면서 우물거리듯 말했다.

"원래 좋은 일을 하는 사람은 할수록 간이 작아지고, 나쁜 짓을 일삼는 자들은 갈수록 간덩이가 붓는 법이오."

유통훈은 상주문을 받자마자 첫 장부터 마지막 장까지 쓱 한번 살펴봤다. 혹시 유용이 겁 없이 홍주와 아계의 상주문에 본인의 상주문을 끼워 보내지 않았는지 걱정이 됐던 것이다. 다행히 유용의 상주문은 없었다. 그제야 그는 안심하고 꼼꼼하게 읽어 내려가기 시작했다.

상주문 내용에 따르면 홍주는 감숙성 남부와 동부, 아계는 북부 일대를 암행하면서 부고府庫를 시찰하고 민초들의 소리에 귀를 기울였다고 했다. 연이은 침수 피해와 메뚜기 떼의 만연으로 작황은 최악이었다는 내용이 있었다. 남부 17개 주현州縣 중 무도武都, 임담臨潭, 용서龍西 등 세 곳의 부고府庫에만 채 20만 석도 안 되는 식량이 비축돼 있을 뿐 메뚜기 떼 피해가 극심한 동부 지역에서는 알곡을 한 톨도 거두지 못하고 메뚜기 시체만 천지에 가득하다는 설명도 보탰다. 1000만 명의 기민饑民들이 구제양곡을 구경도 못하고 연일 메뚜기로 연명해 나가는 형편인지라 그 모습을 차마 눈뜨고 볼 수 없었다는 심경 역시 전했다.

아계는 북부 일대에서 군비軍備와 주둔군을 중점적으로 시찰하면서 탐문한 내용도 상주문에 올렸다. 군軍에서는 왕단망, 늑이근으로부터 식량을 한 톨도 지원받지 못했을 뿐 아니라 오히려 유림楡林 창고에 군량으로 비축해뒀던 식량을 근처 이재민들에게 3만 석 가량 내줬다고 했다. 따라서 현재 북부에는 남아 있는 짐승이 거의 없고, 더불어 봄 파종 시기가 성큼 다가왔건만 종자로 쓸 볍씨마저 없어서 앞으로의 일이 더욱 더 우려된다는 내용이 적혀 있었다. 장장 일만 자에 가까운 상주문 말미에는 더욱 기가 막힌 내용이 첨가되어 있었다.

감생監生들이 기부금 명목으로 납부한 식량은 사실상 한 톨도 창고에 들어가지 않았다고 하옵니다. 이치吏治 정돈, 국채 환수 이런 말이 나오자 그제야 눈가림용으로 텅 비어 있던 번고藩庫를 채워 넣었다고 하옵니다. 군주를 기만하고 백성들에게 극심한 피해를 입힌 죄행을 성토하옵니다! 감숙성에는 현재 여섯 개 주州, 여덟 개 청廳, 마흔일곱 개 현縣이 있사옵니다. 이 모든 행정지역을 통틀어 낭패위간狼狽爲奸(흉악한 무리들이 흉계를 꾸밈)을 통해 천 냥 이상을 횡령한 주현관州縣官만 백하고도 두 명이옵니다. 성省 전체의 크고 작은 관리들 중 횡령과 착복에서 자유로운 자는 거의 없는 현실이옵니다. 신들이 떠나올 때 폐하께서는 광범위하고 철저한 수사를 강조하셨사옵니다. 신들은 폐하의 어지를 받들어 추호도 방심하지 않고 명정明正한 수사를 펼친 끝에 왕단망과 늑이근의 죄행을 낱낱이 파헤쳤사옵니다. 둘은 탐욕스럽고 야비하면서도 가증스럽기 짝이 없는 자들이옵니다. 옹정 연간의 낙민 사건 때에는 전 성省의 관리가 크고 작게 연루된 와중에 그래도 끝까지 동류합오同流合汚하지 않은 청렴한 관리들이 얼마간이라도 있어 적이 위안을 느꼈사옵니다. 그러나 이처럼 숨통이 막혀 질식해버릴 것처럼 기군해민欺君害民의 극치를 달린 사건은 개국 이래 가히 처음이라고 하겠사옵니다. 극심한 춘황春荒이 이어지는 와중에 봄철 파종 시기가 눈앞에 다가왔사옵니다. 어쨌거나 백성들의 생업만은 차질이 없게 해야 할 것이옵니다. 신 홍주, 아계와 유용은 상의한 끝에 잠시 유임하면서 폐하의 어지를 기다리기로 했사옵니다.

유통훈은 천천히 상주문을 덮었다. 비분悲憤이 사무쳐서인지, 담배 연기 때문인지 눈에서 눈물이 주르륵 흘러내리고 있었다. 급기야 그가 품에서 손수건을 꺼내 눈물을 닦으면서 상주문을 기윤에게 밀어 줬다.

"할 말이 없소. 폐하께서 힘들어하실까 봐 그게 걱정이오."

유통훈의 눈빛은 흙더미에서 파낸 돌처럼 암담하기만 했다. 말투에도 감출 수 없는 상심이 묻어났다. 그가 천천히 입을 열었다.

"손가감이 죽기 며칠 전에 가 봤더니 요즘 관가에 어떤 구호가 유행하는지 아느냐고 묻더군. 그러면서 '일년청一年淸, 이년탁二年濁, 삼년사三年死'라는 구호를 알려주었소. 이번에 연루된 백여 명의 관리들 중에는 내가 개인적으로 아는 자들도 몇몇 있소. 백성들은 메뚜기 시체를 먹어야 하는데 그자들은 백성을 잡아먹고 있었으니, 내가 그런 자들을 가만 놔두려야 놔둘 수 있겠소? 하나하나 준엄하게 그 책임을 물을 것이오!"

기윤이 장시간 붓을 놀린 탓에 시큰해진 팔을 주무르면서 대답했다.

"연청 공의 뜻에 공감하오. 고항의 사건과 이번 사건은 이치 쇄신의 신호탄으로 이어질 거요. 다른 탐풍貪風을 진압하려면 먼저 충분한 위력을 과시해야 할 것이오. 내 생각에는 먼저 왕단망과 늑이근 두 거물을 처치하는 동시에 이 사건에 연루됐지만 이미 감숙을 떠난 관리들은 난주蘭州로 압송하는 것이 좋겠소. 또 감숙성의 지부知府 이하 관리들은 잠시 유임시키고 어지가 내려진 연후 죄를 묻는 게 어떨까 하오. 춘경춘파春耕春播(봄철에 논밭을 갈고 씨를 뿌리는 일) 이후에 이부에서 새로운 진사들을 대거 선발, 파견할 거요. 그때 난주에서 심문하되 죄질의 경중과 횡령금액의 다과, 초범과 상습범의 여부를 가려내야 하겠소. 또 죄를 인정하는 태도의 좋고 나쁨과 정치적 치적의 대소大小도 반영하는 것이 바람직할 것 같소. 그리 하면 앞뒤

전후 처리도 용이할 뿐더러 개과천선의 여지도 줄 수 있다고 생각하오. 아울러 궁극적으로 관대한 정치라는 정책에도 반하지 않게 되니 일석삼조의 효과를 거둘 수 있지 않겠소?"

기윤은 군기처에 몸담은 세월이 길다 보니 정무에 임하는 태도가 섬세해지고 빈틈이 없었다. 유통훈 역시 그렇게 생각한 듯 기윤의 말에 고개를 끄덕이면서 대답했다.

"주도면밀한 발상이오. 폐하께 이를 상주해 온 천하에 어지를 내리는 것이 마땅할 것 같소. 소인배들이 유언비어를 살포하고 별유용심別有用心한 무리들이 세상을 어지럽히는 빌미를 만들어줘서는 아니되겠소. 지금 당장 패찰을 건네 뵙기를 청합시다."

유통훈과 기윤 두 사람은 즉각 자리에서 일어났다. 기윤이 시계를 보니 신시申時 무렵이었다. 하늘은 어느새 담묵淡墨을 칠해 놓은 듯 구름이 잔뜩 덮여 있었다. 행궁 의문에서 패찰을 건네자 천명賤名이 '개자식'인 태감이 옷 두 벌을 껴안고 나타났다. 기윤이 물었다.

"춥지도 않은데 옷은 왜 들고 다니나?"

"중당 대인, 곧 비가 내릴 것 같아서 미리 준비했습니다."

태감이 기윤과 유통훈을 향해 허리를 굽실거리면서 대답했다. 이어 다시 입을 열었다.

"두 분 대인께서는 지금 들어가시면 언제 나오실지 모르지 않사옵니까. 그때 비라도 내려 맞으시는 날에는 내무부에서 소인을 끌어다 목을 비틀 것입니다……."

그런데 태감은 말을 하다가 말고 갑자기 고양이를 만난 쥐처럼 몸을 떨면서 잔뜩 움츠렸다.

"이거 왜 이래? 갑자기……."

태감의 시선을 따라 고개를 돌리던 기윤 역시 깜짝 놀라고 말았다. 언제 왔는지 건륭이 그의 등 뒤에 서 있었던 것이다. 그러자 조금 떨어져 있던 유통훈이 급히 달려왔다. 둘은 동시에 무릎을 꿇으며 문후를 올렸다.

건륭은 겉보기에는 기색이 그럭저럭 괜찮아 보였다. 그래서일까, 동작 하나하나가 모두 시원시원했다. 그가 부채를 든 손으로 둘에게 일어나라는 손짓을 하면서 웃음 띤 얼굴로 말했다.

"짐도 너무 오래 앉아 있다 보니 허리가 뻐근하고 손목이 시큰해서 산책을 하던 중이었네. 경들이 패찰을 건넸다는 소리를 듣고 온 거네. 태감들은 뭘 하나, 연청 공을 부축하지 않고! 눈치가 어찌 그리 무딘 도끼날인가? 밖이 좋네, 방안은 갑갑해서 들어가고 싶은 생각이 없네."

유통훈이 건륭의 말이 끝나기 무섭게 그의 용안을 훔쳐보면서 아뢰었다.

"폐하께서는 어젯밤에도 편히 침수 드시지 못하셨나 보옵니다. 눈언저리가 어두워 보이옵니다. 그리 긴요하지 않은 일은 북경에 돌아가신 뒤 천천히 처리하는 것이 좋을 것 같사옵니다. 지금은 가는 길에 있사오니 육부六部에서도 노고를 나눌 수가 없사옵니다. 폐하께서 배로 버거우실 것 같사옵니다."

건륭이 바로 입을 열었다.

"경들만 닦달하고 짐은 두 다리 뻗고 잠이나 자고 있으면 어찌 군신이 힘을 합친다고 할 수 있겠는가? 잔말 말고 산책이나 하세. 여기서 서쪽으로 갔다가 북으로 꺾어든 뒤 다시 동으로 빙 돌면 궁으로 돌아가게 되네. 낙양洛陽에서 보내온 모란꽃이 좋더군. 경들에게 하나씩 상으로 내리고자 하네. 저녁에는 어선御膳을 내리지 않겠네. 용무만 아뢰고 그만 돌아가게. 어떤가?"

유통훈이 기다렸다는 듯 대답했다.

"모처럼 폐하를 모시고 산책을 한다니 신들은 더할 나위 없이 기쁘옵니다. 단지 산책을 하시더라도 출궁出宮은 아니 되옵니다. 정말로 궁 밖으로 나가고 싶으시다면 신이 돌아가 관방을 배치한 연후에 나가시는 게 좋겠사옵니다."

건륭이 유통훈의 말에 부채 끝으로 그를 가리키며 웃었다.

"그럴 줄 알았네. 연청 공은 정말 못 말리겠군! 그래, 알았네. 짐이 자네 말을 듣겠네!"

건륭이 유쾌한 웃음을 바람에 날리면서 앞서 걸었다. 유통훈과 기윤은 양 옆에서 그를 따랐다. 또 왕팔치, 복례, 복신 등 몇몇 태감과 파특아 등 서너 명의 시위들은 대여섯 보 뒤에서 그를 수행했다.

기윤은 나무가 우거진 한적한 오솔길을 걸어가면서 홍주와 아계의 상주문 내용에 대해 조심스레 한 가지씩 아뢰기 시작했다. 감숙성에서 희대의 기군해민欺君害民 사건이 터진 데다 황후의 병세까지 악화일로를 치닫고 있는 터라 건륭의 심적 고통은 이만저만이 아니었다. 기윤은 그런 생각에 왕단망과 늑이근이 저지르고 다닌 짓에 대해 소상히 아뢰지를 못했다. 유통훈 역시 마찬가지였다. 감숙성 전체에 만연돼 있는 관가의 비리와 그로 인해 직격탄을 맞은 백성들의 불쌍한 생활상에 대해 가급적 덜 심각하게 언급해야 했다. 둘은 가슴이 조마조마하고 손에 땀이 흥건히 고였다.

건륭은 두 신하가 등골에 식은땀을 흘리면서 조심스럽게 한마디씩 보고하는 동안 처음부터 끝까지 담담하고 평온함을 유지했다. 그리고는 말없이 걷기만 하다가 가끔 잠깐씩 걸음을 멈췄다. 이어 두 신하를 힐끔 바라보다가 다시 걸음을 떼기를 반복했다. 그러다 얼마 후 걸음을 완전히 멈추고는 입을 열었다.

"물은 이미 엎질러졌고 이제 수습하는 일만 남았네. 짐은 경들의 의견에 공감할 수 없네. 횡령 금액이 천 냥이 넘는 관리들은 즉각 북경으로 압송해 부의部議에 넘기도록 하게. 짐이 돌아가서 고향의 사건과 함께 처리할 거네. 천 냥 이하에 대해서는 경들이 알아서 처리하게. 생각 같아서는 백성들을 도탄에 빠지게 한 여우와 쥐새끼들을 한꺼번에 갈아엎어버리고 싶지만 고쳐 생각하니 그것만이 능사는 아닌 것 같네. 구제불능의 탐관오리들에 대해서는 가차 없이 중죄를 묻는다지만 그중에 어쩌다 '딱 한 번'에 걸린 초범도 있을 수 있지 않은가. 그러니 중용을 취하는 게 조정을 위해서나 백성들을 위해서나 좋을 것 같네."

유통훈은 건륭의 말이 끝나자 분개한 어조로 의견을 아뢰었다.

"실로 가증스럽기 짝이 없사옵니다. 폐하께서는 관대한 정치를 정책의 기조로 삼고 계시옵니다. 평등한 법을 펼치시고 세금을 면제해주시며 거짓 및 폭력과 미움이 없는 시대를 갈구하고 계시옵니다. 그러나 일방의 어버이관들이라는 자들은 오로지 개인의 영달과 재물에만 눈이 어두워 학정虐政과 패덕悖德을 일삼으니 어찌 천벌을 받아 마땅한 일이 아니겠사옵니까. 요즘 감숙 쪽에서는 《학정가》虐政歌라는 노래가 만들어져 어린이와 노인들 모두가 타령처럼 부르고 다닌다 하옵니다."

"오, 《학정가》라고 했나? 들어봤자 뻔한 것이겠지만 어디 가사나 한번 들어보세."

유통훈은 즉각 가사를 떠올려봤다. 다행히 몇 구절 기억이 났다.

국록 먹고 높은 수레를 타고 비단옷 입은 자들아,
너희들은 어찌 병든 백성들의 아픔을 털끝만큼도 모르느냐.

금준金樽에 옥주玉酒를 따라 마시는 자들아,

너희들은 정녕 모른단 말이냐, 그것이 만백성의 피인 줄을.

촉루燭淚가 뚝뚝 떨어지니 원성 어린 만민의 눈물이요,

노랫소리 드높으니 백성들의 울분이노라.

저들에게 백성들의 운명을 맡기니 어물전의 고양이요,

이리떼 속에 양의 무리를 몰아넣은 격이네!

유통훈은 가사를 다 읊고는 말없이 고개를 숙였다. 순간 검은 구름이 점점 낮게 드리워졌다. 찬비를 머금은 바람도 거세게 불어 닥쳤다. 건륭은 차디찬 얼음물이 목덜미에 떨어지기라도 한 것처럼 으스스 떨면서 목을 움츠렸다. 찬바람 때문인지 노래 속의 내용 때문인지 알 수가 없었다. 건륭이 돌아서면서 말했다.

"비가 쏟아질 것 같네. 그만 궁으로 돌아가세."

그러자 복신이 종종걸음으로 달려와 건륭에게 우비를 걸쳐주면서 아뢰었다.

"보슬비가 내리기 시작한 지 한참 되었사옵니다. 워낙 숲이 무성해 느끼지 못하셨을 뿐이옵니다."

건륭은 태감이 입혀주는 대로 잠자코 서 있다가 깊은 한숨과 함께 오던 길로 돌아섰다. 유통훈과 기윤은 황급히 시선을 교환하고는 건륭의 뒤를 따랐다.

행궁의 정전은 산에 기대어 있는, 우뚝 솟은 남향 건물이었다. 산색山色이 워낙 어둡고 우중충한 데다 마당에도 온통 아름드리나무들이 하늘을 덮고 있어 궁전은 오늘따라 대단히 음삼陰森해 보였다. 그래서일까, 건륭은 마당에 들어선 뒤에도 궁전 안으로 발을 들여놓고 싶지 않은 듯했다. 그는 유통훈과 기윤을 데리고 유랑遊廊을 천천히 거닐면서 깊은 사색에 잠기더니 한참 후에야 입을 열었다.

"토지겸병 현상이 심각하네. 빈익빈, 부익부도 어제 오늘의 일이 아니네. 부部에 명령을 내려 산서, 섬서, 하남, 산동, 감숙 다섯 개 성의 총독과 순무들에게 황무지 개간을 적극 장려하라고 하게. 황무지 개간 실적을 관리들의 업적에 적극 반영한다고 하게. 의롭고 선한 지주들을 독려해 소작료를 감면해주면서 휼민恤民에 앞장서도록 하게. 이에 적극 호응하는 지주들의 명단을 올리면 짐이 크게 포상하겠네. 이를 가볍고 자질구레한 일로 치부해서는 아니 되겠네. 유의하도록 하게."

건륭이 갑자기 뜬금없는 얘기를 꺼낸 이유는 분명했다. 조금 전의 《학정가》를 듣고 느낀 바가 많았던 것이다. 두 신하는 그리 하겠노라 큰 소리로 대답했다. 건륭은 고개를 끄덕이며 잠시 침묵하다 오동나무 잎새에 가볍게 떨어지는 보슬비 소리를 들으면서 천천히 다른 화제를 입에 올렸다.

"원명원 공사는 중도에 포기할 수 없네. 허나 이제부터는 내무부에서 인부들의 공전工錢과 재료비를 철저히 조사한 뒤 호부의 비준을 거쳐 예산을 책정할 것이네. 예산 집행상황도 공부工部에서 정기적으로 감독할 것이네. 대규모 예산이 투입되는 공사에 대해 군기처에서 묻지도 않고 보고를 받지도 않는다는 게 말이 되는가?"

"명심하겠사옵니다!"

유통훈과 기윤은 즉시 대답했다. 건륭은 둘의 대답을 듣고 고개를 들더니 오동나무 가지를 바라봤다. 얼굴에 자조 섞인 미소가 빠르게 스쳐 지나갔다. 그가 다시 말을 이었다.

"노작의 관품을 두 등급 올려주겠네. 어지를 내려 보내게. 청강淸江 구역 황하黃河의 청소 작업이 끝나는 대로 장강 쪽도 손을 보라고 하

게. 그리고……, 이번 남순으로 인해 특별히 백성들에게 피해를 입힌
건 없다고 생각하네. 다만 각 지방에서 어가를 영송迎送하면서 적잖
이 재정적인 손실을 입었을 테니 조서를 내려 천하의 전량錢糧을 면
해준다고 하게.”

유통훈과 기윤 두 신하는 건륭의 다른 말에는 별로 이의가 없었다.
그러나 천하의 전량을 면제해주라는 말에는 선뜻 대답을 하지 못했
다. 전량을 면제하면 국고에 들어오는 세입稅入이 무려 5000만 냥이
나 줄어들기 때문이었다. 건륭이 신하들의 그런 눈치를 알아차리지
못할 리 만무했다. 그는 ‘용처가 워낙 많아서’라는 식으로 운을 떼려
는 기윤의 말을 단칼에 잘라버렸다.

“백성들이 항산恒産이면 본고방녕本固邦寧(모든 것이 공고해지고 편안해
짐)이라고, 기윤 자네가 짐에게 했던 말을 잊었나? 딴소리 말고 그리
하게. 태후마마만 궁하지 않으시면 되네. 짐을 포함한 다른 사람들이
근검절약을 하면 될 걸세!”

건륭은 말을 마치고 동각문東角門 쪽으로 천천히 나왔다. 순간 그는
붉은 돌계단 아래에 초조하게 서 있는 진미미를 발견하고는 소리 없
는 한숨을 토했다. 황후에게 또 무슨 일이 생긴 것이 분명했다. 그가
손짓으로 복례를 불렀다.

“낙양에서 올려 보낸 모란꽃은 어디 있나? 가져다 유통훈과 기윤
에게 상으로 내리거라.”

건륭이 이어 유통훈과 기윤 두 신하를 향해 말했다.

“오늘은 이만하고 물러가게. 못 다한 얘기는 글로 작성해서 주장
을 올리게.”

건륭은 빠른 걸음으로 황후의 처소로 향했다. 그리고는 자신을 맞
으러 다가오는 진미미에게 다급히 물었다.

"황후전에는 지금 누가 들어 있나?"

진미미가 옆으로 비켜서서 종종걸음으로 따라오면서 아뢰었다.

"태후마마께서 방금 전에 다녀갔사옵니다. 점심 수라를 황후마마의 처소에서 드셨사옵니다. 나랍 귀비께서도 오셨다가 황후마마께서 깊이 잠드신 것을 보시고 태후마마를 모시고 돌아가셨사옵니다. 황후마마께서는 방금 전에 막 깨셨사옵니다. 기색이 안 좋으시고, 가슴이 답답하다고 호소하셨사옵니다. 냉한冷汗도 많이 흘리셨사옵니다. 지금 엽천사가 침을 놓고 있사옵니다."

건륭은 자꾸만 불길한 예감이 드는 것을 애써 떨쳐냈다. 우비를 쓰지 않아 보슬비에 옷이 눅눅해지고 머리카락에 빗물이 맺혔으나 아랑곳하지 않고 걸음을 다그쳐 궁전 안으로 들어갔다.

궁전 안에는 평소의 은은한 단향檀香 대신 약 냄새가 짙게 풍기고 있었다. 거의 숨이 막힐 지경이었다. 궁녀와 태감들이 스무 명이 넘게 시립해 있었으나 분위기는 적막하고 횅뎅그렁하기만 했다. 마치 황량한 절 같은 느낌마저 들었다.

건륭은 발을 드리운 동난각 앞에서 잠시 숨을 가다듬었다. 진미미가 살며시 발을 걷어 올렸다. 마치 이제나 저제나 건륭만을 기다렸던 사람처럼 그가 안으로 발을 들여놓기 무섭게 황후의 미약한 말소리가 들려왔다.

"폐하……, 이리로 가까이……. 조금만 더……."

난각에서는 서너 명의 궁녀들이 수건과 대야를 받쳐 들고 시중을 들고 있었다. 엽천사는 목탑木榻 끄트머리에 무릎을 꿇은 채 방금 뽑아낸 침을 조심스럽게 싸고 있었다. 오늘 따라 십 년은 더 늙어 보이는 초라한 얼굴에 뭔가에 크게 놀란 듯 아직 경기驚氣가 남아 있었다. 건륭은 그런 엽천사를 힐끗 일별하고는 심상찮음을 느끼고 황후의 머리맡으로 다가가 앉았다. 그리고는 부드럽게 입을 열었다.

"방금 유통훈과 기윤을 접견하고 오는 길이네. 좀 불편하다더니……, 괜찮은가?"

"채운彩雲이만 남고……, 다 물러가거라."

황후의 얼굴은 열기가 올라 홍조가 짙었다. 목소리는 마치 땅속 깊은 곳에서 간신히 끌어올린 듯 힘이 없고 가늘었다. 손사래를 치려고 겨우 들어 올린 손도 이내 맥없이 떨어졌다. 그녀는 자꾸만 내려 덮이는 눈꺼풀을 애써 끌어올리면서 건륭을 시야에서 놓칠세라 혼신의 힘을 다해 응시했다. 그러나 갈수록 호흡은 걷잡을 수없이 거칠어지고 있었다. 건륭이 몸을 앞으로 숙여 얼굴을 황후에게 가까이 대면서 말했다.

"조급해하지 말고 할 말이 있으면 천천히 하게. 힘이 들면 나중에 해도 되고. 내가 계속 곁에 있어줄 테니……."

힘들어하는 황후를 안타깝게 바라보던 건륭의 마지막 말은 거의 울먹이다시피 했다.

"신첩……, 이제 그만 갈 때가 됐나 보옵니다……."

황후가 가냘픈 어조로 겨우 한마디를 내뱉었다. 그러자 건륭이 황급히 손으로 황후의 입을 막았다. 그러자 황후는 힘겹게 건륭의 손을 붙잡았다. 그리고는 건륭의 손을 깍지 끼고는 절대 놓아주지 않을 것처럼 힘을 주어 잡았다. 그녀가 담담하게 말을 이었다.

"원래는 과주도 행궁에서 갔어야 했는데 이때까지 버텨왔사옵니다. 신첩은 이곳 행궁이 좋아 여기서 가고 싶었사옵니다……. 다행히 엽천사가 신첩의 소원을 이루게 해줬사옵니다. 하오니 그의 죄를 묻지 마시옵고, 은자를 상으로 내려 향리로 보내주시옵소서. 신첩이 그에게 약조했던 바이옵니다."

"그래도……."

"신첩이 과주도에서 크게 놀라고 사기邪氣에 노출됐던 건 사실이옵니다. 화내지 마시옵소서. 누가 감히 신첩을 일부러 놀라게 하거나 괴롭힌 건 아니옵니다."

황후의 안색은 백지장처럼 창백했다. 그녀가 다시 힘겹게 침을 삼키면서 말을 이었다.

"이 일은 오직 채운이만 알고 있사옵니다. 폐하, 신첩은 기운이 딸리오니 채운이가 대신 상주하게 함이 좋을 듯하옵니다."

이미 목탑 근처에 꿇어 엎드려 있던 채운은 건륭의 시선이 닿자 당황해하면서 머리를 조아렸다. 이어 조심스레 입을 열었다. 그러나 말에는 두서가 없었다.

"폐하, 지금 생각해도 끔찍하옵니다. 서쪽 화방花房에서 밤중에 글쎄……, 그 말은 차마 아뢰올 수 없사옵니다. 어떤 말은 워낙 중요해 아뢰지 않을 수도 없사옵고……."

건륭이 두서없이 지껄이는 채운을 다그쳤다.

"평소에는 잘도 재잘대더니 무슨 말을 그리 알아듣지 못하게 하느냐! 황후나 태후마마에게 아뢰듯 편하게 해 보거라."

채운이 다시 황급히 머리를 조아리고는 마음을 다잡듯 흘러내린 머리카락을 귀 뒤로 쓸어 넘겼다. 이어 조금 전보다는 훨씬 차분해진 어조로 입을 열었다.

"그날 저녁 폐하께서는 진비陳妃마마의 처소에 드신다고 하셨사옵니다. 황후마마께서 만선晩膳으로 떡을 맛있게 드신 연후에 저희 몇몇 궁녀들은 마마를 모시고 마당에서 산책을 하고 있었사옵니다. 그때 폐하께서는 동쪽 별채에 들어 계셨사옵니다. 왕팔치가 문어귀에서 폐하의 분부를 듣고 있었사옵니다. 그날은 황후마마께서 기력이 좋으시어 이년들이 부축하는 걸 마다하셨사옵니다. 날이 완전히 어두워졌는지라 숲이 우거지고 어두컴컴한 곳을 피해 불이 밝은 화방 쪽으로 산책길을 택했사옵니다. 화방은 평소에도 대낮처럼 불을 환하게 밝히는 곳이었사옵니다. 화방에 도착하자 마마께서는 기운이 딸리신다면서 '너희들은 꽃구경을 하고 오너라. 나는 여기 좀 앉아 있어야겠다'라고 말씀하셨사옵니다. 하오나 황후마마를 홀로 계시게 하고 꽃구경을 하러 갈 수가 없어 이년이 곁에서 시중을 들기로 했사옵니다."

채운의 이야기는 길게 이어졌다.

"인기척 하나 없이 조용하다고 생각했사온데 갑자기 서쪽 별채의 북쪽 끝방에서 도란도란 말소리가 들렸사옵니다. 대단히 이상했던 건 불이 환한 화방에는 사람이 없고 어두컴컴한 방에서 인기척이 들리는 것이었사옵니다. 이년은 황후마마를 모시고 가까이 다가가서 자세히 들어봤사옵니다. 어떤 여자가 남자하고 안에서 무슨 추잡스런 짓을 하는지 그때 들었던 소리는 차마 혀끝에 올리기조차 수치스럽사옵니다!"

귀밑까지 빨개진 채운이 잠시 말을 멈췄다. 그 순간 건륭은 가슴이 철렁했다.

궁전에 바깥사람이 몰래 들어와 음탕한 짓을 저질렀다는 얘기인가? 정말 그렇다면 그것은 예삿일이 아니었다. 그러나 그는 잠시 후 다시 생각해봤다. 그럴 리가 없었다. 어느 행궁이든 내삼층內三層, 외삼층外三層으로 철통 방어를 하고 있는 유통훈의 경호망을 외부인이 뚫고 잠입한다는 것은 도저히 불가능했다. 그는 다시 생각을 더 해봤다. 뭔가 감이 잡히는 것 같았다.

그때 황후가 가래 끓는 소리를 토했다. 정신이 번쩍 든 건륭이 황후의 몸을 부축해 반쯤 일으켰다. 그리고는 친히 따뜻한 차를 따라 황후에 입에 조금씩 흘려 넣었다. 이어 조심스레 뉘이면서 위로의 말을 건넸다.

"보나마나 어느 채호茱戶(서로 사귀는 태감과 궁녀)들의 짓거리일 테니 그리 심각하게 생각하지 마. 그런 일은 역대로 항상 있었던 일이니. 전명前明 때는 두 태감이 궁녀 하나를 놓고 몸싸움까지 벌여 황제가 친히 나서서 화해시켜 준 일도 있었다네. 북경으로 돌아가면 다섯째(화친왕 홍주)에게 혼을 내주라고 할 테니 황후는 아무 염려하지 말게. 채운이 너는 계속해서 말해 보거라."

채운이 대답과 함께 다시 말을 이었다.

"그 여자는……, 아직 뭐가 안 끝났다면서 살살하라고 했사옵니다. 상대의 낄낄 웃는 소리를 들어보니 어느 태감 같았사옵니다. 여자의 목소리가 또 들려왔사옵니다. '여기는 북경이 아니야. 다 같이 한마당에 있는데, 이러다가 우리를 싫어하는 그년에게 덜미라도 잡히는 날에는 인생 종칠 거 아니야?'라는 말이었사옵니다. 그러자 남자가 씩씩거리면서 이런 얘기를 했사옵니다. '그년이 사달을 일으키기만 해봐! 뭐 자기는 무사할 줄 알아? 그렇게 현덕하신 황후마마를 해코지하고 두 황자를 모두……'라고요. 그러자 여자가 황급히 남자의 입을 틀어막았는지 남자의 말은 더 이상 들리지 않았사옵니다!"

이보다 더 끔찍한 얘기가 세상에 어디 있다는 말인가! 또 이보다 더한 청천벽력青天霹靂이 어디 있으랴! 두 황자가 천연두를 앓아 죽은 것이 심궁深宮에서 누군가가 마수를 뻗쳤기 때문이라는 말인가! 구족을 능지처참해야 할 죄임을 모르지 않을 텐데, 어떤 자가 감히 그런 짓을 벌였다는 말인가?

건륭은 삽시간에 온몸의 피가 거꾸로 치솟는 것 같았다. 날카로우면서도 무거운 뭔가가 고막과 태양혈을 무섭게 강타하는 느낌이 들었다.

"마마께서도 충격을 이기지 못하시어 벽을 붙잡고 간신히 서 계셨사옵니다……."

채운의 말소리는 아득한 지평선 너머에서 들려오는 것 같았다. 건륭은 얼빠진 상태로 멍하니 있다가 한참 후에야 겨우 제정신으로 돌아왔다. 간신히 자리에서 일어났으나 다리가 후들거려 걸음을 뗄 수가 없었다.

그는 다시 의자에 주저앉아 황후를 서글프게 바라봤다. 꼭 감은 두 눈에서 눈물이 힘없이 흘러내리고 있었다. 마른 장작 같은 황후의 손은 혼신의 힘을 다해 건륭의 손을 꼭 잡고 있었다. 순간 떨어지지 않으려고 굳게 잡혀 있는 두 손 위에 건륭의 눈물이 두어 방울 떨어져 내렸다.

건륭이 손수건으로 황급히 눈물을 훔치고는 황후의 눈물도 닦아주며 말했다.

"그때 당시에 즉시 나에게 알렸어야 했어. 직접 듣지 않았어도 충격이 이다지도 큰데 황후는 오죽했겠어!"

건륭은 말을 하다 말고 문득 기골이 사내 못지않게 크고 건장하던 젖어멈이 어느 날 갑자기 '중풍'에 걸렸던 일을 떠올렸다. 소문에 의하면 순치順治 연간에도 누군가가 황자들을 시해하고자 천연두 병균이 묻은 백납의百衲衣를 궁중으로 몰래 들여보냈다가 들켜 멸문지화를 입었다고 했다. 그리고 지금 이 시각에도 내낭倈娘(위가씨) 모자는 화가 두려워 궁중에 있지 못하고 다른 곳에 피신해 있었다. 건륭은 이런저런 생각을 하자 갑자기 가슴이 섬뜩해지는 기분을 어쩌지 못했다. 온몸에 소름이 돋고 정수리도 시렸다.

그러나 일단은 눈앞의 황후를 더 걱정해야 했다. 건륭은 애써 불길한 생각들을 떨쳐버리면서 열심히 황후를 위로했다.

"궁중의 잠자리는 유통훈이 책임지고 있어. 내무부에 궁궐을 출입한 자들의 명단이 있어. 짐이 물이 빠져 자갈이 드러날 때까지 철저히 수사하겠어! 그게 과연 사실이라면 그자들의 구족을 모두 씨를 말려버릴 거야! 지금은 황후의 건강이 우선이니 마음을 편하게 먹고 몸조리나 잘해줬으면 좋겠어."

"궁중에서 이런 유언비어가 나돈 지는 오래 됐사옵니다. 설마, 설마 했었는데……."

황후는 말을 채 마치지 못하고 스르르 눈을 감았다. 크나큰 마음의 상처를 입고 지금껏 버틴 것만 해도 다행이었다.

얼마 후 그녀는 갑자기 몸이 솜처럼 가벼워지는 것을 느꼈다. 허공에 둥둥 떠오르는 느낌이 들었다. 곧이어 궁전 전체가 빙글빙글 거꾸로 돌아갔다. 그 속에 유호록씨, 나랍씨, 진씨, 왕씨 등이 각자 다른 표정을 지으면서 서 있었다. 그녀는 눈앞이 점점 혼미해지기 시작했다.

비빈들의 얼굴이 희미해지는가 싶더니 태후에 의해 죽임을 당한 궁녀 금하錦霞도 눈앞에 나타났다. 금하는 화장함을 열어젖히고 황후를 향해 생글생글 웃었다. 그러더니 자신이 목을 맸던 노란 띠를 황후에게 들어 보이면서 입을 열었다.

"마마, 색깔이 너무 곱네요. 이걸로 하실래요?"

황후는 혼미한 와중에도 두려운 느낌이 들었다. 순간 그녀는 죽어라고 뒷걸음질 치면서 목이 터져라 고함을 질렀다.

"싫어, 나는 싫어! 내가 왜 그걸 가져? 나는 황후야, 부찰씨란 말이야……!"

황후는 목이 터져라 고함을 질렀으나 입 밖으로 새어나온 소리는 다른 사람의 귀에 거의 들리지도 않을 정도로 미약했다.

건륭과 채운은 당황해 어찌할 바를 몰랐다. 건륭은 초조하게 황후를 바라보다가 불길한 예감을 느꼈다. 황후는 입을 크게 벌리고 헉헉 가쁜 숨을 몰아쉬다가 갑자기 굳은 듯이 조용해졌다. 가슴이 철렁한 건륭이 비틀거리면서 일어나 소리쳤다.

"태의를 불러! 엽천사! 엽천사, 어디 있어?"

건륭은 말을 마치자마자 덮치듯 다가가 황후의 손을 잡았다. 이어 맥박을 짚어보고는 코끝에 손도 대어 보았다. 아무런 기운도 느껴지지 않았다. 눈앞이 캄캄해졌다. 숨이 멎는 것 같았다. 건륭은 침대 모서리를 잡고 그 자리에 주저앉고 말았다…….

궁전 안팎에서는 큰 소동이 벌어졌다. 엽천사를 비롯한 네 명의 태의들이 엎어질 듯 우르르 몰려 들어왔다. 왕팔치는 얼굴이 온통 눈물투성이가 된 채 두 팔로 그들을 막으면서 고함을 질렀다.

"소란 피우지 마시오! 폐하께서는 잠깐 충격을 받으셨을 뿐이오."

진미미 역시 몇몇 태감들과 함께 건륭을 부축해 나가면서 소리쳤다.

"태후마마께 아뢰어라. 난각 앞의 병풍을 걷어내라. 궁녀들은 구석에서 무릎을 꿇고 독경을 하라. 태의들은 다들 이리로 따라오시오……."

궁전 안은 태감들이 병풍을 들어내고 의자와 탁자를 한쪽으로 옮겨놓느라 잠시 소란스러웠다. 약탕관을 꺼내 약을 끓이고 향을 사르는 태감들도 있었다. 그 사이 건륭은 정신을 차리고 등나무의자에 반쯤 기대앉았다. 이어 무릎을 꿇고 걱정스럽게 안색을 살피는 엽천사를 향해 손사래를 쳤다.

"짐은 괜찮네. 잠깐 혈액순환에 장애가 왔던 것 같네. 어서 황후에게 가보게!"

"황후마마는 인덕이 하해 같으시고 소인에 대한 은덕이 태산 같으신 분이시옵니다. 신은 노마지력駑馬之力(둔한 말이 기울이는 노력)을 다할 것이옵니다. 다만 인명人命은 재천在天이고, 생사生死는 유명有命하오니 폐하께서도 최악의 경우를 대비하시는 게 좋을 듯하옵니다……."

엽천사가 눈물을 흩뿌리면서 머리를 조아렸다. 이어 비틀거리면서 황후 쪽으로 걸어갔다. 그때 태후가 몇몇 궁녀들의 시중을 받으면서 들어섰다. 겨우 몸을 일으켜 일어난 건륭이 눈물을 흘리면서 말했다.

"소자가 불효해 어마마마께 심려를 끼쳐드렸습니다. 나랍씨 등은 시중들러 오지 않았습니까?"

궁전 안으로 들어선 태후는 황후의 임종을 이미 예감했던 듯 오히려 담담한 표정이었다. 그녀는 인사를 올리려는 건륭을 말리면서 평온한 어조로 대답했다.

"내가 오지 말라고 했습니다. 서쪽 별채에서 향을 사라 황후를 위해 복을 빌라고 했습니다. 여기서는 궁녀들이 황후의 의지懿旨를 받들어 《아미타경》阿彌陀經을 읽고 있네요. 폐하, 누구든 태어났으면 떠나게 돼 있습니다. 잡는 것도 중요하지만 놓아주는 방법도 익혀야 합니다. 운운중생芸芸衆生의 어버이이신 석가釋迦께서도 열반에 드셨거늘 우리 범인凡人들이야 여부가 있겠습니까? 황후는 성정이 선하고 온순해 일생 동안 선행만 베풀어 왔으니 틀림없이 극락세계로 갈 것입니다."

태후가 말을 마치고는 가볍게 아들의 머리를 쓰다듬으며 위로의 말을 건넸다. 그때 엽천사를 비롯한 몇몇 태의들이 두 손을 모으고 고개를 푹 숙인 채 난각에서 뒷걸음질 쳐 물러나고 있었다. 그 모습이 두 사람의 눈에 들어왔다. 건륭은 결국 올 것이 왔음을 짐작했다. 그러자 오히려 마음이 진정되었다. 그가 애써 비통함을 참으면서 말했다.

"짐은 자네들이 최선을 다했다는 걸 알고 있네. 죄를…… 청하느라할 거 없네. 물러가 은지恩旨를 기다리게."

건륭이 이어 모친을 향해 절을 했다.

"어마마마께서도 괴로워하지 마십시오. 후궁에서는 나랍씨가 상사喪事를 책임지게 해야겠습니다. 또 아무래도 유호록씨를 덕주로 불러야겠습니다. 밖에서는 기윤이 책임지고 장례식 준비를 할 것입니다. 부항은 군무 때문에 돌아올 수 없을 테니 탈정奪情(상중에도 일을함)해 그곳에 계속 머물게 할 것입니다. 복강안을 아비 대신 덕주에불러와 고모의 영전에 향을 사르게 하면 될 것입니다……."

건륭이 말을 마치고는 겨우 얼굴을 들었다. 두 눈에서 눈물이 그칠 줄 모르고 흘러내렸다. 그가 다시 울먹이는 목소리로 분부했다.

"유통훈과 기윤을 들라 하라!"

황후는 묘시卯時 정각에 숨을 거뒀다. 비보悲報가 군기처에 전해진것은 그로부터 일각一刻 뒤였다. 유통훈과 기윤은 말로 형언할 수 없는 큰 충격에 휩싸이고 말았다. 그들은 아계, 윤계선이나 악종기 등과 마찬가지로 천자의 고굉신하이기는 했으나 그들에 비해 유난히음으로 양으로 황후의 애정을 받아왔기 때문이었다. 황후는 육식을좋아하는 기윤에게는 '식도락도 인생의 큰 즐거움'이라면서 시시때때로 고기를 하사했다. 원소절에는 순찰을 도는 유통훈을 안쓰럽게여겨 일부러 궁으로 불러들여 어두탕魚頭湯을 상으로 내리기도 했다.두 사람은 지나간 추억들이 하나둘씩 뇌리를 스쳐 지나가자 현실을 차마 인정하지 못하고 황후의 처소가 있는 방향을 향해 무릎을 꿇고 꺼이꺼이 울었다.

한참 후, 두 사람은 직책을 의식한 듯 눈물을 흩뿌리면서 허겁지겁 건륭에게 달려갔다. 건륭은 황후의 시호를 생각해 보라고 명령을 내렸다. 기윤은 사실 전날에도 정무에 매달려 날을 새다시피 한 터라 눈언저리가 시커멓게 죽어 있었다. 그럼에도 재빨리 머리를 굴려 생각을 정리한 후 건륭에게 아뢰었다.

"황후마마는 천고불우千古不遇의 인덕모의仁德母儀하신 분이시옵니다. 덕용언공德容言功의 사미四美와 온양공검양溫良恭儉讓의 오덕五德을 두루 갖추신 분이시옵니다."

유통훈 역시 옆에서 힘껏 고개를 끄덕이면서 입을 열었다.

"폐하께서 말씀하시기를, 황후마마께서는 생전에 시호에 '효현'孝賢 두 글자를 넣어주기를 염원하셨다 하오. 그 두 글자로 시작하되 나머지는 기윤 공이 잘 생각해보오."

기윤이 고개를 숙이고 조용히 생각하더니 한참 후 붓을 들었다. 이어 천천히 글을 써 내려가기 시작했다.

효현성정돈목인혜휘공강순보천창성인황후
孝賢誠正敦穆仁惠徽恭康順輔天昌聖仁皇后

"그러면 묘호廟號는 '인'仁으로 하는 게 어떻겠소? 체원입극體元立極도 인仁이라 함이요, 여천호생如天好生도 인, 돈화부협敦化溥浹도 인이니 말이오."

기윤이 시호를 다 쓰고 난 다음 유통훈에게 물었다. 건륭이 유통훈이 미처 뭐라 대답하기도 전에 입을 열었다.

"묘호, 시호 모두 짐이 봤을 때는 더 이상 적당할 수 없을 것 같네. 황후도 대단히 만족할 걸세."

마주앉은 세 군신君臣은 뒤이어 장례식 절차에 대해 의논했다. 그 결과 즉각 영구靈柩를 북경으로 옮겨 그곳에서 장례를 치르기로 했다. 이어 천하에 대사면을 실시한 다음 십악十惡의 죄인을 제외하고는 1년 동안 형옥刑獄을 치르지 않기로 했다. 빠른 시일 내에 국모의 장례를 온 천하에 알려 가무오락歌舞娛樂을 일절 금지시키기로 했다. 영구는 잠시 장춘궁長春宮에 안치해 뒀다가 이곳 덕주의 유릉裕陵이 완공되면 다시 옮겨 봉안키로 했다.

모든 의논이 거의 끝나갈 때였다. 갑자기 왕팔치가 눈이 벌겋게 부은 채로 달려 들어왔다. 건륭의 얼굴이 대뜸 굳어졌다.

"지금이 어느 때인데 그리 허둥대나?"

"폐하, 그게 아니오라……. 위가씨 소생의 황자께서…… 천연두에 걸렸다고 하옵니다."

왕팔치가 금방이라도 울음을 터트릴 듯한 얼굴로 아뢰었다. 이어 빠른 어조로 덧붙였다.

"내무부의 조외삼趙畏三이 밤길을 달려와 소식을 알렸사옵니다. 어찌나 정신없이 달려왔는지 허벅지가 말 등에 쓸려 피가 났다고 하옵니다. 말도……."

"그런 쓸데없는 소리 말고 묻는 말에나 대답해! 아기는 지금 어떻다더냐?"

"천연두 열꽃이 밖으로 나와 줘야 하는데 아직 그러지 못하고 있다 하옵니다!"

불행은 겹쳐서 온다고 하는 화불단행禍不單行이 아닐 수 없었다. 건륭은 창백하게 질린 용안龍顏을 한 채 손으로 이마를 짚고는 의자에 털썩 주저앉았다. 잠시 후 떨리는 손으로 창밖을 가리키면서 명령을 내렸다.

"엽천사는 즉각 북경으로 달려가 황자를 치료하라! 짐의 국화총菊花驄(명마의 종류)에 태워 두 명의 시위가 수행해서 북경으로 달려가라고 이르거라!"

30장

하늘이 내린 명의

덕주에서 북경까지는 육로로 700리 길이었다. 빨리 가도 며칠이 걸릴 수 있는 거리였다. 그러나 건륭의 '국화총'은 불과 여덟 시간 만에 엽천사를 경화연京華輦 아래에 내려놓았다. 국화총은 명마답게 여덟 시간을 쉬지 않고 내처 달려왔는데도 지친 기색이라고는 전혀 없이 멀쩡했다.

그러나 워낙 약골인 엽천사는 난리가 났다. 가랑이가 쓰리고 엉덩이뼈가 아프다면서 아우성을 쳤다. 게다가 엎친 데 덮친 격으로 아편 중독증세도 발작했다. 옛 제화문齊化門에 입성하면서부터는 더 이상 참을 수가 없는지 어쩔 줄을 몰라 했다.

조외삼은 그런 엽천사를 겨우 달래가며 안내해 선화鮮花 골목에 이르렀다. 그때 저 멀리 공진대拱辰臺에서 자시子時를 알리는 오포午砲 소리가 세 발 울렸다. 둘은 선화 골목에서 북으로 꺾어진 다음 동으로 꼬부라졌다. 그러자 옛 황성皇城 일대의 우중충한 낡은 건물들이 보이기 시작했다. 이곳이 바로 십패륵부十貝勒府였다. 조외삼은 문 앞을 지키고 있는 문정門政 노구老寇에게 엽천사를 소개했다.

"이분이 바로 천의성天醫星으로 불리는 엽천사 선생이시오. 황자의 재앙을 물리쳐드리고자 걸음 하셨소. 어서 부인夫人께 안내해 드리시오."

조외삼은 일단 엽천사를 문정에게 맡기고 나자 그제야 한꺼번에 피곤이 몰려오는 모양이었다. 문간방으로 들어간 그는 곧바로 드르렁드르렁 코를 골기 시작했다.

그러나 문정을 따라 들어간 엽천사는 거대한 방사房舍(방만 있는 건물)들 사이에서 한바탕 고전을 해야 했다. 겉은 낡고 볼품없어 보였으나 안으로 들어가니 규모가 여느 궁전 못지않게 컸던 것이다. 심지어 동서남북도 잘 분간이 가지 않았다. 미로를 헤매는 느낌이 따로 없었다.

엽천사는 그 미로를 겨우 돌고 돌아 이원二院을 나섰다. 이어 편문으로 들어갔다. 그러자 덩그마니 묘우廟宇같은 정전正殿이 나타났다. 그러나 정전의 문은 꽁꽁 닫혀 있었다. 양쪽 별채에만 등불이 훤했다. 목적지에 다 온 듯 문정이 동쪽 복도에서 아뢰었다.

"부인, 폐하께서 파견하신 엽 선생이 당도했사옵니다!"

곧 창문 안쪽에서 노부인의 쉰 목소리가 들려왔다.

"어서 황자의 방으로 모시거라. 나는 여기서 기다리겠다."

문정은 대답과 함께 엽천사를 동쪽 별채의 첫 번째 방으로 안내했다. 두 시위가 뜰에서 대기하고 있었다. 방안에서는 두 시녀가 길게 타오른 촛불의 심지를 가위로 잘라내고 있었다. 그들은 엽천사가 들어서자 황급히 한쪽으로 물러섰다. 그중 한 명이 아뢰었다.

"위비魏妃마마, 황자의 구세주가 오셨사옵니다! 마마의 어젯밤 꿈이 참으로 영험하셨던 것 같사옵니다!"

엽천사는 그제야 방안을 대충 둘러봤다. 위가씨가 동쪽 벽 앞에 꿇어앉은 채 벽에 걸려 있는 두진낭낭痘疹娘娘(천연두를 고쳐주는 신)의 신상神像을 향해 예배를 올리는 모습이 보였다. 그녀는 머리를 깔끔히 빗어 올리고 남색 기포旗袍(치파오. 원래는 몽고와 만주족 여인들의 전통의상이었으나 청나라 이후 중국 여성의 대중복이 됨) 자락에는 흰 술을 달고 있었다. 화장기 없는 얼굴은 갸름하니 청순해 보였다. 위가씨가 작은 소리로 중얼거리면서 기도를 하다가 엽천사에게 다소곳이 예를 갖추었다.

"먼 길 오시느라 수고하셨을 텐데요, 한숨 돌리기도 전에 이리 보자고 했습니다. 아기의 상태가 워낙 안 좋아서……."

"일단 소인이 한번 보고 상태가 어떤지 말씀드리겠습니다."

엽천사는 대충 격식을 갖춰 문안인사를 올렸다. 이어 황자가 누워 있는 침대께로 다가갔다.

세상에 나온 지 고작 3개월밖에 안 되는 아기는 혼수상태에 빠져 있었다. 작은 코가 쉼 없이 달싹이는 걸 보면 호흡이 매우 가쁜 것 같았다. 젖살이 통통하게 오른 두 볼은 발갛게 달아올라 있었다. 손으로 살짝 만져보자 어두운 빛깔의 세세한 두진痘疹이 만져졌다. 손이 뜨거울 정도로 얼굴에서 열이 느껴졌다. 그렇게 잠시 있자 아기가 갑자기 경기를 일으키듯 사지를 움찔거렸다. 그러나 금방이라도 울음을 터트릴 것처럼 입을 비죽거리던 아기는 이내 다시 정신을 잃고 말았다.

엽천사는 아기의 한 뼘도 안 되는 팔을 조심스레 당겨 맥을 짚어봤다. 그리고는 아기의 눈꺼풀도 살짝 열어봤다. 이어 손으로 입을 벌린 다음 빨간 혀를 유심히 살펴봤다. 그렇게 만지고 당기고 여러 가지로 귀찮게 굴어도 아기는 전혀 울지 않았다. 버둥대지도 않았다. 그저 경기를 일으키듯 간헐적으로 움찔움찔할 뿐이었다.

엽천사는 입술을 빨면서 일어났다. 등불에 비친 이마에서는 땀이 번질거렸다. 그는 오래도록 시선을 아기에게 고정시키고 움직일 생각조차 하지 않았다. 호들갑을 떨던 다른 태의들과는 전혀 달랐다. 그런 침착한 모습이 위가씨에게 믿음을 주었다. 그녀는 엽천사를 보면서 애타게 물었다.

"엽 선생, 진맥을 해보니 어떻소? 전에 태의들이 내린 처방전을 가져올까요?"

엽천사가 그제야 깊은 사색에서 헤어난 듯 위가씨를 향해 읍을 해보였다.

"마마, 소인이 먼저 맞춰보겠습니다. 태의들은 백지白芷, 세신細辛, 모근茅根, 박하薄荷, 형개荊芥, 회향茴香, 봉와蜂窩, 사삼沙蔘과 감초甘草 따위를 적당히 섞어 처방전을 내렸을 것입니다. 소인의 짐작이 어떻습니까?"

위가씨가 의혹에 찬 눈빛으로 엽천사를 바라보면서 대답했다.

"그걸 어찌 아시오? 그밖에 주사朱砂도 있었던 것 같소……."

"주사와 조인棗仁(대추씨)은 당연히 들어갔겠죠. 모르긴 해도 맥아당麥芽糖과 선태蟬蛻(매미 허물) 같은 것도 들어 있었을 것입니다."

엽천사가 쓴웃음을 지은 채 덧붙였다.

"그렇지 않다면 아기씨가 이리 혼미해 계실 수가 없습니다. 그 처방 때문에 울지도 보채지도 못하시고 열독熱毒을 밖으로 발산하지도 못하고 있는 것입니다!"

엽천사가 속이 상하는 듯 한숨을 지었다. 이어 다시 골똘히 생각에 잠겼다.

위가씨는 한참 후에야 겨우 엽천사의 말귀를 알아들은 듯했다. 순간 그녀의 눈이 겁에 질려 휘둥그레졌다. 그리고는 마치 몽유병 환자처럼 넋을 잃은 채 아이를 들여다보다가 다시 '두진낭낭'을 쳐다봤다. 이어 꼿꼿하게 굳어져버린 시선을 천천히 돌려 문풍지로 든든하게 밀봉한 창문과 상서祥瑞를 기원하면서 침대 머리에 매달아 놓은 게와 돼지 족발을 둘러봤다. 그러다 갑자기 그 자리에 힘없이 쓰러지고 말았다!

"마마, 마마!"

엽천사가 마치 벌에 쏘인 듯 화들짝 놀라면서 땅바닥에 죽은 듯 쓰러져 있는 위가씨를 부축하려고 다가갔다. 그러다 다시 자신의 행동에 스스로 놀란 듯 위가씨를 부축하려던 두 팔을 급히 떼며 허우적댔다. 그 서슬에 옆에 시립해 있던 두 궁녀도 휘청거리면서 하마터면 같이 넘어질 뻔했다. 위가씨는 실성한 듯 흐리멍덩한 눈을 반쯤 떴다.

엽천사는 울상이 되어 위가씨에게 아뢰었다.

"왜 이러십니까? 정신을 차리시고 마음을 굳게 드셔야 합니다!"

"무슨 수를 써서라도 아기를 살려주시오. 무슨 수를 써서라도……."

위가씨가 눈물을 비 오듯 쏟으며 애걸했다. 이어 다시 말을 이었다.

"지금 우리는 주종관계 같은 걸 따질 때가 아니오. 그대는 의생醫生이고, 나는 이 아이의 어미일 따름이오! 이 아이만 살려주면…… 내가 평생 동안 은인으로 모시겠소."

"의생에게는 할고지심割股之心(넓적다리의 살을 베어주는 마음)이 있습니다. 마마가 아니고 어느 양가良家의 포의布衣였다 하더라도 병든 환자에게는 진력을 다하는 것이 의생의 도리입니다. 최선을 다해보겠습니다!"

위가씨는 그제야 적이 마음이 놓이는 듯 두 시녀의 부축을 받으면서 일어섰다. 엽천사가 말했다.

"그 약들은 틀리게 투약한 것은 아닙니다. 다만 지금과 같은 상태에서는 오히려 부작용을 일으킬 소지가 크다는 것입니다. 천화天花(천연두)는 선천적인 열독입니다. 발병 초기부터 발열이 심하다가 열꽃이 터져 나오면 오장五臟이 모두 허해지기에 그때 박하와 황기를 써서 터진 열을 밖으로 배설케 하고 적당히 몸을 보하는 것이 정석입니다. 저 약재들 중 대부분은 약성이 차가운 것들이고 방출이 아닌 수렴收斂 작용이 있습니다. 그러니 열독이 빠져나가기는커녕 오히려 흡수될 수밖에 없습니다. 태의들이 어찌 그걸 몰랐다는 말입니까? 마마, 애간장이 타고 초조한 마음은 이해가 갑니다. 하오나 일이 이 지경에 이른 이상 전적으로 소인의 뜻에 따라 주셔야겠습니다. 소인이 그동안의 경험에 비춰 다소 색다른 요법을 써보겠습니다. 물론 아기씨의 체력이 잘 따라주셔야 하겠습니다만……, 마마께서 소인의 뜻에 따라 주시고 협조해 주시기만 한다면 소인이 보기에는 반반의 확률은 기대할 수 있겠습니다. 그러나 협조해 주시지 않는다면…….."

"협조를 안 하다니? 어미가 돼 가지고 자식 목숨을 구해준다는데 어찌 의생의 말에 따르지 않을 수 있겠소. 심장이라도 떼어놓으라면 서슴없이 가슴을 가를 것이오!"

엽천사의 누런 얼굴에 잠시 심각한 표정이 서렸다. 뭔가 단단히 결심을 하는 것 같았다. 곧이어 그가 이를 악문 채 천천히 입을 열었다.

"방안의 모든 창문을 열어 주십시오. 그리고 향불을 전부 꺼주십시오."

"벌써부터 모기가 있는 것 같던데? 날파리나 다른 벌레도 들어올 테고……."

"창문을 열어젖히고 향불을 꺼주세요!"

엽천사가 같은 말을 다시 한 번 반복했다. 거의 명령조였다. 이어 위가씨를 향해 입을 열었다.

"아기씨 침대 위의 모기장도 걷어주세요. 등불도 두 개만 남겨 놓고 다 꺼주세요. 하나는 홍사망紅紗網을 씌워 아기씨 머리맡에 두고, 다른 하나는 백사망白紗網을 씌워 두진낭낭의 신상 앞에 놓아두세요. 이유는 묻지 말고 서둘러 주세요!"

엽천사는 한 손을 등 뒤에 갖다 댄 채 다른 한 손으로 여기저기를 가리키면서 단호하게 지시를 내렸다. 전쟁터의 지휘관이 따로 없었다.

곧이어 위가씨가 고개를 끄덕였다. 그러자 두 궁녀가 엽천사의 지시에 따라 서둘러 움직였다. 황자가 천연두를 앓는 기방忌房이 갑자기 수선스러워지자 하인들과 서쪽 별채의 몇몇 태의들이 머리를 내밀고 이쪽의 동정을 열심히 살폈다. 상황이 궁금한 모양이었다. 아무려나 엽천사는 인삼탕을 끓여오게 하고는 데운 황주黃酒와 자라의 피도 가져오게 했다. 태의들은 무슨 귀신놀음이냐며 수군거렸다.

"지금부터 시작하겠습니다, 마마."

엽천사가 말을 마치고는 손발을 쉴 새 없이 움직였다. 아기의 입에 황주를 두 숟가락 떠 넣고는 인삼탕도 조금 떠 넣었다. 그리고는 뭔가를 자신의 입안에 넣어 질경질경 씹기 시작했다. 그러다 자라의 피를 더운물에 타더니 갑자기 주먹을 들어 자신의 코를 힘껏 내리쳤다. 순식간에 코피가 툭 터졌다. 엽천사는 바로 물그릇을 갖다 댔다. 순간 코피가 사발 안에 뚝뚝 떨어지기 시작했다.

그는 코피가 대여섯 방울 떨어지는 걸 확인한 다음 그릇을 치우고 솜으로 코를 틀어막았다. 이어 사발을 흔들어 혈수血水를 아이의 침대 앞에 쏟아 붓고는 웃으면서 말했다.

"이제 방안에서 모두 나가주십시오. 마마께서는 불심이 독실하시니 경을 읊으십시오. 두 시위는 방문에서 적어도 석 장丈 밖으로 나가 있어야겠습니다. 불이 나고 지진이 일어나지 않는 이상 절대 떠들거나 안으로 들어와서는 아니 됩니다. 아기씨의 울음소리가 터져 나오면 그때는 효과가 있는 것이니까요!"

엽천사는 도무지 이해가 되지 않아 어리둥절해 있는 사람들의 이목을 뒤로 하고는 두진낭낭의 신상 앞으로 다가갔다. 이어 두 손을 모아 쥐고 알아듣지도 못할 소리로 중얼거리기 시작했다. 수많은 경經을 읽어본 위가씨도 엽천사가 무슨 말을 하는지 도무지 알아들을 수가 없었다.

엽천사는 한참 동안 기도를 하고 나더니 얼마 후 크게 기지개를 켜면서 하품이 터져 나오는 입을 손으로 막았다. 이어 다급한 어조로 말했다.

"다들 어서 나가십시오!"

위가씨와 궁녀들이 반신반의하면서 물러갔다. 귀신놀음인가 하면 그렇지도 않고, 신을 청하는가 하면 그 역시 아닌 것이 도무지 이해할 수 없는 이상한 처방이었다.

엽천사는 문정의 안내를 받아 서쪽 별채에 있는 서재로 향했다. 엽천사의 괴이한 행동에 대해 수군대느라 여념이 없던 태의들은 문정이 엽천사를 데리고 나타나자 흠흠 헛기침을 하면서 짐짓 딴청을 피웠다.

그런데 방으로 들어서는 엽천사의 꼴은 말이 아니었다. 머리는 검불처럼 헝클어지고 700리 길을 달려온 몸에서는 땀 냄새가 지독했다. 게다가 짚더미 속에서 기어 나온 듯 온몸이 먼지투성이였다. 거기에 울퉁불퉁 제멋대로 생긴 콧구멍에 솜까지 틀어막았으니 그야

말로 우스꽝스럽기 짝이 없었다. 이자가 바로 건륭황제의 특명을 받고 황자의 병을 치유하기 위해 덕주에서 특별히 '초고속' 편으로 달려온 의생이라는 말인가! 태의들은 터져 나오는 웃음을 참느라 한참이나 곤욕을 치렀다.

"제가 여러분의 눈을 너무 피곤하게 해드렸죠? 본의 아니게……."

엽천사는 태의들의 삐딱한 시선에는 아랑곳하지도 않은 채 깍듯하게 예를 갖췄다. 맞잡은 두 손을 높이 들어 좌중을 향해 읍을 해 보이면서 웃는 얼굴로 말했다.

"꼴은 이래도 남들 하는 것은 가지가지 다 하는 편이라 잠깐 실례 좀 해야겠네요."

엽천사가 말을 마치자마자 주머니에서 종이봉지를 꺼냈다. 이어 그 속에서 새까만 알갱이를 꺼내 종이에 둘둘 말더니 불을 붙여 입에 물었다. 더불어 볼우물을 깊게 파면서 한껏 들이마셨다. 그리고는 황홀한 표정으로 눈을 스르르 감았다.

둘둘 말린 종이를 두어 모금 빨고 나서 눈을 뜬 엽천사는 방금 전의 다 죽어가던 얼굴이 아니었다. 호랑이라도 때려잡을 듯 눈빛이 초롱초롱해졌을 뿐 아니라 기운도 펄펄 넘치는 모습이었다. 그런 엽천사를 보면서 사람들은 두 눈이 휘둥그레졌다. 그러자 엽천사는 히죽 웃음을 머금었다.

"아편을 먹어보지 않은 사람은 이 맛이 얼마나 기가 막히는지 모를 거요! 마누라 없이는 살아도 이거 없이는 단 하루도 못 살거든요……."

엽천사는 묻지도 않은 말까지 하고는 창문 근처에 자리를 잡고 앉았다. 그리고는 맞은편 황자의 방이 있는 쪽을 향해 수시로 시선을 돌렸다.

태의원의 으뜸 의생은 양유성梁攸聲이라는 자였다. 그는 당연히 처음부터 엽천사를 곱지 않은 눈으로 흘겨보고 있었다. 우스운 몰골에다 괴상망측한 행동을 하는 자가 황제의 '특사'라는 사실에 꽤나 자존심이 상한 것이 분명했다. 그런데 그런 자가 하필이면 옆자리에 엉덩이를 붙이고 앉은 채 땀에 절어 쉰내를 폴폴 풍기고 있으니 더욱 짜증이 날 수밖에 없었다. 그러나 억지로 참고서는 가볍게 헛기침을 하면서 말했다.

"선생의 대명大名은 익히 들었소. 오늘 보니 과연 명불허전이라는 생각이 드오! 듣자니 선생은 남경에서 죽은 사람을 살려낸 적도 있다던데, 그게 사실이오?"

엽천사는 두 눈을 동그랗게 뜨고 옆으로 비스듬히 돌아앉아 황자가 있는 곳만 뚫어지게 응시했다. 질문을 던진 양유성이 난감해할 정도로 묵묵부답이었다. 그러다 한참 후에야 비로소 입을 열었다.

"죽은 사람이 아니고 담이 목에 걸려 기절한 사람이었어요. 죽은 사람은 세상없는 귀재라도 살려낼 수 없죠!"

"그렇다면 몇 가지 여쭙고 싶소! 방안의 등잔에 붉은 갓과 흰 갓을 씌운 건 무엇 때문이오?"

양유생이 미소를 머금고 다분히 비웃음을 띤 어조로 물었다.

"홍색은 진정 작용을 하죠! 아기씨가 놀라지 않게 하려 함이에요. 흰색은 모기와 벌레들을 방안으로 유인하기 위함이죠."

좌중의 태의들은 엽천사의 거침없는 말에 다시 한 번 놀라고 말았다. 모두들 눈이 휘둥그레져 할 말을 잃은 듯했다. 그때 서른 살 남짓한 태의가 물었다.

"남들은 모기가 병독을 옮긴다고 내쫓기 바쁜데 모기를 안으로 유인하다니 그게 무슨 말입니까?"

그러자 옆에 앉은 태의도 비아냥거리듯 나섰다.

"그렇다면 자라 피와 선생의 코피도 모기들을 유인하기 위한 '성찬'이었겠소?"

그의 말이 떨어지기 바쁘게 다른 태의들이 키득키득 웃음을 터트렸다. 그러나 "떠들지 말라!"는 위비의 명이 있었던 터라 누구도 감히 큰 소리로 웃지는 못했다. 그중 숨넘어갈세라 발버둥까지 치면서 웃던 나이 어린 태의가 말했다.

"모기가 병을 치료할 수 있다면 폐하께서는 궐 안에 코피와 자라 피로 연못을 만들어 모기나 기르시지 우리 따위를 거둬서 뭘 하겠어요? 모기가 학질을 옮긴다는 소리는 들었어도 병을 고친다는 말은 금시초문이네요!"

"나는 여러분의 궁금증에 일일이 대답해야 할 의무가 없어요. 나는 어지를 받고 왔으니 아기씨만 쾌차하시면 강남으로 곧장 돌아갈 거요."

엽천사가 대놓고 비아냥거리는 무리들을 보면서 마냥 참고 있을 수 없다는 듯 쐐기를 박았다.

"나는 여기 남아 그대들의 밥통을 빼앗을 마음은 추호도 없는 사람이오. 원수지간도 아닌데 서로 괜히 불편하게 입씨름할 필요는 없지 않겠어요? 아기씨는 이제 탄생하신 지 삼 개월밖에 안 되신 분이에요. 천화의 열독으로 고생하시는 분에게 내렴內斂 작용을 하는 약을 투여한 의도가 대체 뭡니까? 주사와 대추씨는 또 뭐고요? 몇 날 며칠이고 울지도, 보채지도 못하게 만들어버리면 그게 병을 치료한 겁니까? 나는 이미 내독內毒을 밖으로 발산시키는 약을 투여했어요. 밖의 천물天物들까지 치료를 거들어줄 수 있다면 그건 아기씨의 복이라 하겠네요. 무슨 말인지 알아듣겠어요? 물론 모기로 인해 학질이 전염될 가능성도 배제할 수 없죠. 그러나 학질과 천화를 비교하면 어느 쪽이 더 위험하겠어요? 그건 구태여 내가 말할 필요가 없지 않겠습니까?"

엽천사가 사정없이 속사포를 쏘아대고 있을 때였다. 드디어 저쪽 방에서 "으앙!" 하는 아기 울음소리가 터져 나왔다. 몇몇 태의들이 용수철 튕기듯 벌떡 일어났다. 그러나 엽천사가 그들의 앞을 막고 나섰다.

"아무도 나오지 말고 방안에 그대로 있으세요. 내가 가서 상태를 살펴보겠소."

엽천사는 말을 마치자마자 곧바로 달려 나갔다. 아기의 울음소리를 듣고 뛰쳐나온 위가씨 역시 방 앞에서 들어가지도 못하고 초조한 표정으로 서성이고 있었다. 그 옆에는 노부인도 같이 서 있었다. 엽천사가 다가가 공수를 하면서 아뢰었다.

"마마와 부인의 간절한 기도가 두진낭낭을 감화시킨 것 같습니다. 절대 소리는 내지 말고 묵묵히 경만 외우고 계십시오. 아기씨는 크게 울면 울수록 좋습니다!"

아기의 울음소리는 더욱 더 우렁차게 커지고 있었다. 황주, 인삼탕과 생강탕을 복용했으니 몸 안에서 수화水火가 상극相剋을 한 탓에 천화의 열독이 밖으로 분출되고 있었던 것이다. 게다가 문이란 문은 전부 열려 있었으니 방안의 피비린내를 맡고 날아든 모기와 파리가 아기를 사정없이 물어뜯었다. 아기는 온몸에 땀이 흥건한 채 팔다리를 휘두르면서 자지러지게 울었다. 금방이라도 숨이 넘어갈 것만 같았다. 밖에서 자식의 울음소리를 듣고만 있어야 하는 위가씨로서는 고문도 그런 힘든 고문이 없었다……

그렇게 한참 힘차게 울던 아기는 점차 지친 듯 곧 흑흑 낮은 소리로 흐느끼기 시작했다. 조금 더 있으니 완전히 기진맥진한 듯 아무 소리도 들리지 않았다. 엽천사가 잠시 망설이다가 큰 걸음으로 성큼성큼 방 안으로 들어갔다. 모든 사람들이 잔뜩 촉각을 곤두세우고 있는 가운데 안에서 엽천사의 희열에 찬 고함소리가 들려왔다.

"마마! 부인! 아기씨의 두진이 열꽃을 터트렸습니다. 드디어 열꽃이 터져 나왔습니다!"

"아미타불!"

두 여인은 누가 먼저랄 것도 없이 동시에 아미타불을 외치면서 정신없이 방 안으로 뛰어 들어갔다. 허겁지겁 침대 쪽으로 다가가 보니 과연 아기의 얼굴은 새빨갛게 달아올라 있었고 군데군데 콩알만 한 물집이 터져 누런 진물이 흘러나오고 있었다. 팔다리를 꼬물거리면서 가끔씩 화들짝 놀라기도 했으나 콧소리를 쌔근거리는 양이 곤한 잠에 빠져 있는 듯했다. 더 이상 혼미한 상태가 아닌 것이 분명했다. 아기는 위험한 고비를 넘긴 게 틀림없었다.

순간 위가씨가 그 자리에 털썩 무릎을 꿇더니 두진낭낭을 향해 머리를 조아렸다.

"대자대비하신 부처님……."

나직이 염불하던 노부인은 의자에 털썩 내려앉더니 그대로 혼절해 버리고 말았다. 엽천사도 안도의 한숨을 길게 토해냈다. 이어 처방을 적어 약을 지어 오라고 분부하면서 위가씨와 주변 사람들에게 당부했다.

"깨끗한 솜을 따뜻한 소금물에 적셔 몸을 닦아주세요. 문지르지 말고 살짝살짝 눌러 닦으세요. 그래야 나중에 딱지가 떨어지고도 흉터가 적게 남습니다. 또 소금과 설탕을 같은 비율로 물에 타서 조금씩 떠먹이세요. 인삼탕은 오늘 이후로 절대 먹여서는 안 됩니다. 유모 역시 열성熱性 음식을 먹어서는 안 됩니다……."

위가씨가 엽천사의 말에 연신 고개를 끄덕이더니 바로 명령을 내렸다.

"내가 장신구를 만들려고 모아뒀던 백금 스무 냥을 가져다 엽 선생께 상으로 내리거라"

그날 저녁 십패륵부는 위기를 모면한 황자의 시중을 드느라 정신없이 바빴다. 엽천사는 아기의 상태를 살펴보고는 이제 아무 일도 없을 것이라고 확신했다. 동이 트자마자 이른 아침을 먹은 그는 그 자리에서 곯아떨어졌다.

황자가 위험에서 벗어나니, 이번에는 보국공輔國公의 부인이 몸져눕고 말았다. 그녀는 당당한 십패륵의 부인이었으나 평생을 마음 편하게 살아본 적이 없었다. 십패륵 윤아允䄞는 강희황제 때 '팔황자당'의 보위 다툼에 가담해 기세가 당당했었다. 그로 인해 옹정이 보위를 계승한 후 정적을 숙청할 때는 목숨까지 잃을 뻔했다. 그러나 다행히 윤아는 죽음을 당하지는 않았다. 감옥에서 십 수 년 동안 갇혀 귀신도, 사람도 아닌 몰골로 살아오다가 건륭 2년에 석방되었다. 그리고 뒤늦게나마 보국공에 봉해졌다.

화친왕 홍주가 다급한 상황에서 십패륵부를 내낭의 피신처로 정한 것도 다 그런 이유에서였다. 십패륵부는 누가 뭐래도 '죄인'의 집이었으므로 현 황제의 후궁을 잘 시봉하지 않을 수 없을 거라는 계산이 있었던 것이다.

실제로 오랜 유폐생활로 주위에서 발소리만 크게 들려도 가슴이 철렁한다는 노부인은 '위주'魏主에 대한 정성이 지극할 수밖에 없었다. 혼자 힘으로 모자를 잘 시봉하지 못할까봐 시집간 두 딸까지 집으로 불러들여 함께 시중을 들었을 정도였다. 심지어 관음신감觀音神龕을 자신의 침실로 옮겨 놓고 하루에 아홉 번씩 절을 하고 아침저녁으로 향을 사르는 등 지극 정성의 노고를 거르지 않았다.

황자가 천연두를 앓기 시작한 다음부터는 70대의 고령임에도 불구하고 '금식기도'를 선언하고 식음을 전폐했다. 만사를 제쳐놓고 경전을 암송하고 베끼는 것과 황자를 위해 기도하는 일이 하루의 전부였다. 현 황제에게 잘 보이기 위해서가 아니라 진심으로 위가씨 모자에게 정성을 다했다고 해도 좋았다. 오죽 조마조마하게 마음을 졸였으면 "열꽃이 터졌다!"는 말을 듣는 순간 그 자리에서 혼절해버렸을까……. 위가씨는 생각할수록 콧마루가 찡해지며 고마움을 느꼈다.

이렇게 해서 아기와 노부인까지 환자를 둘씩이나 보살피게 된 위가씨는 더욱 바빠졌다. 그녀는 우선 매일 대각사大覺寺, 옹화궁雍和宮, 성안사聖安寺, 법원사法源寺, 운거사雲居寺, 담자사潭柘寺 등 열 몇 군데의 유명한 묘우廟宇들을 찾아다니면서 발원을 했다. 또 백운관白雲觀으로 가서 황자의 건강을 염원하는 부적을 만들어오고 건륭의 어가가 머물러 있는 덕주로 사람을 파견했다. 그동안 몸을 사리지 않고 정성을 다한 태감, 궁녀들에게 상을 내려 주십사 하는 주청도 올렸다.

위가씨가 아홉 명의 유모와 세 명의 어멈들에게 황자를 맡겨놓고 일심일의一心一意로 노부인을 위해 기도하고 가까이에서 보살펴준 덕분에 부인은 곧 기력을 회복할 수 있었다. 아기 역시 몸에 생겼던 딱지가 하나둘씩 떨어져 나가고 날로 건강을 회복했다. 그 사이 위가씨는 완전히 반쪽이 돼 있었다. 혹시라도 미천한 출신이 흠이 잡힐까봐 대례大禮, 소례小禮 가리지 않고 깍듯이 챙겼으니 그럴 만도 했다. 매사에 조심성이 지나칠 만큼 철저한 것은 더 말할 필요가 없었다.

그녀는 황후가 세상을 떠나면서 천하가 거상居喪의 슬픔에 겨워 있을 때도 십패륵부에 있으면서 아무런 어지도 받지 못했다. 이궁移宮

이후 귀비 유호록씨와의 사이도 껄끄러워진 터라 매사에 더욱 신중을 기할 수밖에 없었다. 그래서 형식상의 '친정'인 위청태魏淸泰의 집 사람들이 가끔 문후를 올리러 찾아와도 혹시라도 황자에게 해가 갈세라 은자 얼마씩을 상으로 내린 후 보내버리고는 했다.

그러고도 완전히 시름을 놓지는 못했다. 어가가 귀경을 앞두고 있고 중궁中宮이 공허한 시점에 혹 자신의 '결례'에 앙심을 품은 위청태가 자신에 대해 당치도 않은 유언비어라도 살포하지 않을까 하는 걱정도 생겼다. 때문에 위가씨는 이날 일부러 서쪽 별채로 노부인을 찾아가 고충을 털어놓았다.

"그런 염려는 하지도 마세요."

노부인은 위가씨의 말을 다 듣고 나서 핏기 없는 얼굴에 한 가닥 미소를 드리웠다. 그리고는 위가씨의 야윈 손을 꼭 잡아주면서 부드럽게 말을 이었다.

"마마께서 사가에 계실 때 위청태네가 마마 모녀를 얼마나 괴롭혔는지 알 만한 사람은 다 알고 있습니다. 하오나 지금의 마마께서는 예전과 다릅니다. 신분이 당당하시고 더구나 황자까지 생산하시어 성총이 남다르십니다. 위청태 일가의 영욕은 위비마마께 달려 있는데, 그들이 어찌 감히 발칙한 생각을 품을 수 있겠습니까!"

노부인은 위가씨가 십패륵부에 들어온 이후 항상 친정 엄마나 할머니처럼 자상하고 포근하게 모자를 감싸주었다. 때문에 그런 노부인의 옆에 있으면 위가씨는 늘 보호받는 것 같은 편안한 느낌을 받아왔다. 위가씨는 그런 생각을 하면서 노부인의 이불깃을 여며주고는 한숨을 내쉬었다.

"저도 사실 그런 것을 느꼈어요. 황자가 건강을 회복하니 그들이 더욱 뻔질나게 드나들면서 아부를 떤다는 걸요! 구역질이 나요. 그리고 반겨주고 감싸주는 따뜻한 친정이 없다는 현실이 서글프네요. 나는 왜 팔자가 이리도 기구할까 가끔 원망스러울 때도 있어요……."

노부인은 스스로 "팔자가 기구하다"고 하소연하는 위가씨를 보면서 빙그레 웃었다.

"그래도 친정어머니가 아직 생존해 계시지 않습니까? 위청태네 내외가 마마의 모녀에게 한 짓을 생각하면 오만 정이 다 떨어지겠지만 어떡합니까? 친정어머니의 처지를 생각하셔서라도 미운 놈 떡 하나 더 주는 수밖에요! 그건 그렇고 위비마마께서는 황후마마를 잃고 슬픔에 겨워 있을 부상댁에 인사를 다녀와야 할 것 같습니다. 어찌 보면 오늘날의 위비마마를 있게 한 은인이시지 않습니까?"

위가씨가 대답했다.

"그럼, 유호록 귀비는 어떡하죠? 사실 좀 두려워요……. 사실 제가 궁을 나온 것은 화친왕마마의 뜻이었어요. 그렇지만 아무래도 그로 인해 여러 사람과 사이가 껄끄러워졌으니 말이에요."

노부인은 잠시 말이 없었다. 그러다 보들보들한 위가씨의 손등을 한참 어루만지더니 한숨과 함께 입을 열었다.

"그건 궁으로 돌아간 뒤 다시 생각해볼 일입니다. 천천히 관계 개선을 모색해 보는 수밖에 별 다른 방법이 없을 것 같습니다. 사실 심궁深宮의 시시비비는 바깥 관가보다 훨씬 복잡하고 속 시원하게 해결을 보는 경우가 드물답니다. 다행히 요즘 유호록 귀비에 대한 성총이 예전 같지 않다고 하니 위비마마는 폐하께서 귀경하시면 유호록 귀비에 대해 좋은 얘기를 좀 해주세요. 그러면 유호록씨도 사람인데 위비마마께 고마운 마음을 갖지 않겠습니까? 이 늙은이가 몇 개월 동안 쭉 지켜보니 위비마마께서는 심성이 선량하시고 인정이 많으시어 여염집에서라면 더할 나위 없는 현모양처, 열녀열부감입니다. 하오나 천가天家는 워낙에 냉엄하고 비정한 곳입니다. 황자들이 한 해, 두 해 커 가면서 보위를 둘러싼 암투는 피하려야 피할 수 없게 됩니다. 마음을 굳게 잡수셔야 합니다. 황자의 앞날에 대해서도 너무 크게 욕심을 부리셔서는 안 될 것 같습니다. 이대로 무사평안하게 장성해준다면 장래에 친왕 자리는 떼어 놓은 당상이니 도처에 적을 만드는 일이 없어야 합니다. 여럿이서 힘센 하나를 넘어뜨리는 건 일도 아닙니다. 항시 앞뒤좌우를 살피시어 자신을 보호할 수 있는 힘을 기르셔야 합니다."

위가씨는 노부인의 진정 어린 말을 듣자 가슴이 훈훈해졌다. 되새 길수록 구구절절 가슴에 와 닿는 말이었다.

위가씨는 노부인이 내어준 타교駄轎를 타고 한 시간도 채 안 걸려 부항의 집에 도착했다. 해를 보니 아직 오시午時 전인 것 같았다. 그녀는 하인들에게 들어가 아뢰라고 명하고 나서 잠시 가마에 앉아 주변을 둘러봤다. 부항 집의 문정門庭은 몇 년 전 입궐할 때보다 훨씬 크고 튼튼하게 바뀌어 있었다. 우선 담벼락은 푸른 벽돌로 쌓여 있었고 담벼락 밖에는 종려나무, 안에는 석류나무숲이 울창했다. 문신門神도 붙어 있었다. 또 대문 앞에는 문상객들을 위한 흰 천막이 마련돼 있었다. 담벼락 밖의 종려나무에도 흰 천이 길게 드리워져 있었다.

부씨 가문의 신망과 인맥을 증명하듯 집 밖에는 이미 수십 대의 고급 가마들이 꼬리에 꼬리를 물고 늘어서 있었다. 모두 북경에 있는 각 왕부의 복진, 고명부인, 그리고 평소 왕래가 잦던 관리의 가족들이 타고 온 것들이었다. 효모孝帽를 쓰고 검은 완장을 두른 부항 집안의 가인家人들은 손님들을 맞고 배웅하느라 분주했다. 그러나 그중에 위가씨가 아는 얼굴은 하나도 보이지 않았다.

그녀는 눈 둘 곳이 마땅치 않아 계속 이 사람 저 사람을 번갈아 바라보고 있었다. 그때 대문 안에서 백발이 성성한 노인이 종종걸음으로 달려 나왔다. 노인의 뒤로는 전족을 한 노비 차림의 여인이 주먹만 한 발을 힘겹게 옮겨놓으면서 따라 나왔다. 그녀는 부항의 집에서 복강안의 수세漱洗(양치질과 세수)를 책임진 몸종이었다. 위가씨가 입궐하기 전 어머니 황씨와 함께 이곳에 잠시 기거할 때 여러모로 보살펴준 여인이었다.

맨 앞에서 달려 나오는 백발이 성성한 노인은 집사 왕씨였다. 70대를 바라보는 나이임에도 여전히 정정해 보이는 그는 가볍게 숨을 몰아쉬면서 가마 밖에서 예를 갖췄다. 이어 주렴을 사이에 두고 위가씨에게 아뢰었다.

"주모主母께서는 수선을 떨면서 영접 나오지 말라는 위비마마의 명을 받들어 감히 영접 나오지 못하고 서화청 서재에서 배견拜見을 대기하고 있습니다. 황공하오나 이번에는 편문偏門으로 드셔야겠습니다. 정문으로 들어가시면 고명부인들이 너도나도 예를 갖추려 할 테니 피곤하실 것입니다……."

"왕 영감, 희왕喜旺댁, 오래간만이오. 둘 다 건강해 보여서 다행이오!"

가마에서 내려선 위가씨는 서쪽 편문을 통해 안으로 들어갔다. 이어 아름드리나무들이 울창한 정원의 숲을 지나 서화청으로 향했다. 그녀는 왕 집사와 희왕댁에게 그동안 궁금했던 것들을 물었다.

"몸은 궁 안에 있어도 마음은 항시 사가私家에 있을 때의 일만 생각했었소……. 듣자니 칠숙七叔(왕소칠)은 부상을 따라 출병했다면서? 옥이도 이제는 제법 컸겠소? 아직도 그리 비쩍 말랐소?"

그러자 희왕댁이 먼저 대답했다.

"칠숙은 전방에서 공을 세워 벌써 천총千總 자리에 올랐습니다. 요즘은 팔숙이 집안 대소사를 챙기고 길보吉保는 밖에서 복강안 도련님을 섬기고 있습니다. 마마께서 천것들을 이리 기억해 주시다니 황감해 어찌할 바를 모르겠습니다! 소인들도 자나 깨나 마마를 그리워하고 있습니다. 마마께서 황자 아기씨를 생산하셨다는 소리를 듣고 소인의 남정네는 당장 소인에게 성대사成臺寺로 가서 아기씨를 위한 삼주향三炷香을 사르라고 했습니다. 이쪽입니다, 마마. 거기는 작년에 들장미 울타리를 만들어 건너갈 수 없습니다. 저희 마님께서도 마마께서 황자 아기씨를 생산하신 뒤로 매일이다시피 보살전에 향배를 올리고 있습니다…….”

위가씨는 희왕댁과 격의 없는 대화를 주고받으면서 가슴이 훈훈해졌다. 그래서일까, 그녀의 눈가가 금세 촉촉해졌다. 그녀는 그런 모습을 감추기 위해 고개를 들었다. 커다란 대나무와 홰나무들이 울창한 가운데 푸른 옷을 입은 하녀들이 두 손을 앞에 모으고 시립해 있는 모습이 눈에 들어왔다. 서재에 당도한 것이다.

얼마 후 서쪽으로 조금 돌아가자 고명부인 한 명이 서너 명의 하녀들에게 에워싸인 채 반색을 하면서 다가왔다. 이어 화청 계단 앞에 이르자 그들은 촛대에 홍촉을 꽂듯 살포시 무릎을 꿇었다. 맨 앞에 무릎을 꿇은 여인은 바로 대청大淸의 제일신신第一信臣 부항의 정실부인 당아棠兒였다.

“신첩 당아가 위비마마께 문후 올립니다!”

당아의 목소리는 여전히 꾀꼬리처럼 아름다웠다. 위가씨는 갑자기 묘한 감회에 사로잡히지 않을 수 없었다. 지금 발밑에 무릎을 꿇고 있는 이 여인은 일인지하 만인지상의 재상 부인이 아닌가. 그 옛날 위청태의 집에서 쫓겨나 오갈 데 없던 시절, 모녀는 희왕댁의 쪽방에 숨어 그녀가 몰래 가져다주는 밥으로 겨우 연명했었다. 그때 문틈으로 훔쳐본 이 귀부인은 감히 범접할 수도 없는 너무나도 고귀한 사람이었다. 그런데 몇 년의 세월이 흐른 지금은 '군신분제'君臣分際(군신의 신분 차이)가 엄연한 탓에 그때의 귀부인이 자신의 발밑에 무릎을 꿇고 머리를 조아리고 있지 않은가. '명분'이라는 두 글자는 참으로 대단한 것이었다. 이런 것을 일컬어 '고진감래'苦盡甘來라고 하는가……

위가씨는 가슴속에서 굽이치는 감회를 애써 누르면서 황급히 당아를 부축해 일으켜 세웠다.

"어서 일어나시게. 나에게는 이런 예를 갖출 필요 없소. 아무리 폐하를 가까이서 시중드는 사람이라고 해도 나는 항상 부인을 은인으로 생각하고 있소. 여기서 이럴 게 아니라 안으로 들어가 얘기 나눕시다. 황후마마께서 선서仙逝하시어 궁빈들은 원래 대궐 밖을 한 발자국도 나갈 수 없소. 그러나 나는 지금 대궐이 아닌 밖에 머물러 있기에 그 편의를 이용해 잠깐 온 거요. 여기도 손님이 많아 부인이 챙길 일이 많을 텐데 그냥 잠깐 들어갔다 나와야겠소."

위가씨는 당아의 팔짱을 살짝 낀 채 화청으로 들어갔다. 당아는 눈가에 내려앉은 세월의 흔적을 감출 수 없었으나 미모는 여전했다. 위가씨가 그런 당아의 얼굴을 훑어보면서 말했다.

"전보다 살이 좀 빠진 것 같소. 집안의 대소사를 일일이 신경 써서 챙기느라 하지 말고 사소한 일은 아랫것들에게 맡기시오."

"황후마마의 일은 워낙 병상에 계신 세월이 길어 그리 갑작스럽지는 않습니다."

당아는 말투에 '분부'의 느낌이 다분히 담긴 위가씨를 보면서 옷섶을 여미며 차림새를 가다듬었다. 이어 몸을 숙이면서 알겠노라고 대답했다. 그리고는 한숨을 내쉬었다.

"주인이 집에 없으니 아무리 신경을 안 쓰려고 해도 안팎으로 챙길 일이 한두 가지가 아닙니다. 설상가상으로 강아 이 자식이 어미 말도 무시한 채 집을 뛰쳐나가 강남으로 어디로 줄기차게 쏘다니는 바람에 통 불안해서 잠을 이룰 수가 없습니다……."

위가씨가 당아의 말에 가볍게 고개를 끄덕였다.

"나도 황자를 생산하고 나니 어미 된 사람의 마음을 이해할 수 있을 것 같소. 옆에 누워 조금씩 보채기만 해도 가슴이 찢어지는 것 같은데 금쪽같은 새끼가 천리만리 밖에 나가 있으니 어미의 속이 어떻겠소? 듣자니, 다행히도 강아는 밖에서 큰 공을 세워 폐하께서도 어지를 내리시어 표창하셨다면서요? 얼마나 대견스럽고 기특하시오! 덩실덩실 춤을 춰도 다 못 추겠건만 그만 염려 놓으시오."

위가씨가 말을 마치고는 품속에서 자그마한 비단주머니를 꺼냈다. 이어 탁자 위에 살짝 내려놓았다.

"알다시피 비妃로 승격된 지 얼마 되지 않아 아직 모아둔 돈이 별로 없소. 게다가 출궁 때 경황이 없어 얼마 챙겨 나오지도 못했소. 지금은 우리 아기 앞으로 나오는 월례 은자만 가지고 생활하고 있소. 얼마 안 되지만…… 받아 두오. 폐하께서 나에게 상으로 내리신 금과자金瓜子요. 저 많은 손님들을 다 치르려면 만만치 않을 텐데 조금이라도 보탬이 됐으면 하오……."

위가씨는 조의금을 내려는 것이었다. 아들 생각에 잠겨 있던 당아는 그녀의 정성에 감격했는지 황급히 고개를 돌려 눈물을 닦아냈다. 이어 그녀를 향해 몸을 낮춰 예를 갖췄다.

"망극합니다, 마마. 마마의 성의가 담긴 이 상물賞物이 어찌 저희 집 황금 만 냥에 비하겠습니까? 하오나 이것을 받을 수는 없습니다. 따귀 맞아 마땅한 말이지만 아기씨에게도 돈 들어갈 일이 많을 줄로 압니다. 또 가끔 태감들에게도 상을 내리시려면 마마께서도 아직은 넉넉하지 못하실 텐데……. 아기씨께서 큰 어려움을 무사히 넘기셨다는 소식을 듣고 얼마나 기뻤는지 모릅니다. 안 그래도 조만간 찾아뵙고 변변치 못한 선물이라도 하고 싶었던 참이었습니다. 하오니 이 돈은 소인이 마마께 드리는 셈치고 거둬주셨으면 좋겠습니다!"

당아는 말을 마치자마자 다시 몸을 숙여 격식을 갖췄다. 위가씨는 시종 겸손하고 공손한 당아를 보면서 마음속으로 깊은 감명을 받지 않을 수 없었다. 급기야 일어나서는 공손하게 답례를 했다.

"그렇게 해서 부인의 마음이 편할 것 같으면 그리 하시오. 부인에게 입었던 은공은 나중에 황자가 크면 보답하라고 하겠소."

사실 당아는 그 한마디가 듣고 싶었다. 그녀는 드디어 기다리던 말을 들어서 내심 감격스러웠음에도 겉으로 내색은 하지 않았다. 그저 다시 한 번 깍듯하게 예를 갖추었다.

"저희 주인께서 서찰을 보내왔는데, 날이 갈수록 몸이 전 같지 않다고 합니다. 이제는 다음 세대에게 자리를 물려줄 때가 된 것 같다고 하셨습니다. 마마께서 보답을 운운하시니 소인은 황감해 몸 둘 바를 모르겠습니다. 소인은 그저 몇 안 되는 아들들이 건실하게 장성해 폐하의 성은을 좀 더 입었으면 하는 바람밖에 없습니다."

당아가 말을 마치고는 손짓으로 하녀를 불러 물었다.

"리아鸝兒야, 시킨 일은 잘 처리했느냐?"

리아라고 불린 하녀가 즉각 대답했다.

"예, 마님. 장방帳房에 가서 왕회정王懷正에게 마님의 분부를 전했습니다. 각 왕부에서 보내온 예물 중 금액이 백육십 냥을 넘어가는 물건은 받지 말라고 했습니다. 예단은 별로 많지 않사오나 강남에서 왔다는 마덕옥馬德玉인가 하는 사람이 꽤 많이 보내온 것 같아 목록을 가져왔습니다."

하녀가 말을 마치고는 당아에게 종이를 내밀었다. 거기에는 별의별

물품이 다 적혀 있었다.

> 벽라춘차碧羅春茶 스무 근, 대홍포차大紅袍茶 여덟 근, 용정차龍井茶 서른 근, 하곡황서河曲黃薯 쉰 근, 활락자금단活絡紫金丹 열 상자, 금계납金鷄納 여섯 상자, 고려인삼高麗人蔘 스무 근, 인삼 뿌리 세 근, 다람쥐 스무 쌍, 활록活鹿 두 쌍, 외국산 토끼 두 마리, 페르시아산 고양이 한 쌍, 단향 부채 백 개, 화선지 열 묶음, 호필湖筆 스무 자루, 휘묵徽墨 서른 상자, 벼루 다섯 개, 도금 자명종 한 개, 진주목걸이 두 개, 금, 은, 여의 각각 한 개, 비단 예순 필, 황산분재黃山盆栽 서른 개……

물품의 목록은 빼곡하니 한 장 가득 적혀 있었다. 당아는 그것을 두 손으로 받쳐 위가씨에게 내밀었다. 위가씨는 거절하지도, 살펴보지도 않고 미소를 머금은 채 받아들었다.

"십패륵부에 신세를 많이 져서 어찌 보답하나 했는데, 이걸 갖다주면 되겠소. 폐하께서는 모레 당도하실 거요. 도착하시면 나를 원명원으로 부르실 거요. 그쪽에 자리가 잡히는 대로 부를 테니 자주 놀러오시오. 부인께서도 손님 접대에 바쁠 텐데 나는 그만 일어나야겠소. 사실 황자가 걱정이 되어 더 앉아 있을 수도 없소."

위가씨가 이내 자리를 털고 일어났다. 당아는 왔던 길로 돌아서 가는 위가씨의 가마가 멀리 시야에서 사라질 때까지 배웅하고 돌아섰다. 순간 피곤기가 몰려오면서 하품이 터져 나왔다. 그러나 힘들어도 쉬고 있을 수는 없었다. 마당에 가득 모여 있던 고명부인들이 당아를 보고 우르르 몰려온 것이다. 당아는 그 속에서 한눈에 조혜와 해란찰의 처자를 발견하고는 반갑게 말을 걸었다.

"정아도 오고, 하운아도 왔네? 참으로 오랜만이네. 정방正房에 들어

가서 잠깐 기다리게. 내가 손님들을 접대하고 건너갈 테니. 안 그래도 어쩐지 속이 허전해 말동무가 있었으면 했는데 잘 됐어!"

해란찰의 처 정아가 웃으면서 먼저 입을 열었다.

"저와 운아는 방금 아계 중당댁에 갔다 왔어요. 아계 중당은 석가 장까지 갔다가 황후마마의 비보를 접했다고 해요. 폐하께서는 아계 중당에게 덕주로 올 필요 없이 바로 북경에 가서 장례식 준비를 하라고 명하셨다고 하더군요. 아계 중당은 오늘 아침 북경에 도착했다고 합니다. 아계 중당의 부인은 감기 기운이 있어서 이리로 올 수 없다면서 대신 조문을 드려달라고 했어요."

31장

대사면大赦免

이어서 정아는 당아에게 아계의 뜻을 전했다. 남정네들이 모두 금천金川 전선에 나가 있는 그들 세 여인이 양봉협도養蜂夾道로 가서 타운朶雲을 면회하는 게 어떻겠느냐는 제안이었다. 그 말에 당아가 큰 관심을 보였다.

"우리에게 구체적으로 뭘 어떻게 하고 오라는지 그런 얘기는 없었나? 가서 여인네들끼리 지지고 볶는 수다나 떨고 오라는 건 아닐 테고……."

그러자 하운아가 바로 대답했다.

"형님(아계의 부인)이 그러시는데, 폐하께서는 사라분을 진짜 사내 중의 사내라면서 크게 치하하셨다고 합니다. 금천을 갈아엎는 것은 일도 아니지만 그곳에 있는 칠만 명의 장민藏民과 묘민苗民들이 무슨 죄가 있느냐고 하셨답니다. 최악의 경우 닭이나 개 한 마리 남기지 않고 다 파묻어버린다고 해도 그곳에 누군가 믿음직한 사람은 남아 있어야 한다고 했습니다. 아마 우리더러 가보라고 한 건 아녀자들끼리 마주앉아 이런 얘기를 허심탄회하게 털어놓으라는 뜻일 거예요. 그렇게 해서 타운이 마음을 고쳐먹고 금천으로 돌아가 자기 남정을 설득한다면 얼마나 좋겠는가……, 이런 얘깁니다. 사라분에게 조정의 요구를 수락하고 귀순하라고 적극 권할 수 있을 거라는 얘기죠. 사라분이 고집을 꺾고 스스로를 묶고 투항한다면 폐하께서도 적당히 눈감아주시고 한발 물러서실 거예요. 그러면 앞으로 대가족이 서로 왕래하면서 사이좋게 살아가게 될 테니 누이 좋고 매부 좋은 일 아니겠습니까?"

하운아의 말에 당아가 까르르 웃음을 터트렸다.

"글쎄, 그 여자가 코뿔소 같은 남정을 얼마나 설득할 수 있을는지……. 그리고 들어보니 그 여자 역시 성격이 이만저만 사나운 여자가 아니라고 하던데 우리가 당해낼 수 있겠나? 폐하의 면전에서도 칼을 뽑아 들고 자살한다면서 소동을 피웠다고 하던데! 그 전에 자네 둘도 쥐어뜯기고 얻어맞고 하마터면 납치당할 뻔했었잖아?"

"그랬었죠. 그때는 너무 무섭고 이상한 여자라고 생각해서 거부감도 있었는데……."

하운아가 한숨을 내쉬더니 쓸쓸한 눈빛으로 창밖을 내다보면서 덧붙였다.

"나중에 생각해보니 제가 만약 타운의 입장이었더라도 머리 박고 죽었을 것 같다는 생각이 들었어요."

이번에는 정아가 나섰다.

"집에 있는 아녀자들의 마음이야 다 똑같은 거 아니겠어요? 밖에 나간 남정이 잘 되기를 빌고 온 가족이 무사하기만 기도하는 마음

말이에요. 저도 남정이 큰 위업을 이룩하는 데 이 한 목숨이 필요하다면 선뜻 내놓을 것 같아요."

정아가 잠시 멈췄다가 다시 말을 이었다.

"저의 남정네가 그러는데 그쪽 사람들은 우리하고는 조금 다르대요. 금천 사람들은 여자고 아이고 할 것 없이 모두 억세고 사납대요. 그래서 남자, 여자가 하는 일이 따로 없대요. 타운도 여기에서 약재를 사서 몰래 들여 보내주고 이런저런 소식도 전해주면서 남정에게 꽤 큰 도움을 주고 있는 것 같았어요. 그러니 우리도 이러고 있을 게 아니라 적당히 움직여보는 게 좋을 것 같아요. 남정네들끼리 대화가 안 되면 아녀자들이 나서서 촉매제 역할을 할 수도 있지 않겠어요? 설득에 성공하면 금천 사람들은 큰 복을 받게 되고 조정에서도 큰 근심을 덜게 되지 않겠어요? 또 우리는 음덕을 쌓게 되니 얼마나 보람 있는 일이에요? 물론 잘 안 돼도 어쩔 수 없지만요."

당아는 자기보다 훨씬 어린 두 여자의 말을 들으면서 속으로 부끄러운 마음이 들었다. 정아와 하운아가 자신들의 남편을 위해서라면 목숨이라도 달게 내놓겠다면서 그야말로 일편단심인데, 소위 재상의 부인이라는 자신은 이기적인 생각이 앞서 이것저것 계산을 하고 있었다는 것을 깨달았던 것이다. 당아는 두 여자의 정성이 갸륵하기도 하고 그렇지 못한 자신이 한없이 작아 보여 쑥스러웠는지 급기야 살짝 얼굴을 붉히면서 말을 받았다.

"말을 들어보니 서북쪽 회부回部의 움직임도 예사롭지 않은 것 같았네. 아목이살납인가 뭔가 하는 자가 북경에 병력을 빌려줄 것을 요청하러 와서 우리 집에도 들렀었는데 예물을 꽤 많이 챙겨왔더군. 나는 만나보지도 않았네. 예물도 다 돌려보내고 예의상 우피牛皮만 열댓 장 남겨뒀네. 가인들의 장화나 만들어주려고 말이네. 폐하께서는 아마 우리 남정에게 금천에서 발을 빼고 신강新疆으로 출병하라고 하실 모양이야. 아계 대인이 그런 뜻을 비치지 않은 건 우리 아녀자들이 멋모르고 타운 앞에서 떠들다가 기밀이 새어나갈까 봐 그랬겠지. 이번에는 첫 대면이니 가볍게 선물이나 들고 가서 얼굴이나 익히고 오지 뭐. 내가 옷감과 장신구를 몇 개 준비할 테니 자네들도 평소에 뭐 만들어둔 게 있으면 모아서 먼저 양봉협도로 보내주자고. 영가迎駕 준비가 끝나면 다시 모여 같이 가세."

당아를 비롯한 세 여인은 한참 동안 이런 저런 얘기로 담소를 즐겼다. 덕분에 당아도 잠시 짬을 내 쉴 수 있었다. 이어 인삼탕까지 한 그릇씩 마시고 나니 시간도 꽤나 흘렀다. 당아가 먼저 자리에서 일어나면서 입을 열었다.

"저쪽에 이친왕履親王(윤도允裪. 강희제의 열두째아들)의 세자世子 부인도 있군. 또 다른 고명부인들도 많이 기다리고 있네. 더 늦기 전에 가 봐야겠어. 안 그러면 구설수에 오를 것 아닌가. 자네들은 여기서 기다리고 있다가 식사할 때 다시 보자고. 알았지?"

당아는 말을 마치자마자 거울을 보고 머리를 쓸어 올린 다음 옷매무새를 가다듬었다. 그리고는 서재를 나섰다. 영특하고 부지런한 하녀 리아가 문 밖에 서 있었다. 평소에 그녀를 무척 귀여워하는 당아는 빙그레 웃으면서 물었다.

"또 누가 왔느냐?"

리아가 대문 어귀를 향해 입을 비죽 내밀면서 대답했다.

"고 국구 부인이 광목천 두어 폭에 세 분 도련님의 신발을 한 켤레씩 만들어 가지고 왔습니다. 마님을 뵐 수 있을까 하고 묻기에 여쭤 보고 오겠다고 했습니다."

당아는 리아의 말이 끝남과 동시에 대문 쪽을 힐끗 바라봤다. 과연 고향의 부인 곽락郭絡씨가 저만치에서 초조한 듯 열 손가락을 깍지 낀 채 서성이고 있었다. 그녀의 초라한 차림새는 쉴 새 없이 드나드는 화사한 귀부인들과는 전혀 격이 맞지 않았다. 당아는 자신도 모르게 한숨을 내쉬었다.

"어쩌다 천하의 곽락씨가 저렇게 돼버렸나……. 나 원 참! 가서 서화청 옆 풀밭에서 기다리라고 하거라. 돌아갈 때 쥐어주게 장방帳房에 가서 은표로 이백사십 냥을 가져오고……."

당아는 분부를 마치고는 바로 윗방으로 돌아갔다. 이어 의사청에서 기다리고 있는 여러 고명부인들에게 인사를 하고는 종실의 친왕 가권家眷(딸린 식구)들이 보이면 일일이 격식을 갖춰 문후를 올렸다. 그리고는 가인들에게 엄히 당부하기를 손님들이 가져온 예단을 잘 챙겨두고 돌아갈 때는 더 많은 액수의 돈을 답례로 보내라고 했다.

그녀는 그렇게 잠깐 얼굴을 비추고 서편문 쪽으로 발걸음을 옮겼다. 이어 고개를 돌려 다시 큰 소리로 지시했다.

"문지기에게 이제부터는 손님을 사절한다는 사객방謝客榜을 써 붙이라고 하거라. 태후마마께서 입성하시면 그리로 문후 올리러 들어가야 하니 내일부터는 문상객을 정중히 사절한다고 말이야. 글 잘 쓰는 선생을 찾아 격식을 갖춰 쓰게 하거라. 예의에 조금이라도 어긋나서는 아니 된다."

그녀는 말하는 사이에도 부지런히 걸음을 옮겼다. 곧 고향 부인이 기다리고 있는 서화청 풀밭에 도착했다. 돌계단에 앉아 기다리고 있던 곽락씨는 당아를 보자마자 황급히 일어섰다.

"미안하오. 이런 곳에서 기다리게 해서……."

당아가 곽락씨 가까이 다가갔다. 이어 무릎을 꿇고 인사를 올리려는 그녀를 황급히 일으켜 세우면서 말했다.

"안팎으로 얼마나 시끄러운지 통 정신이 없소. 그렇다고 서재에 들어가 기다리라고 할 수도 없었소. 그곳은 우리 주인 영감의 금지禁地라 군서軍書나 서류들이 하나라도 없어지는 날에는 온 식구가 경을 칠 테니 말이오. 아무튼 미안하게 됐소."

당아가 이어 애꿎은 하녀를 나무랐다.

"너는 왜 눈치가 무딘 도끼날이냐! 의자라도 하나 갖다드리지 않고!"

"아니, 괜찮아요. 바쁘실 텐데 저는 신경 안 쓰셔도 돼요. 마님만 의자에 앉으세요. 저는 그냥 서 있겠어요……."

곽락씨가 황감한 표정으로 연신 두 손을 내저었다. 당아는 그러나 하녀가 의자를 가져오자 억지로 그녀를 눌러 앉혔다. 그리고는 말했다.

"두 집 남정들이 가까운 사이인 건 차치하더라도 우리 둘은 같은 만주 성씨를 쓰지 않소. 친정에서의 항렬을 따진다면 나는 그쪽을 고모라 불러야 마땅하오. 요즘 많이 괴로울 것으로 아오. 그래도 어쩌겠소, 힘을 내야지. 할 말이 있으면 주저하지 말고 해보오. 내가 도울 수 있는 일이라면 어찌 나 몰라라 하겠소."

곽락씨는 당아의 말에 설움이 북받쳐 오르는 듯했다. 순식간에 두 눈에 눈물이 그렁그렁했다. 이어 소매 끝으로 눈물을 찍어내고는 더욱 처량하게 울먹였다.

"집구석이 풍비박산 나고 보니 어디를 가나 문전박대만 당합니다. 그런데 마님께서 이리 따뜻하게 대해 주시니 가슴이 뭉클해집니다. 항렬로 따지면 고모와 조카 사이지만 나이는 제가 두 살 어리죠. 그냥 철없고 가여운 동생으로 봐주세요. 바쁘실 텐데 염치없이 길게 시간을 빼앗지는 않겠어요. 다만 한 가지 부탁을 드리고자 왔어요. 황후마마께서 선서仙逝하시고 대사면 조서가 내려진 줄로 알아요. 저희 남정은 비록 지지리도 못난 사람이지만 한때는 조정의 인정도 받았던 사람이잖아요……. 저의 여동생이 태후마마전에서 시중들고 있기에 그쪽 연줄을 통해 태후마마께도 은전恩典을 내려 주십사 청을 넣었어요. 저는 언감생심 다른 욕심은 없어요. 그저 저의 남정네 목숨만 살려주셨으면 해요. 그래서 어느 시골구석에 가서 농사라도 지으며 살게 해 주십사 하는 게 저의 바람입니다……."

곽락씨는 말을 마치자마자 어깨를 들썩거리면서 흐느꼈다. 그러다 급기야 목을 놓아 대성통곡을 터트렸다.

"태후마마께서는 뭐라고 말씀하셨소?"

당아는 한쪽 구석에서 대화를 나누고는 있었으나 쉴 새 없이 드나드는 사람들의 이목이 부담스러웠다. 그래서 내심 곽락씨가 빨리 떠나주기를 바랐다. 그러나 자녕궁 태후전에서 시중드는 시녀들 중에 곽락씨의 동생이 있다는 사실을 깨닫고는 태도를 달리 해서 물었다.

"그래, 태후마마께서는 흔쾌히 허락을 하셨소?"

"그때는 황후마마께서 선서하시기 전이었어요. 태후마마께서는 일단 군기처의 의견을 들어봐야 한다고 하셨어요. 워낙 대자대비하신 '부처님'이신지라 '인명人命은 하늘에 달려 있으니 가능하면 관용을 베풀어주는 게 좋겠다'는 말씀만 되풀이하셨어요."

"그래서? 그대는 내가 어떤 도움을 줄 수 있다고 생각하오?"

"부상께서는 곧 금천 전사를 마치시고 귀경하실 게 아닙니까? 지금 천하의 일품 재상으로 성명聲名이 혁혁하시니 다른 중당들도 부상의 눈치를 살피기에 바쁘다고 들었어요. 폐하의 성총도 각별하시어 부상께서 올리신 상주문에 대해서는 어비로 훈책하신 적이 한 번도 없다고 들었습니다……."

이야기가 거기까지 이르자 당아는 곽락씨의 말을 냉정하게 잘라 버렸다.

"무슨 뜻인지 잘 알겠는데……, 고향과 전도의 사건은 겉으로는 연청 중당이 맡고 있는 것 같지만 실은 처음부터 폐하께서 하나하나 지시하셨소. 앞으로도 그리 하실 거요. 지난번에 내가 그러지 않았소? 이럴 때일수록 일거수일투족에 조심해야 한다고. 이 집 저 집 기웃거리면서 청을 넣다가 어사들에게 잘못 걸리는 날에는 긁어 부스럼이 아니겠소? 내가 남의 일이라고 강 건너 불 보듯 해서가 아니고 솔직히 남정네들이 밖에서 하는 일을 우리 아녀자들이 얼마나 알겠소? 우리 주인 영감도 집에 오면 업무에 대해서는 전혀 거론하지 않는 편이오. 그래서 내 선에서는 어떻게 도움을 줄 수 있는 형편이 못 되오. 그러나 우리 주인영감을 믿어는 보오. 그분의 성격상 도와줄 수 있는 일이라면 당연히 도와주지 물속으로 떠밀어 넣지는 않을 테니까. 안 그래도 우리 두 집 사이를 수상히 여겨 담 너머로 목 빼들고 기웃거리는 자들이 많소. 자꾸 드나들면 우리 주인이 도와주고 싶어도 여의치 않을 수가 있으니 앞으로 이쪽 출입은 좀 자제했으면 좋겠소. 무슨 말인지 알겠소?"

곽락씨가 당아의 말을 듣고는 눈물을 훔치면서 대답했다.

"정말 지당하신 말씀입니다. 다른 곳에서도 비슷한 얘기를 들었습니다. 무슨 뾰족한 수가 있겠습니까? 다 자기 팔자에 맡기는 수밖에요. 저도 이제는 지쳤어요. 그런데 솔직히 저의 남정이 잘했다는 건 아니지만 요즘 세상에 소매 속이 깨끗한 관리가 몇 명이나 되나요? 감숙에서도 희대의 부정부패와 횡령 사건이 터져 백 명도 넘는 관리들이 줄줄이 연루됐다지 않습니까? 그 많은 사람들을 전부 한 가마에 쪄 죽일 수는 없지 않습니까? 폐하께서는 보살님처럼 선한 심성을 지니셨사오니 무조건 목을 치지는 않으실 거라는 기대를 걸어보는 수밖에요……."

곽락씨는 당아의 얼굴에 초조한 기색이 보일 때까지 끈질기게 시간을 잡아먹었다. 그리고는 마지못해 작별을 고하려고 했다. 당아는 그녀를 빨리 보내기 위해 위로하고 권유하느라 진땀을 뺐다. 결국 지치고 마음이 언짢아진 그녀는 곽락씨를 멀리까지 배웅하지도 않고 편문으로 들어가 버렸다.

마당에서는 가인들이 식탁을 옮기고 병풍을 치느라 바빴다. 당아는 그중 한 명을 불러 분부했다.

"내가 쓰던 남쪽 방을 치우고 마 나리를 그리로 모시거라. 술은 올리지 말고 음식만 차리거라. 일이 바빠 가봐야겠다는 부인들은 굳이 잡지 말거라. 갈 때는 들고 온 것 이상의 은자를 챙겨서 내주는 것도 절대로 잊지 말고."

당아는 분부를 마치고 서재에 들어가 정아와 하운아를 다시 한 번 들여다봤다. 이어 나오다가 마침 대문을 들어서는 마덕옥과 딱 마주쳤다. 마덕옥이 당아를 향해 깍듯이 예를 갖추고는 아뢰었다.

"방금 가인이 '마 나리'라고 부르기에 의아했습니다. 한참 후에야 저를 부른다는 걸 알아차렸지 뭡니까? 저야 부상 문하의 충실한 심부름꾼 아닙니까? 부담스럽게 부르지 마시고 그냥 마씨라고만 불러주시면 됩니다."

"이제는 명색이 관찰觀察이고, 도대道臺 직급이오. 어찌 그리 부른다는 말이오? 남들이 나를 어찌 보겠소?"

마덕옥은 기윤과의 연줄로 몇 년 전에 부항을 알게 됐다. 이후로 문턱이 닳도록 뻔질나게 드나들었다. 그랬으니 당아와도 어색하지 않았다. 그가 그런 친분을 과시하려는 듯 창가 의자에 편히 앉으면서 말했다.

"이번에 운남에 내려갔다가 카와佧伍(와족佤族의 옛 이름인 카와족이 살던 운남성 북서부의 지명) 은광에서 또 오상현吳尙賢을 봤습니다. 노장친왕老莊親王과 아계 중당의 부인, 그리고 부상의 마님께 드려야 한다면서 은불상銀佛像 하나와 사담蛇膽(뱀의 쓸개) 열 근씩을 저에게 가져다 드리라고 하더군요. 그것까지 예단에 굳이 적을 필요는 없을 것 같아서 그냥 들고 왔습니다."

그러자 당아가 잠시 생각하더니 물었다.

"오상현이라면 지난번 운남 총독 장윤수張允隨가 말하던 그 사람 말이오? 은광 개발권을 가졌으면 한다던 사람 말이오."

"그렇죠. 은광은 벌써 채굴하기 시작했습니다. 요즘 어디 광산 개발을 금지하는 경우가 있습니까?"

마덕옥이 웃으면서 말을 이었다.

"평생 땅만 파던 시골뜨기가 큰일을 해보겠다면서 카와로 가서 힘들게 고생하더니 성공했습니다. 이젠 돈은 얼마든지 있겠다, 조정을 위해 충성을 다하고 변변찮은 공명이나마 얻어 볼까 생각하는 것 같았습니다. 면전緬甸(오늘날의 미얀마)이 요즘 중앙과 각 추장들 간의 분쟁으로 난리가 났는데, 그자들이 모두 이 오상현의 말이라면 껌뻑 죽는다는 거 아닙니까! 우리 대청이 개국한 이래 미얀마는 단 한 번도 공품을 바친 적이 없었습니다. 그런데 오상현이 나서서 어찌어찌하더니 미얀마 왕이 우리 폐하께 신하라 칭하면서 공품까지 바쳤다지 않습니까? 지금 원명원圓明園에 있는 그 덩치 큰 코끼리들도 모두 미얀마 왕이 선물로 보내온 겁니다. 늙고 병들고 죽어 몇 마리 안 남았지만……."

"그게 정말이오? 그 코끼리들이 미얀마에서 왔다는 말이지?"

마덕옥의 말에 당아의 눈이 휘둥그레졌다. 순간 그녀는 언젠가 복강안을 데리고 원명원에 갔을 때를 떠올렸다. 그때 복강안은 처음 보는 코끼리가 신기해 어찌할 바를 몰라 했다. 복강안을 코끼리 등에 올려놓고 모자가 함께 기뻐서 박수를 쳤던 기억 역시 떠올랐다. 그녀는 참 별일도 다 있다는 표정을 지으면서 말했다.

"해마다 원단元旦(설날)에 코끼리들의 재롱을 봤었는데, 근래에는 한동안 보이지 않기에 왕팔치 태감에게 물어봤다네. 그랬더니 다 죽고 여덟 마리밖에 안 남았다고 했어. 불쌍하기도 하지, 어쩌다 그리 다 죽었을까? 덩치가 커서 둔중해 보여도 말귀도 잘 알아듣고 무척 영리했었는데……. 어느 한 놈은 죽기 전에 태화전太和殿 앞 품급산品級山 옆에서 머리를 조아리면서 눈물까지 흘렸다지 않소. 그 말을 듣고 내가 며칠을 두고두고 괴로웠다오. 이제 보니 다 그 나라에서 시집을 온 것이었구먼. 나는 오상현 그 사람이 마 나리처럼 뼛속까지 장사꾼인 줄 알았더니 그렇지도 않군. 손이 크고 예의도 깍듯하고. 다음에 북경에 오게 되면 몽고를 지나면서 연락하라고 하오. 우리 부상께서 그때 거기 계신다면 꼭 만나줄 테니까……."

사실 미얀마 쪽에서 북경으로 오려면 어떠한 경우에도 '몽고를 경유'할 리는 만무했다. 그러나 평생 북경을 한 발자국도 벗어나 본 적 없는 당아로서는 그만 동서남북을 헷갈린 것이다. 마덕옥은 속으로 웃었으나 아무런 내색도 하지 않았다.

"그렇게 전하겠습니다. 그 사람이 들으면 얼마나 좋아할지 모르겠네요! 이번에 북경에 와서 들으니 마님께서는 밖에 풀어놓으신 돈을 아직 수금하지 못하셨다면서요? 이자만 육칠만 냥 밀려 있다는데 사실입니까? 급히 쓸 곳이 계시면 제가 먼저 빌려드리겠습니다."

"급히 쓸 데가 있는 건 아니오."

당아가 목소리를 낮추며 덧붙였다.

"돈놀이를 그만 두는 한이 있더라도 이 일은 절대 비밀에 붙여야 하오. 그대도 장방帳房의 왕씨에게서 들었을 테지만 이 일은 우리 집에서도 왕씨만 아는 일이오. 이자가 삼 푼을 넘으면 도둑이오. 최고 이 푼을 넘겨서는 안 되오. 황장皇莊의 소작료를 낮춰준 데다 집안 씀씀이는 날로 커지고, 여기저기 쓸 데가 많아지니 나로서도 어쩔 수 없는 일이오. 오늘 온 사람들도 모두 부의금은 냈으나 돌아갈 때면 부의금보다 더 많이 쥐어 보내야 하니 배보다 배꼽이 더 큰 격이오. 우리 주인 영감은 군무軍務에만 매달려 있으니 집안의 쌀독이 비었는지 어떤지 통 관심이 없소. 그럴 리는 없겠지만 내가 고리대를 놓았다는 소문이 밖에서 나도는 날에는 그건 마 나리의 책임이오. 돈은 모두 그쪽을 통해 나갔다는 걸 잊지 마오. 유사시에 나는 입을 싹 닦으면 그만이니까. 무슨 말인지 알겠소?"

당아의 말에 마덕옥은 잠시 어리둥절한 표정을 지었다. 그러나 이내 미소를 띠었다.

"무슨 그런 말씀을 하십니까, 마님! 그동안 중당 어르신과 마님께서 음으로 양으로 얼마나 도와주셨는데 제가 그런 몰염치한 짓을 하겠습니까? 심려 놓으십시오! 그리고 요즘 여윳돈을 좀 만진다는 왕부王府들 중에서 현금을 곰팡이 슬 정도로 묶어 두고 있는 사람이 어디 있습니까? 군기처의 윤계선과 기윤 중당 댁에서도 삼 푼 이자를 놓고 있는 걸요. 만일을 대비해 전부 소인의 처와 여동생의 명의로 처리했으니 문제가 생길 일은 없을 것입니다. 절대 염려하지 마십시오."

당아는 마덕옥이 안심하라고 청심환淸心丸이라도 먹일 것 같은 말을 하자 흡족한 표정으로 고개를 끄덕였다. 잠시 후 마덕옥은 자명종이 울리는 소리를 뒤로 하고 물러갔다.

그날 이후 마덕옥은 며칠 동안 눈코 뜰 새 없이 바빴다. 돈을 빌려
간 집들마다 가인들을 보내 밀린 이자를 독촉했다. 게다가 이번에 운
남에 가서 구입해온 약재, 원단, 찻잎, 양약洋藥, 부채와 향료들도 각
왕부에 들여보내야 했다. 아계가 미얀마의 정세와 오상현의 광산개
발 상황에 대해 물을 것이 틀림없었으니 그에 대한 답변도 미리 조
목조목 적어놓아야 했다. 아무튼 안팎으로 바쁘고 고달프자 다른 것
에 신경 쓸 시간이 전혀 없었다. 건륭의 법가法駕가 어떻게 입성했는
지, 황후의 재궁梓宮은 어디에 어떻게 봉안했는지, 현덕한 황후의 마
지막 길을 배웅하는 성안 백성들과 문무백관들은 어떤 표정들이었는
지…… 등등에는 관심을 가질 여유가 없었다.

그날은 황후의 삼칠지례三七之禮가 끝나는 날이었다. 조무朝務도 점
차 일상을 회복해 가고 있었다. 마덕옥의 일도 순조롭게 진행되고 있
었다. 조양문 부두로부터 전갈도 받았다. 기윤의 부탁을 받고 구입
한 송지宋紙와 복강안에게 필요한 서양대포 재료들이 도착했다는 소
식이었다.

그는 소식을 받자마자 서화문西華門으로 달려가 상황을 알아봤다.
유통훈이 군기처 당직을 서고 나머지 백관들은 하루 휴가를 냈다고
했다. 그렇다면 기윤과 아계 둘 다 집에 있을 가능성이 컸다. 마덕옥
은 점심을 먹기 바쁘게 옷을 갈아입고 서둘러 호방교虎坊橋에 있는
기윤의 집으로 향했다.

때는 사월 하순이었다. 단오端午를 코앞에 둔 터라 날씨는 숨막히게
더웠다. 그랬으니 가마 안은 찜통 같았다. 마덕옥은 갑갑해서 견디기
가 힘들었다. 얼마 지나지 않아 온몸은 땀투성이가 돼버리고 말았다.
고진감래라고, 그는 얼마 후 드디어 기윤의 집 문 앞에 내렸다. 땀을
닦으면서 하늘을 쳐다보자 나른한 태양이 흐리멍덩하게 졸고 있는

가운데 서쪽에서 거뭇거뭇한 구름이 다가오고 있었다.

날씨가 변덕을 부리려는 것이 분명했다. 마덕옥은 황급히 종복에게 집에 돌아가 우구雨具를 가져오라고 분부했다. 그리고는 기윤의 집 문지기에게 다가가 뵙기를 청했다. 왕성王成이라는 가인은 마덕옥과 익히 아는 사이라 반색을 하면서 맞아줬다.

"마 나리, 요즘 한참 뜸하셨습니다? 보고 싶어 혼났습니다!"

"오죽 보고 싶었겠어? 내가 아니라 내 두둑한 전대 말이네!"

마덕옥이 웃으면서 덧붙였다.

"마치 기생들이 기둥서방을 반기는 것 같군. 어젯밤 춘향루에 갔더니 그 계집이 자네와 똑같이 배배 꼬면서 콧소리를 내던데."

마덕옥은 말을 마치자마자 주머니에서 스무 냥짜리 은병을 꺼내 왕성에게 건네줬다. 이어 천천히 덧붙였다.

"전처럼 자네가 다섯 냥 가지고, 나머지는 유기劉琪나 임옥任玉 등에게 나눠주게. 윗대가리인 위성魏成이 모르게 하는 게 자네들 신상에 이로울 거야. 중당께서는 지금 서재에 계신가?"

왕성이 함박웃음을 지으면서 재빨리 은자를 집어넣었다. 그리고는 연신 굽실거리면서 안내를 했다.

"위성 그 사람은 몸이 아파 고향으로 돌아간 지 한참 됐어요. 그래서 저희는 지금 호랑이 없는 산에서 활개 치면서 노닐고 있습니다, 헤헤! 지금 작은마님은 병상에 계시고요. 큰마님은 원래 두문불출하시니 항시 방안에만 계세요. 이쪽으로 오세요. 중당 어르신께서는 지금 화청에서 아계 중당과 얘기 중이십니다. 아계 중당은 원래 의자를 데워 놓기 무섭게 일어나는 분이신지라 곧 가실 겁니다. 그러니 잠깐 서재에서 기다리고 계세요."

기윤의 자택은 규모나 시설 면에서 부항의 부저와 견줄 바가 못 되었다. 그저 허름한 사합원四合院 하나가 고작이었다. 그나마 마당 한쪽에 자그마한 화원이 있고 그 옆에는 서재랍시고 방 하나도 딸려 있었다. 화원 앞에 다다르자 안에서 귀에 익은 기윤의 말소리가 들려왔다.

"자고로 백성들을 해치는 무리들은 관리官吏를 비롯해 아역衙役, 관권官眷(관리들에게 딸린 식구) 그리고 관리들의 가인이나 종복들이지. 이 네 부류는 관품은 없으나 권력에 편승해 막강한 권력을 휘두르는 게 문제야. 일반 관리들은 검은 돈을 챙길 때 자신에 대한 평가와 업적을 염두에 두지 않을 수 없으니 어느 정도 조심하는 티라도 내지만 이자들은 달라. 마구 챙기고 짓밟고 해도 책임질 일이 없으니 날로 창궐할 수밖에!"

"앞잡이지!"

아계의 짤막한 소리가 잠깐 들려왔다. 이어 기윤의 곰방대 빠는 소리도 뻑뻑하고 들려왔다.

"그래, 관리들의 앞잡이지! 예전의 낙민 사건이나 이번의 왕단망, 늑이근 사건 모두 관리들이 앞잡이들을 내세워 백성을 물어뜯고 찢어놓은 참극이라 하겠어. 그런 의미에서 이자들은 결코 용서받을 수 없는 죄를 지은 거야. 앞잡이 노릇을 한 자들은 철저히 색출해 엄벌에 처하는 게 마땅할 것이야."

기윤의 말에 아계가 연신 고개를 끄덕이면서 공감을 표했다.

"돌아가서 연청 공과 상의해봐야겠어. 이번 사건을 계기로 백성들의 골수를 빨아먹는 앞잡이들을 깨끗이 청산해버려야겠어. 조정의 지공지명至公至明한 대의大義를 밝히고 불안해하는 백성들을 위로해야겠소!"

"거기 마덕옥이 아닌가? 여기는 어쩐 일인가? 어서 들어오시게!"

마덕옥은 방 안의 말소리에 귀를 기울이며 서 있다가 창밖을 향해 외치는 소리에 깜짝 놀라 고개를 들었다. 그를 부른 사람은 아계였다.

"예, 갑니다!"

마덕옥은 흠칫 놀랐으나 얼굴에 웃음을 가득 지으면서 성큼성큼 화청 안으로 달려 들어갔다. 방안에는 기윤과 아계 둘 뿐이었다. 마덕옥은 서둘러 두 사람에게 예를 갖추었다.

"아계 중당께서는 문무의 전재全才이시고, 무예 또한 고강高强하셔서 황천패는 저리 가라 할 정도라고 들었습니다. 오늘 뵈니 소문이 헛소리가 아닌 것 같습니다. 창호지가 두꺼워 바깥이 보이지도 않는데 마당에 서 있는 저를 어찌 발견하셨습니까?"

아부도 아부 나름이지만 이 자리에서 무예에 대해 논하는 것은 아무래도 어불성설이었다. 기윤과 아계는 기가 막힌 듯 껄껄 소리 내어 크게 웃었다. 아계가 말했다.

"다음에 만날 때는 나의 장기인 비첨주벽飛檐走壁을 선보여야겠구면. 표창을 던져 이백 리 밖의 엉덩이를 명중시키는 재주가 있는 건 몰랐겠지? 하하하……!"

아계가 즐겁게 웃으면서 농담을 던지자 마덕옥도 따라 웃었다. 기윤 역시 자세를 고쳐 앉으면서 아직 웃음이 덜 가신 얼굴로 입을 열었다.

"하여튼 장사꾼들은 못 말려! 그건 그렇고 오상현에 대해서는 자네가 제일 잘 알고 있다고 들었네. 그가 미얀마 국왕과 어떤 관계인지 하는 것과 미얀마 내부의 사정에 대해서도 상세히 글로 적어 올리게. 어람을 거쳐 자네에게 그쪽 관련 업무를 맡길 수도 있네. 오상현에게 서찰을 보내게. 토사土司인 방축蚌築과 연락해 조정의 은의恩意를 설명해주라고 하게. 운남 총독 장윤수의 상주문도 있기는 한데,

알아듣게 설명을 하지 못하는 것 같아서 말이야. 방축이 미얀마 쪽에 있는지 우리 쪽에 있는지 위치도 제대로 밝혀 두지 않았고……."

마덕옥이 기윤의 말에 연신 고개를 숙이며 대답했다.

"방축은 카와의 토사土司입니다. 카와는 영창永昌과 순녕順寧의 변두리에 위치해 있습니다. 형의 이름이 방축이고요, 아우는 방칸蚌坎, 그 밑에 행맹幸猛, 망은莽恩, 망문莽文 등 세 조카가 지역을 분할해 관리하고 있습니다. 지역상 운남에 속해 있습니다. 미얀마 왕의 관할구역은 아닙니다."

마덕옥이 간략하게 지리에 대해 설명하고는 다시 덧붙였다.

"중당 어르신의 명을 받들어 소인이 곧 오아무개에게 서찰을 띄우겠습니다. 똑똑하고 유능한 자이기에 차질은 없을 것입니다."

마덕옥의 말에 기윤과 아계는 약속이나 한 듯 고개를 끄덕였다. 그쪽 지도를 못 본 상태에서 더 이상의 깊은 논의는 불가능하다고 생각하는 것 같았다. 마덕옥은 묻는 말에 대답을 다하고 난 후 기윤과 아계가 잠시 아무 말도 하지 않자 바로 자리에서 일어섰다. 이런 자리에서는 기윤에게 사적인 얘기를 할 수 없었던 것이다. 결국 그가 우물거리면서 말했다.

"기 중당께서 요구하신 송판지宋版紙와 화선지가 부두에 도착했다고 합니다. 가인들을 시켜 조양문 부두로 가서 물건을 가져오시면 됩니다. 실은 별일 아니옵고 물건이 도착했다는 소식을 전하고자 찾아온 것입니다. 그럼 달리 분부가 안 계시면 이만 물러가겠습니다."

마덕옥이 물러나려고 하자 아계가 뭔가 생각난 듯 웃으면서 입을 열었다.

"아! 얘기가 났으니 말인데 한 가지 물어보겠네. 지난번에 부상 댁에 들렀더니 굵기가 찻잔 정도 되는 대롱처럼 생긴 쇠뭉둥이가 여러 개 보이더군. 외국에서 배로 보낸 거라면서? 어디에 쓰는 건지 가인들은 아무도 모르던데, 자네가 구입해온 거 아닌가?"

마덕옥이 즉각 대답했다.

"그렇습니다. 강아 도련님(복강안)께서 서양 대포를 손수 만들어보시겠다면서 부탁하셔서 구입한 겁니다. 그게 한낱 고철덩어리 같지만 우습게 볼 게 아닙니다. 근斤으로 파는데 은자 한 냥에 세 근도 안 됩니다. 도련님께서 그러시는데, 그런 것은 가늘고 길수록 포탄이 멀리 나간다고 하시더군요."

'역시 복강안이야! 될성부른 나무는 떡잎부터 알아본다더니, 예사롭지 않군!'

기윤과 아계는 둘이 똑같이 그런 생각을 하면서 마주보고 웃었다. 마덕옥이 계속 말을 이었다.

"하온데 장난감도 아니고 서양 대포를 모형만 보고 대충 짐작으로 만든다는 건 위험천만한 일이라고 마님께 여쭀더니 마님은 기겁을 하면서 반대하셨습니다."

아계가 웃으면서 그 말을 받았다.

"복 공자가 돌아온 뒤 우리가 잘 타일러 보겠네. 부상께서도 가만히 보고만 있지는 않을 테니 너무 걱정하지 말게. 개인이 스스로 화포火砲를 만든다는 건 그 어떤 장황한 이유가 있다 하더라도 용납될 수 없는 일이지."

아계가 말을 이으려고 할 때였다. 왕성이 종종걸음으로 들어와 아뢰었다.

"어르신, 내정內廷의 왕 공공公公(태감)이 어지를 전해왔습니다. 폐하께서 패찰을 건네라 하셨답니다!"

기윤이 지시했다.

"어명을 전하러 왔으면 어서 들라 하거라!"

왕성이 다시 대답했다.

"밖에서 기다리겠다고 합니다. 채비를 하고 나오시면 양심전養心殿으로 안내하겠다고 합니다."

기윤은 왕성의 말이 끝나기 무섭게 관복으로 바꿔 입고는 장화를 신었다. 이어 조주朝珠도 걸고 조관朝冠을 쓴 다음 중얼거리면서 밖으로 나갔다.

"이 시간에 어인 이유로 부르시는 것인지?"

"어서 가보게. 원명원 구경을 시켜주려고 그러시는지도 모르지."

아계 역시 따라서 일어섰다. 기윤이 서둘러 밖으로 나오자 왕팔치가 대문 앞 하마석 옆에 말고삐를 잡은 채 서 있었다. 마덕옥과 함께 뒤따라 나오던 아계가 웃으면서 알은체를 했다.

"왕팔치 자네였구먼, 나는 또 누구라고!"

아계를 알아본 왕팔치도 예를 갖춰 인사를 올렸다.

"아계 중당, 여기 계셨습니까? 함께 드시라는 어지가 계시어 복례가 중당 댁으로 갔습니다!"

기윤은 서둘러 가마를 대라고 가인들에게 명령을 내렸다. 이어 하늘을 봤다. 점점 흐려지는 것이 곧 비가 쏟아질 것 같았다. 기윤이 다시 가인들에게 분부했다.

"우비를 두 개 준비하거라. 하나 더 있는 조주朝珠를 아계 중당께 가져다 드리거라!"

가인들은 곧 이 사람, 저 사람의 시중을 드느라 한데 엉켜 정신없이 돌아갔다. 그런 복잡한 와중에도 마덕옥은 저만치에서 노새를 타고 오는 화신을 발견하고는 반색을 하면서 다가갔다. 이어 그를 향해 깍듯이 읍을 했다.

"난의위鑾儀衛에 입직入直하신 걸 진심으로 경하 드립니다. 이제는 진짜 관직의 길에 오르셨습니다. 일거에 하늘로 올라가 가까이에서 천자를 섬기게 됐으니 얼마나 기쁘시겠습니까? 허나 두 분 중당 모두 폐하의 부름을 받고 바삐 나가시는 길인데 어쩝니까? 자, 만난 김에 제가 술 한 잔 살 테니 갑시다."

기윤과 아계는 갈 길이 바쁜 터였다. 화신을 알은체할 여유가 없었다. 그들은 서둘러 출발했다.

기윤과 아계는 서화문 밖에 당도한 다음 가마에서 내렸다. 하늘은 어느새 완전히 흐려져 있었다. 서화문 근처에는 원래 장정옥의 어사御賜 저택과 태의원이 있었다. 그러나 지금은 모두 헐린 뒤였다. 그래서 그곳에는 족히 수백 무畝는 될 것 같은 공터가 넓게 펼쳐져 있었다.

기윤과 아계는 왕팔치를 따라 무영전武英殿 옥대교玉帶橋를 건너 북으로 방향을 틀었다. 융종문隆宗門에 들어서서는 곧바로 군기처로 향했다. 그때부터 빗방울이 후드득후드득 떨어지기 시작했다. 다행히 걸음을 다그친 덕에 몇 방울 맞지는 않았다.

유통훈은 책상 위에 엎드려 뭔가를 황급히 써 내려가고 있었다. 아계는 쓰는 데에 집중한 나머지 인기척도 느끼지 못하는 그를 향해 말을 건넸다.

"실내가 너무 어둡소. 촛불이라도 하나 켜지 그러오, 연청 공."

"오, 그래! 벌써 날이 이렇게 어두워졌나?"

유통훈이 붓을 내려놓고 미간을 찌푸리며 창밖을 내다봤다. 이어 무겁게 드리웠던 먹장구름이 그대로 비가 돼 쏟아지는 걸 보고는 비로소 빙그레 웃으면서 덧붙였다.

"어쩐지! 아직 날이 저물 시간도 아닌데 왜 이렇게 어두운가 했소!"

유통훈이 말을 마치고는 기윤을 향해 손을 내밀었다.

"담배나 좀 주오. 뭐니 뭐니 해도 기 중당이 피우는 관동노엽關東老葉(엽연초)이 최고요!"

기윤은 엽연초가 들어 있는 주머니를 건네줬다. 이어 말했다.

"곧 폐하를 알현해야 하니 빨리 피우시오. 나처럼 금전金殿에서 장화에 불을 내지 마시고. 그런데 뭘 그리 열심히 쓰고 계셨소?"

"인명 사건이 났는데, 형부에서 올린 자백서와 사건일지에 석연치 않은 구석이 좀 있어서 말이오. 의문이 가는 점을 하나씩 꼬집어 재수사하라고 했소!"

유통훈이 한숨을 토해내면서 웃었다. 이어 다시 덧붙였다.

"담뱃불로 장화에 불을 붙이는 재주는 기 중당이 유일무이하지 않소? 그런 것도 아무나 할 수 있는 것이 아니오!"

유통훈이 시큰해진 손목을 털면서 일어섰다. 기윤과 아계는 평소 농담을 잘 하지 않는 유통훈의 말에 약속이나 한 듯 웃음을 터트렸다.

아직 건륭에게서는 들어오라는 소리가 없었다. 세 사람은 비의 장막 속에 파묻힌 천가天街를 내다보면서 잠시 아무 말도 하지 않았다. 잠시 후 아계가 의자를 당겨 앉으면서 말했다.

"재수사가 필요하면 '의혹이 있으니 재수사를 하라' 이 몇 글자만 적어 보내면 되지 뭘 그리 힘들게 조목조목 따져 적고 그러오?"

유통훈이 바로 고개를 가로 저었다.

"'대충대충', '얼렁뚱땅' 밖에 모르는 아랫것들에게 일부러 보여주기 위함이오. 사적史籍을 두루 뒤져보면 어느 조대朝代를 막론하고 법이 부실해 인명사건의 피해자와 가해자가 뒤바뀌는 경우가 비일비재했소. 그것이 위험 수위에 이르면 그 조대는 산이 무너지고 땅이 갈라졌소. 망하고 말았다는 말이오. 그래서 나는 '인명관천'人命關天이라는 말에서 '천'天은 곧 조정의 운명을 뜻한다고 보오."

유통훈은 언제나 그렇게 기윤과 아계를 비롯한 주변 사람들에게 최선의 모습만 보여주는 거울 같은 존재였다. 그러나 정무가 그렇게 번잡한 와중에 오늘 일처럼 관심을 꺼도 되는 사건에까지 일일이 정력을 쏟으니 몸이 배겨낼 리가 만무했다. 기윤과 아계는 그런 유통훈을 보면서 존경스럽기도 하고 한편 걱정스럽기도 했다.

한참 침묵을 지키던 기윤이 물었다.

"오늘은 휴가인데 폐하께서는 무슨 일로 갑자기 우리를 소견召見하신 거요?"

"수혁덕이 내일 천산天山의 대영大營으로 돌아간다오. 폐하께서는 그에게 시의적절한 대책을 직접 일러주시려고 그러는 것 같소."

유통훈이 긴 숨을 들이마시면서 다시 말을 이었다.

"원래 내일로 예정돼 있던 아목이살납 접견 계획도 하루 앞당겨졌소. 군국대사를 논하는 자리이니만큼 아무래도 우리 군기처에서도 참석해야 하지 않겠소?"

그때 저만치에서 태감 왕팔치가 빗속을 찰박거리면서 걸어오는 모습이 보였다. 우비를 입은 그는 품속에 시커먼 옷가지들을 안고 있었다. 그가 안으로 들어서면서 말했다.

"어사御賜 유의油衣(비옷의 하나)입니다. 유통훈, 기윤, 아계는 이 옷을 입고 양심전으로 들라!"

왕팔치가 어지를 전하자 세 군기대신은 무릎을 꿇은 채 사은을 표했다. 겉보기에 거무튀튀한 유의는 생각보다 훌륭했다. 겉은 그저 짙은 남색이었으나 안에는 짐승의 털을 얇게 댄 탓에 촉감도 좋고 따뜻했다. 무게는 반 근도 채 안 될 정도로 가벼웠다. 세 사람은 유의를 입어보며 어린아이처럼 좋아했다. 그러자 왕팔치가 웃으면서 말했다.

"러시아에서 공납한 오리털 유의입니다. 도합 여덟 벌인데, 폐하께서는 태후마마께 두 벌을 드리셨고 세 분 군기대신과 부항, 윤계선, 악종기 대인에게 각각 한 벌씩 상으로 내리셨습니다. 폐하께서는 전에 일본에서 공납한 갈매기털 유의를 입고 계십니다. 이것보다 훨씬 품질이 떨어지는 것인데도 정작 당신께서는 아까워서 입지를 않으셨습니다!"

세 사람은 왕팔치의 말을 듣고 가슴이 뭉클하고 콧마루가 찡해졌다. 그들은 말없이 왕팔치를 따라 빗속으로 뛰어나갔다.

"아하, 유의를 입혀 놓으니 셋 다 인물이 훤해졌군!"

세 신하가 차례로 들어서자 동난각에서 차를 마시며 거닐고 있던 건륭이 찻잔을 탁자 위에 내려놓으면서 웃음을 머금었다.

"연청 공도 몇 년은 더 젊어 보이네!"

건륭은 신하들이 대례를 갖추기를 기다렸다가 자리에 앉으라는 손짓을 했다. 얼굴에 웃음이 가득 피어올랐다. 이마는 갓 앞머리를 면도한 듯 약간 푸른색을 띠고 있었다. 그러나 신하들은 건륭이 억지로 지어보이는 웃음 뒤에 숨겨신 우울함을 훤히 들여다 볼 수 있었다. 건륭은 세 신하들이 자리에 앉기를 기다려 온돌에 올라 다리를 괴고 앉았다. 이어 한참 동안 풍우風雨가 내리치는 창밖을 내다보더니 천천히 입을 열었다.

"태감을 시켜 아목이살납을 건청문으로 부르라고 했네. 지금 잠시 짬이 나서 경들을 불렀네. 왕단망과 고항의 사건을 빨리 매듭지어야겠네. 언제까지 질질 끌 수는 없지 않은가."

사실 유통훈은 북경에 도착한 이튿날 이미 두 사건에 관련된 모든 서류들을 기윤과 아계에게 보내 읽어보게 했었다. 아무려나 건륭이 그렇게 운을 떼자 기윤과 아계는 약속이나 한 듯 유통훈을 바라봤다. 유통훈은 이미 생각을 다 정리한 것 같았다. 어두운 구름 사이에서 소리 없이 번쩍이는 번갯빛이 나무걸상에 그린 듯 앉아 있는 유통훈의 조각 같은 얼굴을 언뜻언뜻 비추고 있었다. 한참 후에야 그가 몸을 숙이면서 아뢰었다.

"이미 윤계선과 부항에게 공문을 보내고 서찰도 보냈사옵니다. 아직 회문回文은 받지 못했사옵니다."

건륭이 그러자 조용히 입을 열었다.

"어제 두 사람의 밀주문을 받았네. 둘 다 만언서를 올렸더군. 결론은 똑같았네. 목을 쳐야 한다는 거였네."

갑자기 밖에서 번갯빛이 번쩍였다. 이어 "쫘르릉!"하고 하늘이 박살나는 듯한 굉음이 들려왔다. 창문이 드르르 진저리치더니 촛불이 꺼질 듯이 흔들리다가 간신히 되살아났다.

"보게, 하늘도 진노하지 않는가!"

건륭이 천둥소리에 흠칫 놀라 시커먼 바깥을 내다보면서 말했다. 이어 덧붙였다.

"여느 조대朝代를 막론하고 나라를 말아먹는 건 결국 이치의 부실이었네! 환부를 제때에 도려내지 않으면 멀쩡한 부위까지 다 썩어버리게 마련이네. 늦었다고 생각할 때가 제일 빠른 때라고 누군가 말했지. 지금이 바로 그때이네!"

또다시 우렛소리가 머리 위에서 폭탄처럼 터졌다. 그러나 건륭은 더이상 놀라지 않았다. 대신 또렷한 목소리로 말을 이었다.

"누군가 짐에게 말하기를, 지금은 천자天子가 성명聖明하기에 여우나 쥐새끼들이 난국을 초래할 힘이 없다고 했네. 또 누군가는 《진평전》陳平傳을 예로 들더군. 진평은 행실은 좋지 않았어도 한漢나라의 태평성세를 이끌어내지 않았냐고 하더군. 짐은 당치도 않은 소리는 집어치우라고 했네! 짐이 아무리 영명하면 무얼 하나? 짐이 독불장군인가? 불순한 무리들이 갈수록 창궐하여 날뛰는데! 한쪽에 방죽을 세워놓으면 다른 한쪽에서 미꾸라지들이 들락거리면서 구멍을 내는데! 그리고 진평처럼 부덕한 자가 태평성세를 이끌었다고? 그자는 다 된 밥에 숟가락을 얹은 것뿐이네. 짐은 이미 결심을 굳혔네. 더 이상 부인지심婦人之心을 품지 않고 단칼에 망은불효忘恩不孝한 자들을 쳐버릴 걸세."

"실로 고원高遠하시고 영명하신 결단이옵니다!"

기윤이 조용히 듣고만 있다 무겁게 입을 열었다. 이어 덧붙였다.

"고항과 왕단망 등의 죄행은 관보에 올려 온 천하에 낱낱이 고해야 한다고 생각하옵니다. 하오나 신은 이 둘을 주살하는 것은 재고하실 필요가 있다고 사료되옵니다. 워낙 큰 사건들이라 조야朝野를 진동시켜 민심이 흉흉해질 우려가 있사옵니다. 벌써부터 일부 관리들은 겁에 질려 정무를 게을리 한다는 소문도 있사옵니다."

아계의 의견은 그러나 기윤과는 많이 달랐다.

"신은 이치의 쇄신을 위해서는 빠른 시일 내에 이자들의 목을 쳐야 한다고 생각하옵니다. 이자들의 수급을 국문國門에 내걸어 효시梟示해야 하옵니다."

건륭은 두 신하가 상반된 의견을 보이자 유통훈에게 물었다.

"경은 어찌 생각하나?"

유통훈이 즉각 대답했다.

"폐하께서 성심을 굳히셨다면 그대로 추진하는 게 좋을 것 같사옵니다. 하오나 관보에 등재할 필요는 없을 것 같사옵니다. 되도록 민심의 불안은 야기하지 말아야 하옵니다."

"모두 일리 있는 말이네."

건륭이 침을 삼키고 나서 다시 말을 이었다.

"관가에는 충격을 주되 백성들은 안심시켜야 하네. 그런 차원에서 짐은 몇 가지 은지恩旨를 내릴까 하네. 옹정황제와 성조 때 죄를 지어 가문이 패망한 몇몇 대신들을 사면시킬 참이야. 또 장정옥張廷玉을 현량사賢良祠로 다시 들이겠어. 그리고 아기나阿其那와 색사흑塞思黑으로 개명됐던 팔숙八叔(윤사)과 구숙九叔(윤당)의 본명도 이참에 돌려주도록 하겠네……."

건륭이 잠시 생각하더니 다시 짤막하게 덧붙였다.

"십숙의 패륵 명예도 회복시켜주겠어."

32장
이용할 수는 있으나 믿을 수는 없다

그때 태감이 들어와 화친왕 홍주가 아목이살납을 데리고 건청문에 당도해 명을 기다리고 있다고 아뢰었다. 건륭은 즉시 팔인대교에 올라 건청문으로 출발했다. 유통훈과 기윤, 아계 등 세 사람은 걸어서 가마를 수행했다.

얼마 후 가마는 양심전을 나와 월화문으로 내려가더니 종횡으로 된 복도를 이리저리 에돌아갔다. 금방 건청문이 나왔다. 빗발이 거세 그리 멀지 않은 거리임에도 유통훈 등 세 사람의 두루마기와 장화는 흠뻑 젖어버렸다.

건륭은 복도 후미 입구에 서서 세 신하가 마른 장화로 갈아 신고 젖은 옷자락을 쥐어짜기를 기다렸다. 잠시 후에는 가벼운 기침소리를 내면서 궁전 안으로 들어섰다. 순간 왕팔치가 한발 앞서 큰 소리로 외쳤다.

"폐하께서 당도하셨다!"

수미좌에서 동쪽으로 약간 구석진 자리에 무릎을 꿇고 있던 두 사람이 왕팔치의 소리를 듣자마자 바로 삼궤구고三跪九叩의 대례大禮를 올리면서 외쳤다.

"만세! 만세! 만만세!"

건륭은 천천히 수미좌로 올라가 앉았다. 유통훈과 기윤, 아계 등은 서로 시선을 교환하면서 나란히 수미좌 동쪽에 무릎을 꿇었다. 곧 홍주의 말소리가 들려왔다.

"신 홍주가 어지를 받들어 휘특부輝特部의 왕신王臣 아목이살납을 데리고 왔사옵니다!"

아목이살납은 며칠 전에 북경에 도착했었다. 그로서는 자금성에 들어와 황제를 대면하는 것이 처음이었던지라 바짝 긴장한 표정을 짓고 있었다. 무릎을 너무 낮게 꿇어 머리가 금전金甎 바닥에 거의 닿을 지경이었다.

건륭은 잠시 말이 없었다. 순간 마당의 나뭇잎을 때리는 빗소리와 간간이 들려오는 우렛소리가 궁전 가득히 메아리쳐 이름 모를 위압감을 더해주고 있었다. 아목이살납은 열 손가락을 차가운 바닥에 딱 붙인 채 알아듣지 못할 몽고어로 중얼거렸다.

그때 건륭의 시선이 홍주를 향했다.

"아목이살납은 지금……."

홍주가 혀를 조금 내밀어 입술을 감아 빨면서 통역을 했다.

"상천上天이 이같이 영광된 자리를 주심에 감사드린다고 하옵니다. 저 하늘의 태양도 보거다 칸 앞에서는 빛을 잃고 천산天山의 웅장함과 위엄도 보거다 칸의 흉회胸懷에는 비할 바가 못 된다고 하옵니다! 아목이살납은 보거다 칸 휘하의 보잘것없는 영주領主이지만 보거다 칸의 영광을 입고 독수리처럼 힘차게 고향으로 돌아갈 거라고 하옵니다. 나중에 다시 보거다 칸을 뵈올 때는 천산만큼 긴 하다哈達(몽고족들이 최상의 예의를 표할 때 사용하는 흰 비단 천)와 요지瑤池의 물로 빚은 미주美酒, 그리고 아름다운 설련雪蓮을 바쳐 전체 부락 신민들의 경외심을 표하겠노라고 하옵니다!"

아목이살납이 홍주의 통역이 끝나자마자 즉시 교정을 했다.

"끝부분은 '경외'가 아니라 '앙모'仰慕이옵니다. 존경하는 친왕마마……, 저는 보거다 칸을 향한 '앙모'라고 분명히 말씀드렸사옵니다!"

건륭이 아목이살납의 말에 가느다란 미소를 지었다.

"그래, '앙모'라면 '앙모'라고 하지! 뜻은 거기서 거기구먼. 한어漢語를 잘해서 다행이네. 시간을 절약하겠어. 홍주는 동몽고어에 능하지. 서몽고어는 조금 다르니 헷갈릴 수도 있네. 자네는 아이雅爾 일대에서 유목을 했다지?"

"예!"

아목이살납이 돈수頓首를 하면서 대답했다. 한어가 유창한 편이기는 하나 발음은 그다지 시원치 않았다. 그가 다시 말을 이었다.

"저는 화석특부和碩特部 납장拉藏 칸汗의 손자이옵니다. 아랍포탄은 저의 외조부이시옵니다. 저의 모친은 부친께서 세상을 뜨신 후 휘특부의 두 왕인 위정衛征과 석제碩齊에게 차례로 개가改嫁하셨사옵니다. 저는 계부繼父에게서 왕위를 승계 받았사옵니다."

기윤은 아목이살납을 보면서 터져 나오는 웃음을 겨우 참았다. 쿡! 하고 하마터면 웃음을 터트릴 뻔했다. 그러나 기침을 하는 척하면서 은근슬쩍 넘어갔다. 자신의 어미가 차례로 세 남자에게 시집을 갔다는 얘기를 아무렇지도 않게 할 뿐 아니라 그중 두 남자는 형제간이었으니 그럴 만도 했다. 더구나 그는 '기름병 돌리듯' 겨우 왕위를 승계 받았으면서도 대책 없이 당당하기만 하지 않은가. 건륭이 기윤을 힐끗 쳐다보고는 말했다.

"아무튼 그쪽과 우리는 성조 때부터 삼대에 걸친 은은원원恩恩怨怨의 오랜 벗이네. 그러나 이렇게 만나기가 쉽지 않았네. 그리 무릎을 꿇지 말고 이제 그만 일어나게. 화친왕, 자리를 좀 내주게. 경들도 일어나게!"

"망극하옵니다, 폐하!"

홍주를 비롯한 좌중의 다섯 사람은 일제히 머리를 조아렸다. 분위기가 엄숙하고 정중했다.

알록달록한 새 몽고포蒙古袍를 입고 새로 하사 받은 노란 마고자를 껴입은 아목이살납은 마흔 살쯤 되어 보였다. 무릎 위로 올라오는 장화를 신고 있는 다리는 굵은 기둥 같고 체구는 황소처럼 건장했다. 또 검붉은 얼굴은 유난히 넓적했다. 짙은 눈썹 아래에서는 작은 눈이 번들거리기도 했으나 흰자위가 유난히 많아 얼핏 보면 이상한 느낌을 줬다. 기마민족 출신답게 다리는 안으로 휘어져 있었다.

건륭이 히죽 웃으면서 말했다.

"역시 몽고사내들은 멋지단 말이야. 자네, 기마술에 능하겠는데? 듣자니 인근 액로특厄魯特의 네 개 부락을 통틀어 대적할 자가 없다던데, 어쩌다가 달와제達瓦齊에게 패했나? 그자의 덫에 걸렸던 것인가?"

아목이살납이 대춧빛처럼 검붉은 얼굴을 꼿꼿이 쳐들면서 거침없이 대답을 했다.

"저의 병사들은 아무도 죽음을 두려워하지 않사옵니다. 모두 천산을 날아서 넘는 날랜 독수리들이옵니다! 달와제의 기병은 총 사만 이천 명이옵니다. 그중 삼만 사천 명은…… 동으로, 팔천 명은…… 서로! 이렇게 해버렸사옵니다."

아목이살납은 말을 하다 말고 두 손으로 집게 모양을 만들어 포위하는 시늉을 했다.

"그러나 저의 부족은 남녀노소 다 합쳐 봐야 겨우 삼만 명이 될까 말까했사옵니다. 수적으로 열세에 처하다 보니 아무래도 당해낼 수가 없었사옵니다!"

그러자 건륭이 덧붙여 물었다.

"자네는 나달보 대회 장소에서 도주했다던데 사실인가? 짐의 천산天山 장군 수혁덕을 찾아가 '삼만 철기鐵騎를 확보했으니 회병會兵해 준갈이를 치자!'라고 했다던데? 알고 보니 그건 허풍이었군."

아목이살납이 간사한 웃음을 흘리면서 대답했다.

"예상대로 수혁덕은 천산의 늙은 여우인지라 저의 허풍에 넘어가 주지 않았사옵니다!"

건륭이 아목이살납의 말에 껄껄 웃음을 터트렸다.

"그러나 자네도 만만치 않은 늑대라는 사실은 자네 스스로 더 잘 알 테지? 어떻게든 조정의 힘을 빌려 달와제를 치고 다시 돌아서서는 수혁덕을 치려고 했겠지. 내 말이 틀렸는가?"

그 말에 아목이살납은 눈이 휘둥그레지며 정색을 하고 물었다.

"그건 저의 속마음이온데 보거다 칸께서 어찌 아셨사옵니까?"

아목이살납은 순진하다고 해야 할지, 바보스럽다고 해야 할지……, 아무튼 종잡을 수 없는 사람이었다. 건륭은 다시 한 번 크게 웃었다. 이번에는 기윤이 나섰다.

"그대의 알량한 '속마음' 따위가 어찌 폐하의 통찰을 비켜갈 수 있겠소?"

아계 역시 거들었다.

"폐하께서는 준갈이의 내분이 일기 시작하자마자 앞으로의 일을 절묘하게 예상하셨소. 수혁덕에게 사태를 예의주시하면서 명령을 기다리라는 엄명도 내리셨다오. 그러니 그대의 얄팍한 술수가 어찌 먹혀들었겠소?"

기윤과 아계가 경쟁적으로 한마디씩 하는데도 유통훈은 엄숙한 표정을 풀지 않았다. 가타부타 아무 말도 하지 않았다. 그저 우무雨霧에 뒤덮인 천가天街만 내다볼 뿐이었다. 그때 한참을 웃고 난 건륭이 정색을 하면서 말했다.

"구사일생으로 목숨을 부지한 것도 그렇고 여기까지 오느라 고생이 많았을 거네. 짐이 서둘러 귀경길에 오른 것도 하루 빨리 자네를 만나보기 위해서였지. 강희 말년부터 지금까지 삼십여 년 동안 준갈이는 조용한 날이 없었네. 지금은 회부回部에서도 내분이 일어나 살부殺父, 살모殺母, 살형殺兄, 살제殺弟의 비극이 악화일로를 치닫고 있네. 서로 간에 목장과 영토 다툼을 벌이면서 조정과는 반목하고 있네. 반란과 복종을 거듭하고 있지. 도탄에 빠져 허덕이는 주변 백성들을 위해서라도 짐은 더 이상 그런 사태를 두고 볼 수가 없네."

건륭은 깊은 한숨을 내쉬면서 일어나 문 앞으로 걸어갔다. 그리고는 뒷짐을 진 채 폭풍우가 한창인 밖을 내다봤다.

건청문乾淸門은 건청궁乾淸宮과 태화전太和殿, 중화전中和殿, 보화전保和殿 등 소위 삼대전三大殿 사이에 끼어 있었다. 자오선을 중축中軸으로 북에서 남으로 정양문正陽門과 이어져 있었다.

그 시각 그렇게 이어진 용루봉궐龍樓鳳闕들은 우무 속에서 신비스러운 분위기를 자아내고 있었다. 임청전臨淸甎을 반듯반듯하게 깔아놓은 '천가'天街 일대에는 빗물이 발목을 넘게 고여 있었다. 3층 월대月臺 위의 백옥白玉으로 만든 보호난간 아래에서는 수천 개의 배수구가 폭포처럼 물을 쏟아내고 있었다. 빗소리, 우렛소리, '폭포' 소리는 마치 산호山呼(한나라의 무제가 숭산嵩山에서 제를 지낼 때 백성들이 만세를 삼창한 데서 비롯된 것으로, 임금의 만수무강萬壽無疆을 빌며 부르는 만세)의 메아리처럼 들려왔다.

가끔씩 불어오는 바람에 건륭의 용포龍袍 자락이 흔들렸다. 각자 생각에 잠긴 좌중의 사람들은 서로 조심스럽게 눈길만 주고받을 뿐 아무 말도 하지 않았다. 오랜 침묵이 흐른 뒤 건륭이 얼굴에 엷은 미소를 띠우면서 천천히 놀아섰다.

"기윤, 차릉車凌의 세 개 부락이 귀순한 뒤 짐이 그들을 친왕으로 봉해주지 않았는가. 그들이 아직도 친왕의 녹봉을 받고 있는가?"

기윤이 즉각 한 발 앞으로 나섰다.

"아뢰옵니다, 폐하! 폐하께서는 차릉 부족 수령들에게 해마다 은자 일만 팔천 냥의 친왕 녹봉을 상으로 내리셨사옵니다. 그 은자는 이번 원理藩院에서 내주고 있사옵니다. 세 부족은 이밖에도 엄청난 규모의 초원과 목장을 분봉分封받았사옵니다. 세 친왕은 황감한 나머지 녹봉을 이제 그만 받아도 괜찮다면서 간곡히 주청을 올렸사오나 폐하께서는 아직 이를 윤허치 않으셨사옵니다."

건륭이 알겠노라고 짧게 대답하고는 덧붙였다.

"아목이살납도 위험에서 탈출해 만 리 길을 마다하지 않고 조정의 품에 달려와 안겼네. 그 용기와 의지가 참으로 가상하다 하겠네. 조정이 신강新疆을 평정하기 위해서는 아목이살납의 네 개 부족 신민들의 힘이 필요하네. 그러니 짐은 아목이살납에게 상을 내리겠네."

건륭이 잠시 멈췄다가 다시 덧붙였다.

"아목이살납에게 오늘부터 쌍친왕雙親王 녹봉을 하사하노라. 현재 유지하고 있는 호위의장護衛儀仗을 배로 늘리고 표미총豹尾銃(표범 꼬리를 장식용으로 매단 총) 네 자루를 특별히 하사하노라."

 '쌍친왕' 녹봉이라면 친왕의 두 배에 달하는 녹봉을 받는다는 사실을 의미했다. 대청 개국 이래 이런 은상恩賞을 하사받은 왕은 실로 열 손가락 안에 들 정도로 적었다. 은자 1만 8000냥을 더 받는 것이 문제가 아니었다. 다른 친왕들보다 의장儀仗 명기名器와 법물法物이 몇 개 더 많아지는 것 역시 대수롭지 않았다. 가장 중요한 것은 천자로부터 특별한 천은옥로天恩玉露를 하사받고 금의옥식錦衣玉食과 존귀영화尊貴榮華를 누릴 수 있다는 사실이었다.

 홍주는 부러움에 연신 혀를 찼다.

 '성조 때의 강친왕康親王(걸서傑書), 선제 때의 이친왕怡親王(윤상允祥)은 혁혁한 공훈을 이룩하셨음에도 의장을 배로 늘였다는 소리를 못 들었는데! 우리는 언제 저런 영광을 누려보나……'

 홍주가 그렇게 생각하고는 웃음 띤 얼굴을 한 채 다시 고개를 내저었다. 그러나 건륭의 눈길과 시선이 마주치자 혀를 홀랑 내밀고는 웃음기를 거둬들였다.

 홍주의 생각대로 과연 아목이살납의 얼굴은 감격에 젖어 붉은 천을 뒤집어쓴 듯 벌겋게 달아올랐다. 이윽고 그가 "쿵!" 소리와 함께 무너지듯 무릎을 꿇고는 떨리는 목소리로 아뢰었다.

 "상천上天과 불조佛祖께서 증인이십니다. 저 아목이살납은 목장의 신민들을 이끌고 마지막 남은 피 한 방울까지 천산 남북에 쏟을 각오가 되어 있사옵니다. 죽는 그날까지 보거다 칸의 위엄을 지켜드리기 위해 분투할 것이옵니다. 제가 만약 추호라도 성주聖主를 기군欺君하는 행위를 저지른다면 저 하늘이 벼락을 내려 가루로 만들어버릴 것이옵니다!"

 때마침 한 줄기 번갯빛이 질주하는 용사龍蛇처럼 구름 사이를 빠르게 관통했다. 순간 건륭이 아목이살납을 주시하면서 입을 열었다.

"자네가 쌍친왕의 녹봉을 먹으면 자네 아들은 당연히 세자의 칭호를 받게 되네. 방금 충정을 맹세한 대로 그 뜻이 확고하다면 자네는 세세대대世世代代로 대청大淸의 고굉번리股肱藩籬가 되네. 또한 자손 대대로 서몽고 왕공들의 만형이 될 것이네. 짐이 자네에게 얼마나 대단한 영광을 내렸는지 알겠는가? 짐은 자네가 반드시 짐의 은혜에 부응해주리라 믿어마지 않네!"

아목이살납은 여전히 흥분에 겨운 채 온몸을 사시나무 떨 듯 떨었다. 워낙 시원치 않은 발음이 목소리가 떨리자 더욱 우스꽝스럽게 들렸다.

"만물의 주인이신 보거다 칸이시여! 휘특부의 충성스럽고 용맹한 아들딸들은 영원히 이 영광을 가슴에 새기면서 살아갈 것이옵니다. 태양이 지쳐 화염이 사라지는 날이 올지라도, 달이 병들어 광명을 잃는 날이 올지라도 천산 남북의 백성들에게 내리신 보거다 칸의 광영은 영원할 것이옵니다!"

아목이살납은 분명 미사여구를 외치고 있었으나 발음은 여전히 웃기게 들렸다. 그럼에도 건륭은 깊은 감명을 받은 것 같았다. 미소를 듬뿍 머금고 고개를 끄덕이는 그의 두 눈에서는 눈물마저 반짝거렸다. 한참 후 그가 입을 열어 분부했다.

"홍주, 자네는 아목이살납을 체인각體仁閣으로 안내해 쉬게 하게. 잔치를 베풀고는 왕부王府로 돌려보내게. 내일 다시 패찰을 건네고 들어오도록 하게."

건륭의 말이 끝나기 무섭게 복례, 복지, 복신 등 몇몇 태감들이 서둘러 우구雨具를 준비했다. 이어 두 신참 태감이 홍주와 아목이살납을 업고 궁전을 나서 가마 쪽으로 향했다.

건륭은 빗물이 튀어오르는 바닥을 바라보면서 아무 말도 하지 않았다. 그는 유유한 눈빛으로 한참 생각에 잠겨 있더니 천천히 고개를 돌려 아계에게 물었다.

"아계, 경은 저자를 어찌 생각하나?"

아계가 조심스럽게 아뢰었다.

"신은 아목이살납과 두 번 대화를 나눴사옵니다. 입만 열면 달변이옵니다. 방금 들으신 것처럼 흠잡을 데 하나 없이 감동을 주는 말을 늘어놓곤 하옵니다. 하오나 여태까지 보여준 행동을 살펴보면 저자는 교언영색巧言令色의 '꾼'이라는 걸 어렵지 않게 짐작할 수 있사옵니다. 저자는 휘특부에서 얻어맞고 궁지에 내몰리자 어쩔 수 없이 귀순을 청했을 뿐이옵니다. 준갈이부에서 칸으로 자칭한 뒤 책망달십策妄達什을 기습해 살해하고, 그의 아들 눌묵고訥默庫를 협박해 자신의 휘하에 복속시켰사옵니다. 조정의 의사를 묻지도 않고 그런 일련의 큰일들을 자기 마음대로 처리해버린 자이옵니다. 책망달십에게 은혜를 입었으면서도 나중에는 은인의 피를 두 손에 가득 묻힌 악랄한 자이옵니다……."

아계는 격앙된 목소리로 열변을 토하다가 잠시 말을 멈췄다. 언젠가 수혁덕과 책릉策楞이 건륭에게 주장을 올려 아목이살납을 '간웅'奸雄이라고 비난했다가 크게 혼났던 일이 갑자기 기억난 것이다. 순간 자신도 한바탕 아목이살납을 성토한 만큼 호된 훈계를 받게 될까봐 두려운 생각이 들었다.

그러나 건륭은 가타부타 아무 말도 하지 않았다. 슬쩍 훔쳐봐도 그리 노한 기색은 없었다. 조용히 귀를 기울이면서 열심히 경청하는 자세를 보일 뿐이었다.

아계는 용기백배해 말을 이었다.

"하오나 어찌 됐건 부하들을 거느리고 귀순을 청해왔으니 아목이 살납의 가슴에는 아직 '조정'朝廷이라는 두 글자가 살아 있는 것 같사옵니다. 준갈이부와 회부의 경우 조정의 목소리에는 아랑곳하지 않고 제멋대로 내란을 만연시키는 것에 비하면 말이옵니다. 러시아에서 만 리 길을 도주해 조정의 품에 안겨 오리아소대에 안거해 있는 책릉 부족의 충정은 가히 진심이라 하겠사오나 아목이살납이 진심을 품고 있는지 여부에 대해서는 솔직히 자신이 없사옵니다. 이런 까닭으로 신은 이자에 대해 가용불가신可用不可信(이용할 수는 있으나 믿을 수는 없다)이라고 말하고 싶사옵니다."

"으음, '가용불가신'이라……."

건륭이 아계의 말을 곱씹었다. 그리고는 자조하듯 덧붙였다.

"경은 담력도 있고 말을 할 때에도 조리가 분명하네. 수혁덕과 책릉도 저자를 제대로 보기는 했었네. 다만 그 많은 신하들의 면전에서 큰 소리로 '불가신不可信의 간웅奸雄'이라고만 외치고 '가용'可用의 여지를 없애버렸으니 짐이 어찌 화를 내지 않을 수 있었겠는가? 달와제가 서강西疆에서 스스로 칭왕稱王하는 걸 방치하느니 차라리 아목이살납을 이용해 견제하는 쪽이 낫지 않겠나? 옹정 구 년 화통박和通泊 전투에서 우리가 패할 수밖에 없었던 이유를 아는가? 육만 대군이 모조리 전멸하고 돌아오지 못한 대패의 원인은 그때만 해도 저들 내부가 상하일심上下一心으로 똘똘 뭉쳐 우리 군이 비집고 들어갈 틈새가 없었기 때문이네. 그러나 지금은 천산 남북이 내란의 악화일로에 처해 있네. 차릉의 세 개 부족이 귀순했고 아목이살납도 조정의 품에 안겼네. 이는 천재일우의 기회이니 첫 단추부터 잘 꿰어야 하네! 짐은 원래 서강西疆을 평정하는 데 십일만의 대군을 투입할 예정이었네. 그러나 현지 지리에 익숙하고 기후 적응력이 뛰어난 아목이살납의 오천 기병과 차릉의 이천 인마가 선봉이 돼준다면 짐이 보기에는 오륙만의 군사만 있어도 충분할 것 같네. 이이제이以夷制夷라는 말은 귀에 거슬리니 우리는 '이준제준'以準制準(준갈이로 준갈이를 제압함)을 해보세! 이쯤 하면 대충 계산이 나오지 않나? 얼마나 많은 전량錢糧을 절약할 수 있겠나. 또한 승산은 얼마나 높아졌는가!"

아목이살납이 '가용불가신'의 사람이라는 데는 유통훈과 기윤 역시 의견을 같이 했다. 사실 유통훈 등의 보정대신들은 혹시 건륭이 그의 미사여구에 넘어가기라도 할까봐 '고간'苦諫의 각오를 하고 이 자리에 나와 있던 터였다. 그러나 건륭은 오히려 신하들보다 훨씬 더 멀리 내다보고 몇 마디 말로 신하들에게 놀라운 수준의 이치를 깨우쳐 주고 있었다! 세 신하는 건륭의 주도면밀함과 불세출의 혜안에 감복했다.

건륭은 그들의 속내를 꿰뚫어본 듯 득의만면한 표정을 한 채 입을 열었다.

"아계는 군사 전문이니 방금 들은 대로 병마 배치 방략을 작성해 올리게. 경들도 다른 좋은 생각이 있으면 직언을 하게."

"만세!"

유통훈 등의 세 대신은 일제히 무릎을 꿇었다. 아계가 먼저 머리를 조아리면서 상주를 했다.

"폐하의 절묘한 계책에 신들은 만분의 일도 미치지 못하옵니다! 신이 병마 배치와 관련해 미리 작성해두었던 주장은 태워버려야 할 것 같사옵니다. 방금 들은 폐하의 어지에 입각해 다시 꼼꼼히 작성하겠사옵니다. 어람을 청한 연후에 시행토록 하겠사옵니다. 이리 되면 부항의 금천 주둔군을 뺄 필요 없이 금천과 서강에서 동시에 전쟁을 치를 수 있게 되옵니다."

"그래도 부항의 군사는 철수시키는 게 좋겠네. 만일을 대비하지 않으면 일만을 잃게 되는 법이네. 북로군은 아목이살납을 선봉에 세워 치고 나가고 서로군은 만주녹영과 한군녹영 위주로 배치하게. 그리고 만무일실을 기하려면 예비 대응군도 대기시켜야 할 것이네."

건륭이 잠시 숨을 돌리면서 말을 이었다.

"지금 이 시각 조혜와 해란찰의 처자와 당아가 한창 타운을 설득하고 있을 거네. 얘기가 잘 돼 금천이 항복한다면 십 몇 만 대군과 일곱 개 성省의 백성들은 휴양생식休養生息이 가능해지겠지. 대화를 시도해보지도 않고 무작정 때려 부수는 것만이 능사는 아니지 않은가?"

휴병休兵, 양민養民, 생식生息 이 세 가지는 어느 누구도 감히 반론을 제기할 수 없는 당당하고 정대正大한 것이었다. 그러나 기윤은 금천 주둔군을 이대로 철수시킨다는 사실이 못내 아쉬웠다. 속으로 깊이 한숨도 내쉬었다. '이럴 거면 애초에……'라는 원망 섞인 생각도 잠시 뇌리를 스쳤다. 그러나 감히 입 밖에 내지는 못했다. 신하된 자가 군주의 결정에 이의를 제기한다는 자체가 오만불손한 자세라는 생각이 들었던 것이다. 그는 슬며시 고개를 숙였다.

건륭은 기윤을 비롯한 여러 신하들의 속내를 아는지 모르는지 계속 말을 이었다.

"아계는 저쪽 체인각 사연賜宴 자리에 가보게. 유통훈은 돌아가서 쉬고 기윤은 남게. 짐이 할 말이 있네."

"예, 폐하!"

기윤은 대답과 함께 머리를 조아렸다. 유통훈과 아계는 바로 물러갔다. 그들이 물러간 자리에는 무거운 침묵이 창밖의 비처럼 흘렀다. 어두운 눈빛을 한 건륭이 제자리에 꿇어앉아 있는 기윤을 돌아보면서 나직이 말했다.

"일어나서 의사각議事閣 안으로 들어오게."

영문을 알 수 없는 기윤은 궁금한 표정으로 건륭을 따라 들어갔다. 방안의 온돌마루 앞의 책상 위에는 몇 글자 쓰다 만 화선지가 길게 펼쳐져 있었다. 한눈에 보이는 큼직한 제목은 〈술비부〉述悲賦였다. 그제야 기윤은 건륭이 황후에 대한 애도사를 쓰도록 하기 위해 자신을 남겼다는 사실을 깨달았다. 가슴이 철렁 내려앉는 것 같았다. 그러나 겉으로는 아무렇지 않은 듯 내색을 하지 않았다.

이윽고 건륭이 침묵을 깨뜨렸다.

"황후가 선서仙逝(세상을 떠나다)하고 나서 짐은 마치 오장五臟을 다 덜어낸 것 같은 허전함에 그동안 마음 둘 데를 모르고 있다네. 비록 생전에 원하던 대로 '효현'孝賢 두 글자를 넣어 시호를 만들어 줬으나 그건 어디까지나 공의公義에 따른 것이네. 짐과 황후 사이에 있었던 깊고 깊은 정은 '효현'이라는 두 글자만으로는 다 표현할 수가 없네. 그래서 짐은 혼자만 간직할 수 있는 글을 남겨 황후가 보고 싶을 때마다 꺼내 읽고 싶네."

기윤이 바로 몸을 숙이면서 아뢰었다.

"폐하의 각별한 신임과 기대를 저버리지 않고자 알량한 재능을 다 쏟아 보겠사옵니다. 그러나 황후마마를 향한 폐하의 깊은 애정을 다 담아낼 수 있을지는 자신이 없사옵니다."

"내가 주문하는 몇 가지를 적게."

기윤의 겸양에 건륭이 손사래를 쳤다. 이어 울음 섞인 어조로 다시 말을 이었다.

"황후는 명문가의 참한 규수였네. 짐은 황자 시절에 황후와 인연을 맺었다네. 조강지처는 맞지만 '조강'糟糠의 어려움은 없었네. 허나 크고 작은 비바람을 함께 헤쳐나가고 고락도 함께 나눴지. 정식으로 황후의 자리에 오른 뒤부터는 웃어른을 공경하고 아랫것들을 애중히 여기면서 짐을 내조하는 데 큰 공을 세웠네. 근검하고 소박하면서 궁무宮務에 한 점 흐트러짐도 없었지. 현덕賢德하고 정숙靜淑해 질투심도 없었네. 매사에 대범하게 처리해 왔다네. 두 황자를 앞세웠을 때도 하늘이 무너지는 고통을 묵묵히 혼자 삭여냈다네. 다른 황자들을 대할 때도 자신의 친혈육처럼 애틋하게 대했었지. 함께 백년해로를 하기로 해놓고 뭐가 그리 급해서 짐을 뒤로 하고 먼저 갔는지……. 짐의 이 허전함을, 이 간절한 그리움을 알기나 하는지……."

건륭의 목소리에 울음기가 더욱 짙게 배었다. 급기야 그의 눈에서 두 줄기 눈물이 주르르 흘러내렸다. 건륭의 말대로 글을 윤색해 나가는 기윤의 얼굴에도 눈물이 가득했다. 드디어 윤색을 마친 달필의 명문장이 완성됐다. 건륭이 글을 들여다보면서 흡족한 표정으로 고개를 끄덕였다.

"황후의 영구를 봉안하기로 한 유릉裕陵은 승수욕勝水峪에 위치해 있네. 선제 때의 풍수의 달인 고사기高士奇가 일찍이 점지해 놓은 곳이지. 다만 묘지로 삼기에는 지세가 조금 낮은 것이 옥의 티라고 조금 높이는 게 좋겠다고 했네. 그런데 황후 앞으로 나오는 정액定額은 자만으로는 공사를 하기가 부족하네. 내정內廷에 지원을 부탁하고 싶으나 그것도 여의치 않네. 이번 남순南巡에 들어간 예산이 워낙 많아서 이번에 또 출혈을 할 경우 궁권宮眷(궁에 딸린 식구들)들과 태후마마께서 불만을 품을 수도 있으니 말일세. 부족한 삼백만 냥에서 오백만 냥 정도의 은자를 어떻게 충당해야 할지 짐은 마땅한 방책이 떠오르지 않네."

기윤은 예부에 몸을 담고 있었다. 건륭이 그 사실을 모를 리 없었다. 기윤은 그제야 건륭이 자신을 남게 한 것이 황후를 위한 애도사를 작성하기 위한 것만이 아니고 은자 부족을 호소하기 위함이라는 것을 깨달았다. 그는 잠시 생각을 하고 난 다음 천천히 아뢰었다.

"그 문제라면 폐하께서는 두 가지 방법을 생각해 보실 수 있사옵니다. 하나는 원명원의 건축 예산에서 먼저 빌려 쓰고 내정內廷에 돈이 있을 때 갚는 방법이옵니다. 다른 하나는 왕단망 사건과 관련해 몰수하는 은자가 적지 않을 것으로 예상되오니 잠시 그 돈을 입고시키지 않고 빌려 쓰는 수도 있사옵니다."

"그건 바람직하지 못하네. 선례를 잘못 세우면 자손들이 모방하게 될 테니 말일세."

건륭이 바로 고개를 저었다. 이어 덧붙였다.

"홍주가 내놓은 방법이 하나 있기는 하네. 정양문正陽門, 숭문문崇文門, 선무문宣武門을 통과하는 사람들은 대부분 상인과 외관外官들이 아닌가. 명색이 북경의 문호인데 온갖 어중이떠중이들이 무상으로 출입하는 게 볼썽사납다 이거네. 그러니 이참에 불법 상인들의 출입을 자제시킨다는 명목으로 기존의 낮게 책정된 세금을 배로 올려 받는 거네. 그렇게 해서 생기는 수입은 호부와 내정에서 삼 대 칠로 나누면 될 것 같네. 그리 하면 원명원 예산도 넉넉해지고 북경의 질서를 바로 잡는 데도 일조하지 않을까 싶네."

"폐하, 실로 좋은 방책이옵니다."

기윤이 눈빛을 반짝이면서 바로 공감을 표했다. 그러나 건륭은 가벼운 한숨을 지었다.

"물론 정당한 예산에서 지출하는 게 아니니 그 어떤 이유로든 합리화시킬 수는 없겠지. 짐은 두 번 다시 예외를 두지 않겠다는 생각으로 황후를 위해 딱 한 번만 '부정'을 저지르기로 했으니 그리 알게."

건륭이 말을 마치고는 홀가분한 듯 자리에서 일어났다. 이어 짤막하게 덧붙였다.

"아직 이른 시간이니 짐과 함께 양봉협도에나 다녀오지!"

그 시각 당아를 비롯해 정아와 하운아는 타운을 상대로 힘겨운 줄다리기를 하고 있었다.

이곳은 전명前明 때부터 황제의 명령에 의해 잡혀온 중죄인들을 수감하는 곳이었다. 청나라 때도 순치황제는 죄를 지은 조정 요원들을 전부 이곳에 수감시켰다. 강희황제 말년에는 황자들까지 차례로 이곳에 압송되면서 '낙마한 황자들의 집합소'로 유명해지기도 했다.

"아녀자는 작은 것에 울고 웃는다"는 말이 있다. 당아는 그 불변의 진리를 잊지 않고 정아와 하운아를 시켜 타운에게 줄 선물을 준비하도록 했다. 당아 본인은 금, 은으로 된 장신구 외에도 도금된 회중시계 두 개, 불란서 향수, 연지곤지와 채색비단을 챙겼다. 물질적인 여유가 당아에 미치지 못하는 정아와 하운아는 침선針線을 다그쳐 신발, 베갯잇과 하포荷包 따위를 정성껏 만들었다.

세 여인의 속내를 훤히 꿰뚫고 있는 타운은 정성을 담은 선물을 보고도 반기지 않았다. 그렇다고 화를 내지도 않았다. 그저 태연하고 담담한 자세로 일관했다. 그랬으니 살갑게 다가간 세 사람은 민망하지 않을 수 없었다.

급기야 당아는 까맣게 흐려오는 하늘을 보고 웃으면서 타운 곁으로 다가앉았다.

"우리가 타운 동생을 만나러 오는데 날이 왜 이 모양이지? 한족들의 속담에 '인불유객천유객'人不留客天留客(사람이 손님을 붙잡지 않아도 하늘이 붙잡는다)이라는 말이 있어. 과연 그 말처럼 하늘이 우리를 친해지라고 빗속에 가둬두려나 보지? 정말 우리는 예사 인연이 아닌 것 같아!"

정아가 웃으면서 맞장구를 쳤다.

"그럼요! 분명히 초면인데 어쩐지 꼭 꿈에서라도 늘 만났던 것처럼 친숙하네요. 그나저나 음식을 뭘 좋아하는지 몰라서 이것저것 만들어 봤어요."

정아가 보자기를 풀어헤쳐 음식들을 꺼내놓았다. 대단한 정성이 들어간 음식들이었다. 타운은 상처는 거의 다 나았지만 안색은 여전히 창백했다. 기분도 많이 우울한 듯했다. 아무려나 세 여인이 상을 펴놓고 음식을 차린다, 황주를 따른다 하면서 호들갑을 떠는 동안에도 그녀는 비 내리는 창 밖에 시선을 박은 채 혼자 '무인지경'無人之境에 빠져 있었다.

한참 후에야 천천히 고개를 돌린 그녀는 무관심한 눈빛으로 예물들을 쓸어봤다. 그러던 그녀의 눈길이 정아가 만든 꽃신에 한참 머물더니 감탄하며 말했다.

"신발이 참 예쁘네! 이건 누가 만든 거예요?"

"내가…… 만들었소. 있는 솜씨 없는 솜씨 다 부려봤소."

정아가 타운의 느닷없는 칭찬에 쑥스러운 듯 얼굴을 살짝 붉히면서 고개를 숙였다.

"꽃을 어쩜 이렇게도 진짜처럼 수놓았을까? 우리 쪽 여편네들은 바느질로 옷은 지어도 수를 놓는 것은 해본 적이 없는데."

타운이 신발을 들고 이리 저리 살펴보면서 감탄을 금치 못했다. 그러자 당아와 두 여인의 얼굴에 희색이 만면했다. 뭔가 한 줄기 희망이 보이는 것 같았다. 타운이 그런 그들을 둘러보면서 말을 이었다.

"그런데 우리가 이렇게 모여 앉아 한가로이 바느질 얘기나 하고 있을 사이는 아니지 않아요?"

그러자 세 여인의 얼굴에서는 언제 그랬느냐는 듯 웃음기가 사라졌다. 곧 어색한 침묵도 다시 찾아왔다. 침묵 속에서 천둥소리가 유난히 크게 들렸다. 당아가 가볍게 한숨을 내쉬면서 그 침묵을 깨뜨렸다.

"무슨 말인지 알겠네. 여기서 이러고 있으니 남정네들이 전쟁터에서 베고 베이는 적수 사이라는 걸 깜빡 잊었지 뭐야. 남정네들의 일이야 우리 아녀자들은 잘 모르지만 아무튼 타운 동생은 나쁜 사람이 아닌 것 같아. 우리 셋도 나쁜 사람들이 아니야. 베고 베이고, 죽고 죽이고 해봤자 결국 힘든 건 우리 아녀자와 노인네들, 그리고 죄 없는 아이들이지! 나는 정말 전쟁은 죄악이라고 생각해. 우리가 왜 이래야만 하는지 참으로 답답하고 괴로워 죽겠어."

"그건 건륭황제에게 물어보세요. 나는 이미 물어봤어요."

또박또박 힘을 줘 말하는 타운의 얼굴은 바람 한 점 없는 날의 호수처럼 평온했다. 그녀가 다시 덧붙였다.

"우리 금천 사람들은 성도成都를 공격할 마음이 추호도 없어요. 우리는 다만 우리가 나서 자란 고향 땅을 지키고 싶을 뿐이에요. 그러나 어마어마한 강산을 소유하고 있는 조정에서는 손바닥만 한 우리 땅을 빼앗으려고 해마다 수많은 병력을 보내 우리를 죽이고 유린하고 있어요!"

타운의 목소리에서 쇳소리가 났다. 당아 등 세 여인의 가슴은 걷잡을 수 없이 두근거렸다.

"한족들은 툭하면 '배곯는 건 괜찮아도 굴욕은 절대 견딜 수 없다'라는 말을 입버릇처럼 하고 다니죠. 그건 인간의 존엄이 생명보다 더 소중하다는 얘기가 아니겠어요? 보거다 칸이 우리더러 굴욕적으로 살라고 하면 우리 금천 사람들은 목숨을 걸고 대항하는 수밖에 없어요!"

당아 등은 뭐라고 답해야 좋을지 알 수 없었다. 타운은 죽어도 '굴욕'은 감내할 수 없다는 강경한 태도를 고집하고 있다. 하지만 건륭은 사라분 본인이 '스스로를 묶어 투항하는 것'을 원하고 있다. 도대체 어디서 타협점을 찾을 수 있다는 말인가!

난감한 침묵이 또 한참 동안 흘렀다. 그러다 무슨 생각이 들었는지 정아가 갑자기 입을 열었다.

"타운 동생, 혹시 아이가 있소?"

"있어요."

타운이 아닌 밤중에 웬 홍두깨냐는 듯 정아를 바라봤다.

"아이가 말을 잘 듣소?"

"들을 때도 있고 안 들을 때도 있죠. 그런데 그건 왜 물어요?"

타운이 냉랭하게 대답했다. 그러자 정아가 까르르 웃음을 터트리면서 입을 열었다.

"나에게도 아이가 하나 있소. 어쩌나 장난이 심한지 집안에 남아나는 게 없을 정도요. 자칫 저러다 지붕이 통째로 날아가 버리는 게 아닌가 걱정될 정도지. 정 말을 안 들을 때는 회초리로 종아리를 치고, 가끔 몇 시간이고 무릎 꿇고 있게 한 적도 있소. 그런데 매를 들었을 때 아이가 울면서 잘못했노라고 하면 그 자리에서 용서해주지만, 끝까지 바락바락 대들면 나도 이성을 잃고 마구 때리게 되더라고……. 그렇지만 아무리 어미가 심하게 매를 들어도 아이는 회초리를 빼앗아 어미를 칠 수 없지. 왜냐? 나는 어미니까!"

"그거야 당연하죠. 자식이 어미를 때리다니, 그런 일은 있을 수 없죠. 그런 놈은 천하의 불효자식이죠!"

"어미는 회초리를 들어 자식을 훈계할 수 있어도 자식은 그 회초리를 빼앗아 어미를 칠 수 없는 게 바로 인륜이라는 거요."

정아가 다소 흥분된 목소리로 말을 이었다.

"어미가 자식 잘 되라고 매를 드는데, 맞는 자식이 어찌 이를 굴욕이라고 할 수 있겠소? 또 그걸 어찌 창피하다고 생각할 수 있겠소? 물론 부모라고 다 잘했다는 건 아니오. 아무튼 그렇다 하더라도 자식은 천륜을 지켜 억울함을 참고 부모에 대한 복종과 존경심을 지켜야 하오. 그래야 나중에 진정한 재목이 될 게 아니겠소? 예를 들어 자식이 부모의 따귀를 때렸다고 칩시다. 그러면 그쪽에서는 어떻게 벌할 것 같소?"

정아가 타운을 똑바로 쳐다보면서 물었다. 타운은 잠시 말문이 막혀 멍한 표정으로 있었다. 정아의 말뜻을 알고도 남음이 있었으나 마땅한 반박거리가 생각나지 않았던 것이다. 한참 후 날카로운 정아의 질문에 타운이 반문했다.

"그럼 부모가 자식을 죽이려 들어도 자식은 '죽여주세요!' 하고 가만히 목을 빼고 있어야 한다는 말이에요?"

정아가 단호하게 말했다.

"바로 그래야 한다고 생각하오. 나는 가난한 소작농의 딸이라 글공부를 많이 하지는 못했으나 기본적인 도리는 알고 있소. 군주가 신하에게 죽음을 명했을 때 신하가 죽지 않으면 이는 곧 불충不忠이오. 아비가 자식에게 죽으라고 했을 때 자식이 그 명을 받들지 않으면 이는 곧 불효不孝라고 알고 있소!"

분위기가 어느 정도 무르익자 당아가 말을 받았다.

"조정에서 정말로 금천 사람들의 씨를 말리고 싶었다면 전쟁을 개시해도 열두 번은 더 했겠지. 허나 폐하께서는 어떻게든 타운 동생을 구해내라고 명하셨어. 또 동생이 위험한 고비를 넘길 때까지 손에 땀을 쥐고 초조해 하셨다고 해. 그리고 북경까지 무사히 데리고 왔어. 이 모든 것이 무얼 뜻하는지 모르겠는가? '비온 뒤에 땅이 더 굳어진다고, 이번 일을 계기로 양쪽이 한층 가까워지고 화목해질 수는 없겠는가? 왜 누이 좋고 매부 좋은 경우를 마다하고 꼭 양쪽 다 죽을 수밖에 없는 최악의 상황만 고집하지?"

타운은 말로는 당아 등을 당해낼 길이 없었다. 아니, 더 정확하게 말하자면 그들의 말에 굳이 반박을 하고 싶지 않았다.

사실 북경으로 돌아오는 내내 그녀는 마음이 복잡했다. 건륭은 황후의 병세가 악화돼 경황이 없는 와중에도 간간이 타운의 건강상태를 물었다. 또 환부에 통증은 없는지, 시녀들이 시중은 잘 드는지 세세한 곳에까지 관심을 표한 바 있었다. 적을 대하는 입장이었다면 그렇게 따뜻할 수는 없을 터였다. 남편인 사라분 역시 두 번씩이나 적들을 놓아주면서 조정과 화해의 여지를 남겨두지 않았던가……. 금천 사람들이 존엄과 체면을 목숨같이 생각한다면 억만 신민臣民의 존엄과 체면을 짊어진 대국의 황제는 오죽할까. 타운은 걷잡을 수 없는 마음의 동요를 느끼기 시작했다.

그녀가 깊은 한숨을 토해내면서 고개를 돌렸다. 순간 건륭의 모습이 보였다. 언제 왔는지 그녀들이 나누는 얘기를 들으며 문어귀에 서 있었던 것이다.

"오, 분위기가 좋네. 그러고 있으니 마치 한 가족 같아 보이는군. 먹을 것도 많고!"

건륭이 유의油衣를 벗어 왕팔치에게 던져줬다. 그리고는 고개를 돌려 기윤을 향해 말했다.

"이보게, 효람! 군침 삼키는 소리는 그만 내게. 어서 들어가 한상 푸짐하게 차려놓은 걸 먹어주자고!"

당아와 두 명의 여인은 일제히 무릎을 꿇은 채 머리를 조아렸다. 엉겁결에 따라 일어난 타운은 잠시 망설이더니 천천히 세 여인의 옆에 무릎을 꿇었다. 속으로 '제발……, 제발……'만 외치던 당아 등은 천천히 꺾이는 타운의 무릎을 보면서 속으로 안도의 숨을 길게 내쉬었다. 건륭의 얼굴에도 모처럼 국화처럼 흐드러지게 함박웃음이 피어났다.

33장

금천에서 만난 부항과 타운

결국 타운은 당아 등에 이어 나타난 건륭에게 완전히 설복되었다. 금천으로 돌아가 남편을 비롯한 금천 사람들을 설득하기로 마음을 굳혔다.

이튿날 타운은 북경을 떠나 금천으로 향하는 길에 올랐다. 일상의 기거는 병부와 예부의 몇몇 사무관들과 형부에서 파견한 두 명의 옥파獄婆가 수행하면서 챙겨주었다.

이렇게 해서 그녀는 석가장石家莊에서 낭자관娘子關을 지나 태항산太行山으로 들어간 다음 풍릉風陵에서 황하黃河를 건넜다. 이어 낙양洛陽, 남양南陽, 노하구老河口와 호광湖廣을 지나 드디어 사천四川 경내에 들어섰다. 하루라도 빨리 금천으로 돌아가고픈 마음에 새벽부터 일어나 일정을 다그쳤으나 그래도 사천까지 꼬박 한 달이 걸렸다.

하지만 공교롭게도 부항의 대군 행영은 성도成都에 있지 않았다. 결국 그녀는 다시 청수당淸水塘으로 방향을 틀었다. 그렇게 천신만고 끝에 금천 경계에 당도했을 때는 6월 하순이 돼 있었다.

타운은 수레와 말을 번갈아 타면서 길을 갔으나 가끔 역관에도 머물렀다. 긴 여정이었으니 당연히 피곤해야 정상이었지만 그녀는 힘든 줄을 몰랐다. 옥파들 역시 탈것이 있어서 그나마 괜찮았다. 죽을 고생을 한 것은 한 무리의 부원部院 소리小吏들 뿐이었다. 땡볕에 수천리 길을 걸어가며 고관대작도 아니고, 그렇다고 죄인罪人도 아닌 '이상한 계집' 하나를 시중들어야 했으니 불평불만이 이만저만이 아니었다. 그렇다고 고생한 만큼 돈이 생기는 일도 아니었으니 저마다 죽을 노릇이었다. 그렇다고 노골적으로 싫은 내색을 할 수도 없었다.

그러던 중에 드디어 그 고생이 끝나는 순간이 왔다. 몇 리 길에 걸쳐 길게 이어진 부항의 중군 대채大寨가 시야에 들어왔던 것이다. 그 순간 말단관리 일행은 사막의 끄트머리에서 녹수하류綠樹河流와 인가人家를 발견한 것과도 같은 기쁨을 느꼈다. 없던 힘이 다시 생겨나고 소리높여 노래라도 한 곡조 뽑고 싶을 정도였다.

"통수統帥께서도 어제 연락을 받아 알고 계십니다. 그런데 대영에서는 지금 군사회의 중이십니다. 당장은 접견이 안 되니 일단 역관으로 돌아가서 기다리라는 통수의 명령이 계셨습니다."

병사 한 명이 예부 사관司官 관연종關延宗이 건넨 감합과 증빙서류를 일일이 확인하고 나서는 예를 갖춰 말했다. 어서 '이상한 계집'을 인계하고 북경으로 돌아가고픈 마음밖에 없던 관연종은 병사의 말에 짜증이 났다. 그러나 경계가 삼엄한 중군 대영에서 섣불리 화를 낼 수는 없었다. 그는 생각다 못해 허리춤에서 은자 두 냥을 꺼내 오장伍長의 손에 억지로 쥐어주면서 부탁의 말을 건넸다.

"여보게, 아우! 우리는 이제까지 수천 리 길을 걸어오느라 모두들

기진맥진한 상태요. 아무리 가까운 역관이라도 이십 리 길을 더 가야 되지 않소. 들어가서 좀 사정 얘기를 해주면 안 될까? 이거 얼마 안 되지만…… 차라도 한잔 마시고……."

그러나 병사는 가볍게 관연종의 손을 밀쳐냈다.

"은자 한 냥에 군곤軍棍 사십 대입니다. 통수께서는 군중의 규칙을 어긴 자에 대해서는 가차 없으십니다! 회의가 끝나면 곧바로 통수께 아뢰겠지만 지금은 회의 중이라 아무도 의사청에 들어갈 수 없습니다. 아무래도 역관으로 가서 기다리는 게 좋을 겁니다. 통수께서 요즘 심기가 불편하시어 자칫 불벼락을 맞을 수도 있습니다."

"나는 아무 데도 안 갈 거요."

옆에서 가만히 지켜보고 있던 타운이 기가 죽어 아무 말도 못하고 서있는 관연종을 곱지 않게 흘겨보면서 말했다. 이어 몇 마디 덧붙였다.

"건륭황제께서는 나에게 금천 부락으로 돌아가라고 하셨지, 이곳에서 부항인가 뭔가 하는 사람의 훈계를 들으라고 하지 않았소. 기왕 왔으니 여기서 기다리고 있다가 통행만 시켜주면 떠날 거요. 아무리 회의 중이라 해도 밥은 먹겠지?"

타운이 퉁명스레 쏘아붙이더니 장군 깃발이 꽂혀 있는 석초石礎에 기댄 채 털썩 주저앉았다. 그러자 오장이 다급하게 소리를 질렀다.

"거기 앉으면 안 되오. 대영에서 반경 오백 보 이내는 중지軍地란 말이오! 일어나시오, 어서! 이 사람들이 좋게 말할 때 들어줘야지, 신성한 대영의 의문儀門 앞에서 지금 생떼를 쓰는 거요, 뭐요? 이러다 순영巡營에서 나오는 날에는 큰일 날 줄 아시오!"

그때 군막 안에서 군교軍校 한 명이 달려 나오면서 소리쳤다.

"이봐, 후부보侯富保! 무슨 일이야? 마 노총老總께서 놀라셨잖아! 뭘 하는 무리들이야? 어서 쫓아내!"

군교의 완전무장한 몸에서는 쇠붙이 부딪치는 소리가 요란하게 쩔렁거렸다. 그러자 후부보라 불린 오장이 크게 당황한 얼굴로 연신 허리를 굽실거리면서 잘못을 빌었다. 그리고는 어딘가를 향해 손짓을 하고는 고함을 질렀다.

"몇 사람 이리 와 봐! 이자들을 저쪽 백양나무 있는 데로 쫓아내!"

후부보의 말이 끝나기 무섭게 저만치 서 있던 병사들이 우르르 몰려들었다. 이어 마구잡이로 말을 잡아끌고 사람의 등을 떠밀었다. 가장 먼저 옥파들이 밀지 말라면서 바락바락 악을 써댔다. 병사들의 거친 행동에 경관(京官)들도 화가 났는지 삿대질을 하면서 고함을 질러댔다. 그 서슬에 타고 온 말과 노새들까지 놀라서 긴 울부짖음으로 대항했다. 대영의 문 앞은 삽시간에 아수라장이 되고 말았다.

서로 밀고 밀치면서 한바탕 소란이 극에 달할 때였다. 대영 중앙에 있는 통수 천막 앞에서 갑자기 세 발의 대포소리가 울려 퍼졌다. 그와 동시에 수십 명의 친병들이 우르르 몰려나와 두 줄로 열을 지어 섰다. 통수를 호위하는 친병들인 것 같았다.

잠시 후 안에서 장군 몇 명이 줄을 지어 나왔다. 후부보는 낯빛이 하얗게 질려 다리를 후들후들 떨면서 중얼거리듯 말했다.

"큰일 났다, 통수께서 화가 나셨어!"

타운이 태연자약한 어조로 내뱉었다.

"걱정할 거 없소. 그거야말로 내가 바라던 바이니까. 내가 왜 내 집 앞까지 와서 하루를 더 기다려야 한단 말이오? 나는 한시바삐 금천으로 돌아가야 하오!"

그 사이 부항 일행이 점점 가까이 다가왔다. 군무회의가 중단됐기 때문에 회의에 참석했던 장군과 군교들 모두가 부항을 수행해 밖으로 나오고 있었다.

타운은 그들의 얼굴을 직접 본 적은 없었으나 그동안 군정軍情을 정탐하면서 파악한 정보에 따라 대충 누가 누군지 알고 있었다. 왼편에 선 얼굴이 하얗고 긴 사내는 조혜라는 자임이 분명했다. 엄숙한 표정이 서릿발처럼 날카로웠다. 오른쪽의 키가 조금 작고 조혜와 비슷한 군복을 입은 사내는 여기저기 두리번거리면서 행동거지가 진지함과는 거리가 멀었다. 아마도 해란찰이라는 자일 것이었다. 공작孔雀 보복補服을 입고 그들의 앞에서 씩씩하게 걷고 있는 50대의 장군은 북로군 겸 중군 대장인 마광조馬光祖, 일명 '마 노총'馬老總일 것이고, 얼굴에 칼자국이 선명한 저자는 북로군의 부대장 겸 군수품 총 담당인 요화청廖化淸일 터였다. 두 사람의 뒤로는 인신印信과 영전令箭 함을 받쳐 든 군인 네 명과 신감神龕처럼 생긴 뚜껑 없는 나무상자를 받쳐 든 군교 여럿이 어깨를 나란히 한 채 따르고 있었다.

나무상자 안에는 만한합벽滿漢合壁의 '영'令자를 커다랗게 수놓은 남색 깃발이 들어 있었다. 타운은 비슷한 것을 남경의 총독아문에서도 본 적이 있었다. 노란 술이 달린 그 깃발은 바로 유명한 '왕명기패'王命旗牌였다. 군주가 특별히 방면대원方面大員들에게 선참후주先斬後奏의 권한을 부여한 상징물이었다. 그러니 이들 어마어마한 장군들에게 에워싸여 있는 저 중년의 사내는 두말할 것 없이 부항일 터였다…….

타운은 자신의 짐작을 확신하면서 부항에게서 눈을 뗄 줄 몰랐다. 그런데 부항은 타운이 머릿속에 상상했던 것처럼 기골이 장대하고 늠름하며 무서운 모습이 아니었다. 그리 크지 않은 체구였고 심지어 허리가 조금 휘어져 있었다. 그러나 찌는 듯한 더운 날씨에도 불구하고 관복과 관모 차림은 한 치의 흐트러짐도 없이 단정했다. 짙은 눈썹 아래 햇빛에 시린 눈을 잔뜩 찌푸린 얼굴에는 피곤기가 역력했다.

부항 역시 타운을 뚫어지게 응시했다. 이 길들여지지 않는 야생마처럼 생긴 여자가 바로 북경에서 인질 납치극을 벌인 그 처자라는 말인가? 남하하는 도중에 탈옥해 자취를 감추고는 폐하를 유인해 그 앞에서 자살소동을 벌였던 그 처자라고? 그런데 이 많은 의장儀仗, 호종扈從들의 산 같은 위엄 앞에서도 기가 죽기는커녕 신색이 당당하고 태연하기만 하다니……!

부항은 기윤과 아계의 말대로 과연 여중호걸女中豪傑이라면서 속으로 감탄을 금치 못했다. 그러나 그런 속마음을 전혀 내색하지 않으려 입술을 힘주어 다물고는 등을 꼿꼿이 세우면서 물었다.

"무슨 일로 나를 보자고 했나?"

"보거다 칸께서 나를 금천으로 보내주라는 어지를 내리셨어요. 그런데 통수의 허락 없이는 저 앞의 초소를 통과할 수 없다고 하네요."

타운이 느리지도 빠르지도 않게 자기의 용건을 또박또박 말했다. 그러는 와중에도 그녀의 매서운 눈빛은 부항에게 꽂혀 흔들림이 없었다. 부항의 입가에 한 가닥의 미소가 빠르게 스쳐 지나갔다.

"물론 통과시켜 줄 수는 있지. 그러나 금천은 곧 잿더미가 될 운명에 처해 있어. 그대가 돌아간다고 해서 무슨 뾰족한 수가 있을 것 같은가? 내가 호생지덕好生之德을 지닌 사람으로서 권하고 싶은데, 돌아가면 틀림없이 순장殉葬당할 게 분명하니 차라리 여기 있는 게 나을 거야."

부항의 말에 타운이 실성한 사람처럼 깔깔 웃었다.

"무슨 웃음을 그리 웃는가? 내 말이 당치도 않다는 뜻인가?"

타운이 웃음을 뚝 멈추고는 대답했다.

"보거다 칸의 신하들은 어쩌면 다들 이 모양 이 꼴인가요? 다들 하나만 알고 둘은 모르는군요. 게다가 장광사도, 눌친도, 그쪽도 뺑뺑

큰소리치는 것까지 똑같네요. 큰 방귀 한 번 제대로 못 뀌면서! 전에 장광사는 고시문告示文을 내붙여 '천병天兵이 당도하면 금천金川의 탄환지彈丸地는 졸지에 잿더미로 변할 것'이라고 했었어요. 지금의 부 통수처럼 가슴팍을 내밀면서 으스댔죠. 그러다 결국 우리에게 된통 얻어맞지 않았나요? 금천이 그리 쉽게 잿더미가 될 것 같았으면 어찌해서 조정에서 그 많은 재력과 인력을 낭비하고 급기야 당조當朝 제일의 재상까지 파견하는 '수치'를 자초했겠어요? 그리고 그렇게 잘난 사람이 어째서 지금 여기서 촌철寸鐵 하나 없는 아녀자를 상대로 포구까지 들이대고 있는 건가요?"

타운의 말이 끝나기도 전에 요화청이 창을 꼬나들고 흔들면서 고함을 질렀다.

"이런 ××년이! 지금 그게 누구 앞에서 하던 버르장머리야? 뒈지고 싶어? 무릎 꿇어! 토막내버리기 전에!"

타운은 그럼에도 전혀 기죽지 않고 즉각 야유 어린 웃음을 지으면서 맞받아쳤다.

"나는 머리털 나고부터 지금까지 우리 아버지와 건륭황제 앞에서만 무릎이라는 걸 꿇어봤어요! 그쪽은 요 장군인 것 같은데, 전에 우리 하채下寨를 공략할 때 대포를 빼앗기고 걸음아 나 살려라 하고 도망갔었죠? 그때는 정말 가관이었는데, 오늘은 아녀자 앞에서 영웅본색을 과시하고 싶은가 보죠?"

타운의 말에 요화청의 얼굴이 분노와 수치심 때문에 시뻘겋게 달아올랐다. 급기야 그가 칼자국이 선명한 얼굴을 험상궂게 일그러뜨리면서 한 발 성큼 앞으로 다가섰다. 그리고는 아찔한 쇳소리를 내면서 서슬 푸른 장검을 뽑았다. 그러나 성질대로 할 수는 없었는지 위협만 주고는 도로 집어넣었다.

"석 달 열흘 동안 재수 없을 계집 같으니라고! 내가 명예를 더럽히기 싫어 참는다. 승부를 가르고 싶으면 사라분 그 자식을 불러! 어서 나와서 나하고 한판 붙자고 해!"

"우리 남정에게 잡혀 제발 살려달라고 손이 발이 되게 빌었으면서 붙기는 뭘 붙는단 말이에요?"

타운이 냉소를 터트리면서 부항의 수행원들을 일일이 손가락으로 가리켰다.

"저기…… 마광조, 그리고 요 장군, 조혜, 해란찰……. 이름은 모르지만 저기 저치……. 누구 하나 송강松崗에서 패하고 도망가지 않은 사람이 있나요?"

타운에게 지적당한 사람들은 모두들 벌레 씹은 표정을 지었다. 하지만 유독 해란찰만은 대수롭지 않은 표정으로 히죽 웃었다.

"그때 그렇게 쫓겨 오지 않았더라면 나는 아마 지금도 홀아비 신세를 면치 못했을 걸!"

"장난치지 마, 해란찰!"

부항이 해란찰을 꾸짖더니 한 발 앞으로 다가섰다. 이어 준엄한 어조로 말을 이었다.

"나 부항이 장광사의 전철을 밟는지, 안 밟는지는 조만간 알게 될 거야. 무기도 없는 아녀자와 입씨름하고 싶은 생각은 없어. 부인이 부친과 황제폐하께 무릎을 꿇었다고 말하는 걸 보니 기본적인 예의는 지키는 사람이로군. 그러나 반드시 인정해야 할 부분이 있어. 부인의 남편 사라분은 두 번씩이나 천병에 항거해 조정에 엄청난 손실을 입힌 죄인이야. 그의 죄는 결코 용서받을 수 없어! 현재 우리 북로, 동로, 남로 대군은 운남, 귀주, 사천, 섬서, 청해 다섯 개 성을 물샐틈없이 포위하고 있어. 우리 병력은 금천 전체 인구의 배도 넘어. 우리는 이미 금천에서 청해로 통하는 도주로도 완벽하게 차단해 놓은 상태지. 그런데도 나 부항이 큰소리만 뻥뻥 치면서 큰 방귀 한 번 못 뀐다고 말할 수 있겠는가? 말을 가려서 하는 게 좋겠어!"

타운은 잠시 할 말을 찾지 못했다. 오는 도중에 도처에 늘어선 초소와 개미떼처럼 많은 군사들, 그리고 삼엄한 무기들을 보면서 느낀 바가 많았기 때문이었다. 부항의 자신감이 허세만은 아니라는 생각도 들었다. 전공에 목매는 이자들이라면 건륭의 명령을 무시하고 전쟁을 개시할지도 모르는 일이었다…….

잠시 그렇게 생각하던 타운이 냉소를 머금으면서 말했다.

"부 통수는 지금 수적인 우세로 우리를 괴롭히려 들 뿐이에요! 우리 금천 사람들을 멸족시켜 우리의 시체를 딛고 승승장구하려는 심산이죠. 그리고 보면 통수는 보거다 칸과 한마음 한뜻이 아니에요! 우리 부족은 굴욕을 맛보기보다는 맞서 싸우다 장렬하게 죽는 것도 괜찮다고 생각하니 마음대로 하세요."

부항이 차가운 음성으로 맞받았다.

"우리가 수적으로 유리한 건 사실이야. 허나 싸움에서는 머릿수만 많다고 무조건 이기는 것은 아니지. 하늘은 도道를 따르는 자를 도와주는 법이니까. 그 옛날에 사라분이 반곤을 은닉시키지 않고 순순히 투항을 했더라면 오늘날의 복멸지화覆滅之禍는 면할 수 있었을 것 아닌가?"

부항은 '보거다 칸과 한마음 한뜻이 아니다'라는 타운의 말 한마디에 가슴이 철렁했으나 내색하지 않고 덧붙였다.

"나는 폐하와 군신지간이지만 또 골육지친骨肉之親이기도 해! 부인이 북경, 남경, 양주 등지에서 저지른 일은 속속들이 알고 있어. 돌아가서 사라분에게 이르게. 스스로 노란 비단을 목에 걸고 대영으로 와서 자신의 몸을 묶고 투항한다면 멸족의 재앙만은 면할 거라고 말이야. 보름 동안의 시간을 주겠어. 보름이 지날 때까지 우리 측의 요구를 수락하지 않을 경우에는 나 부항에게 악랄하고 무정하다는 소리는 하지 말라고 해!"

"보거다 칸께서도 이렇게 사람을 협박하지는 않았어요. 촌철 하나 없는 아녀자를 위협하는 게 영웅의 본색인가 보죠?"

"말장난 하지 마."

부항의 얼굴은 시종 무표정했다. 그가 다시 입을 열었다.

"폐하는 측은지심에서 그러셨을 거야. 그러나 나는 십만 대군을 이끌고 하루에 수만 근씩 군량을 축내는 사람이니 생각이 다를 수밖에 없어. 수많은 재력과 인력을 소모하는 사람이 측은지심을 가져서야 되겠는가? 솔직히 나는 보름만 더 기다렸다가 사라분이 투항하든 안 하든 무작정 공격을 개시하고 싶은 생각밖에 없어!"

타운은 그 자리에 못 박힌 듯 굳어져 아무 말도 하지 못했다. 뭔가 고심하는 눈치였다.

"마광조, 중군 친병을 파견해 초소까지 데려다주라고 하게."

부항이 그렇게 명령하고 돌아서는가 싶더니 잠시 걸음을 멈췄다. 이어 덧붙였다.

"우육牛肉과 건량乾糧을 조금 들려 보내게. 초소까지는 눈가리개를 씌우도록 하고!"

타운을 보내고 다시 시작된 군무회의는 날이 완전히 어두워져서야 끝났다. 부항은 다른 군관들에게 즉각 각자 병영으로 돌아가라고 명령을 내렸다. 그러나 조혜와 해란찰, 요화청 셋은 남게 했다. 새로 호광 순무로 발령이 난 이시요李侍堯가 어지를 받고 군무를 도와주러 오는 중이라고 해서 세 주관主官과 함께 만나볼 참이었던 것이다.

부항은 화식방伙食房에 음식을 몇 가지 준비하라고 지시했다. 분부를 마치고 돌아서는 그의 눈에 의문 밖에 대교大轎 하나가 멈춰서는 것이 보였다. 잠시 후 두 명의 관리가 후부보의 안내를 받으면서 중군 군막을 향해 성큼성큼 다가왔다. 올빼미처럼 눈이 밝은 왕소칠이 그쪽을 가리키면서 아뢰었다.

"통수! 앞에 오시는 분은 이시요 나리이시고, 뒤에 오시는 분은 동미東美(악종기) 장군이십니다! 동미 장군은 여전하시네요. 걸음걸이가 이시요 나리보다 더 날렵한 것 같아요!"

"그렇군!"

부항이 반가워하면서도 씁쓸한 미소를 지었다.

"고희古稀의 노인네까지 불러들이는 사라분이라는 놈……. 가히 난 놈은 난놈이야!"

부항과 조혜를 비롯한 장군 세 사람은 서둘러 영접을 하러 나갔다. 부항이 먼저 큰 걸음으로 다가가면서 반갑게 맞았다.

"동미 공! 사흘 후에 도착하는 걸로 알고 있었는데 빨리 오셨군요. 이 더위에 서둘러 오시느라 고생이 많으셨소."

부항이 악종기의 손을 맞잡으면서 반가움을 표했다. 이어 정참례庭參禮를 올리려는 이시요를 황급히 말렸다.

"됐네, 이 사람아! 더운데 어서 안으로 들어가지. 군중에는 술이 없으니 냉차라도 한잔 마시면서 숨부터 돌리고 보자고."

그러나 이시요는 고집스럽게 조혜 등에게도 예를 갖춰 인사를 했다. 백발이 성성한 악종기는 놀랍게도 여전히 걸음걸이가 힘찼다. 목소리도 북소리처럼 쩌렁쩌렁했다. 그가 시원스럽게 말했다.

"성도는 너무 더워서 정신을 못 차릴 정도요. 금천은 유월에도 눈이 내릴 때가 있을 정도로 시원하니 하루라도 당겨 온 거죠!"

이시요는 사실 부항의 휘하에서 성장했다고 해도 과언이 아니었다. 때문에 부항 군중의 장군들과도 더 없이 친숙한 사이였다. 그래서였을까, 그는 자리에 앉자마자 그들과 허물없이 담소를 주고받았다. 이어 손짓으로 왕소칠을 불러 지시했다.

"동미 공께서 육식을 즐기시니 밖에 나가서 돼지 넓적다리 고기를 좀 사오게. 나도 역관에서 풀만 먹었더니 입이 허옇게 다 일어났네!"

그러자 왕소칠이 아부조로 대답했다.

"벌써 준비되어 있습니다. 돼지가 아까부터 어르신을 기다리느라 목이 다 빠질 지경입니다."

왕소칠의 말이 끝나기 무섭게 네 명의 병사가 식탁을 들여왔다. 그릇은 쟁반이 아닌 대야였다. 아기가 목욕을 해도 충분할 것 같은 큰 대야에는 기름이 잘잘 끓고 있는 돼지 넓적다리 고기가 가득 담겨져 있었다. 옆에는 채소볶음이 서너 가지 더 있었다. 술 대신 밥과 만두도 수북이 차려졌다.

"평생 남의 고기만 먹고 살았는데, 다 늙어서도 고기만 보면 이리 정신을 못 차리니, 원!"

악종기의 말에 부항이 웃음을 터트렸다.

"그러게 고기도 먹어 본 사람이 더 잘 먹는다고 하지 않소. 많이 드시오."

부항이 가운데 앉고 이시요와 악종기가 양 옆에 자리했다. 조혜 등은 처음에는 좀 사양하는 듯 하더니 이내 허겁지겁 젓가락을 휘둘러댔다. 한 시간도 못 돼 그릇에는 국물만 겨우 몇 방울 남았다. 다들 배불리 먹었는지 흡족한 표정이었다.

악종기가 상을 물리고 찻잔을 받아들면서 말했다.

"이번에 오면서 이 늙다리의 뼈다귀가 아직까지는 쓸 만하다는 걸 느꼈어요."

그리고는 다시 덧붙였다.

"서안에서 북경까지 여드레밖에 안 걸렸소. 북경에서 사흘 머무는 동안 폐하께서는 매일 패찰을 건네라 하셨어요. 두 번씩이나 사연賜 宴을 베풀어주셨죠. 여기까지 오는데도 밤낮없이 줄곧 달렸더니 보름밖에 안 걸리더군요. 타운이 금천으로 건너갔다고 들었어요. 잘 될 것 같네요. 여기서 꼬리를 내리고 갔으니 어떻게든 자기 남정네를 설득시킬 거요."

음식이 좀 짰던 모양인지 악종기는 말을 마치자마자 농차를 연거 푸 두 잔이나 비웠다. 부항이 친히 찻잔을 채워주면서 웃음을 가득 머금은 얼굴로 말했다.

"나는 사라분보다 고항과 왕단망의 귀추에 더 관심이 가오. 그래, 유통훈 공은 뭐라고 했소?"

악종기가 대답했다.

"유용이 북경에 돌아온 뒤에야 형부에서 어떤 식으로든 표를 내릴 것 같다고 했어요. 하지만 왕단망은 이미 물 건너간 것 같네요. 고항 은 워낙 저지른 게 많아 아직까지 조사하는 데 시간이 좀 더 걸릴 것 같다고 하더군요. 호부에서는 숭문문과 선무문의 관세 징수 업무를 화신에게 맡겼다고 해요. 안팎으로 재해복구에 정신이 없고 복잡한 마당에 긴 얘기는 못하고 화친왕부에만 잠깐 들러보고 그냥 왔어요."

"화신이라고 했소? 아아, 아계의 필묵을 시중들던 그 꼬마 말이오? 숭문문 관세 업무라면 웬만한 사람은 못 들어가는 자리인데, 어떻게 그렇게 됐지? 아계가 천거했소?"

부항이 고개를 갸웃거리면서 연신 물었다.

"아니오!"

악종기가 고개를 저으면서 덧붙였다.

"화친왕마마께서 추천하신 것으로 알고 있어요. 그런데…… 내가 쾌마에 채찍까지 휘두르면서 달려온 이유는 폐하께서 우리에게 큰 기대를 걸고 계시기 때문이에요. 폐하께서는 우리가 머리를 맞대고 힘을 합쳐 어떤 식으로든 빨리 금천 전사를 매듭지었으면 하는 의중을 내비치셨어요."

건륭의 얘기가 나오자 부항은 옷매무새를 가다듬으며 자세를 고쳐 앉았다. 그리고는 입을 열었다.

"폐하께서는 벌써 세 차례나 나에게 밀유密諭를 내리셨소. 조속히 사라분과의 은원을 매듭짓고 철군해 돌아오라고 하셨소. 동미 장군께서도 어지를 받고 내려오신 특사이니 솔직히 말씀드리겠소. 나는 사라분이 스스로를 묶고 투항하는 것과 무관하게 이번에는 기필코 금천으로 진군할 거요!"

건륭은 타운을 통해 사라분이 스스로를 묶은 다음 투항해오면 철군할 것이라는 생각을 내비친 바 있었다. 총성 없이 전쟁을 조용히 마무리 짓고 싶다는 얘기였다. 그런데 부항은 황제의 뜻에 반해 금천으로 쳐들어가겠다고 하지 않는가!

조혜와 해란찰, 요화청 등은 충격적인 그 말에 가슴이 철렁 내려앉았다. 이시요 역시 불안하기는 마찬가지였다. 부항의 주장은 분명히 어지에 항거하는 것이었다.

부항이 좌중 사람들의 속내를 읽은 듯 초췌한 얼굴에 미소를 띠우면서 한숨을 내쉬었다.

"어쨌거나 아직까지는 철군하라는 명조明詔가 없었소. 그러니 나는 원래의 전략대로 밀고 나갈 거요! 사라분은 현재 지원병도 없고 양

초糧草 공급도 끊긴 상태요. 노약자들을 데리고 갈팡질팡하고 있소. 일격에 전멸시킬 수 있소…….'

부항이 말을 하다 말고 갑자기 기침을 터트렸다. 얼굴까지 빨갛게 되어 괴로워하는 모습에 왕소칠이 황급히 다가가 등을 두드려줬다. 그러자 부항은 왕소칠의 손을 가볍게 밀어내면서 계속 말을 이었다.

"나는 이미 폐하께 보름 후에 전면공격을 개시할 거라는 내용의 밀주문을 올린 상태요!"

부항의 말에 악종기가 고개를 살살 흔들었다. 반대한다는 뜻이 분명했다.

"준갈이부와 회부의 내란이 악화일로를 치닫고 있는 마당에 폐하께서는 이미 금천 용병에 마음을 접으신 것 같아요. 폐하께서는 또 준갈이부와 회부의 내란으로 인해 조정에서 어부지리를 챙길 수 있는 절호의 기회를 맞았다고 하셨어요. 식견 있는 부항이 어느 떡이 더 큰지 가늠하지 못할 리 없다는 말씀도 하셨죠. 그러면서도 염려가 되셨는지 나를 파견해 통수를 설득하라고 하신 거요. 사라분을 포기하고 철군하라고 말이에요."

부항이 그럴 줄 알았다는 듯 미소를 지었다.

"동미 공, 생각해 보시오. 지금 괄이애에서는 해란찰, 동로에서는 조혜, 북로에서는 요화청이 전면 출격 준비를 다 마치고 대기하고 있는 상태요. 사로死路에 내몰린 타운과 사라분이 머리를 조아리면서 잘못을 빈다고 해서 순순히 '그래, 알겠다!'고 하고는 이들 모두를 성도成都로 철수시킨다는 말이오? 그 얼마나 웃기는 일이오? 연극에나 등장할 법한 얘기지. 아직 폐하의 명조明詔가 내려오지 않은 상태지만 설령 내려왔다 할지라도 나는 '장군은 밖에서는 어지를 받들지 않을 수도 있다'는 특권을 십분 활용해 공격을 개시할 거요! 폐하께서는 대단히 성명하신 분이오. 이럴 때일수록 우리 신하들은 그분의 깊은 뜻을 제대로 파악해야 하오. 지금 상황에서는 다 잡은 고기를 놓아 주는 것만이 능사는 아니오!"

해란찰은 한참 생각한 후에야 부항이 감히 어지를 받들지 못하겠다고 말한 깊은 뜻을 알 것 같았다. 그 역시 목소리를 가다듬고 의견을 피력하려고 했다. 그때 조혜가 먼저 입을 열었다.

"십만 대군이 손바닥만 한 금천을 겹겹이 포위한 채 호시탐탐 노리고만 있습니다. 총 한 번 못 쏴보고, 칼에 피 한 방울 못 묻혀 보고 이대로 철수한다면 백성들이 우리를 어찌 생각하겠습니까? 또 사라분은 조정을 얼마나 우습게 알겠습니까? 폐하께서도 언젠가는 이 못난 신하들을 책망하실 것입니다."

요화청도 맞장구를 쳤다.

"우리는 이미 두 번씩이나 개망신을 당했습니다. 이제 호쾌하게 갈아엎을 판에 물러나라니요? 병사들이 기겁을 하겠습니다!"

이어 해란찰도 단호한 입장을 천명했다.

"앞서 경복, 눌친과 장광사가 조정의 체통에 먹칠을 하지만 않았어도 저 역시 무릎 꿇은 사라분의 어깨를 두드려주면서 위로해 줄 수 있었을 겁니다."

부항 역시 한숨을 지으면서 천천히 입을 열었다.

"때는 이미 늦었소. 폐하의 명성도, 조정의 체통도, 대군의 위상도 일거에 회복할 수 있는 길은 오로지 공격뿐이오!"

악종기는 두 손으로 무릎을 짚은 채 부항을 비롯한 좌중 사람들의 의견에 귀를 기울였다. 그는 황제의 명을 거역하는 장군들에게 화를 내기보다는 오히려 이럴 줄 알았다는 표정이었다. 사실 건륭은 그를 보내면서 "부항이 짐의 체통을 지켜주기 위해서 어지를 받들지 못하겠다고 고집부릴 수도 있다"라는 얘기도 한 바 있었다. 그것으로 미루어 볼 때 적어도 건륭은 부항에게 강압적인 복종을 요구하지는 않았다.

악종기 역시 솔직한 마음을 말하라면 부항과 같은 생각이었다. 사라분이 투항해오자마자 부항이 기다렸다는 듯 철군 명령을 내린다면 두 차례에 걸쳐 전사한 장사壯士들의 가족은 말할 것도 없고 일반 백성도 조정의 무능함과 나약함을 비웃을 터였다. "겁나던 차에 잘됐다고 생각하는 모양이군!"이라는 비난도 죽 끓듯 할 것이었다. 그러나 어명은 어명이었다. 부항을 설득시켜야 했다.

그렇지만 악종기는 어떻게 부항을 설득해야 할지 도무지 방도가 떠오르지 않았다. 체통을 잃지 않으면서 전쟁을 끝내고 병사들을 철수시킨다는 것은 결코 쉬운 일이 아니었다. 악종기가 잠시 고민한 끝에 입을 열었다.

"나도 이래봬도 전쟁터에서 일생을 바친 사람이에요. 어찌 여러분의 심정을 헤아리지 못하겠어요? 허나 금천 용병이 서강西疆 전역의 안정을 도모하려는 조정의 대국大局에 악영향이라도 미치게 되는 날에는 그 책임이 얼마나 무거울지 모르겠습니까? 그렇게 생각하지 않으십니까, 부상?"

부항이 미간을 찌푸린 채 대답했다.

"나는 이미 나흘 밤을 뜬눈으로 지새웠소. '타'打와 '철'撤 두 글자 사이에서 피가 마르는 고민을 했소. 사라분은 얻어맞지 않는 한 진심으로 천조天朝에 무릎을 꿇을 놈이 아니오. 궁여지책으로 무릎을 꿇을지라도 화근은 여전히 남아 있게 된다 이 말이오. 피터지게 때려준 뒤 용서해주는 것과 따귀 하나 때리지 않고 품어주는 것은 천양지차요. 분명한 건 금천은 장족藏族 백성들만의 금천이 아니라는 것이오. 묘족^{苗族}, 요족^{瑤族}, 태족^{傣族} 등 여러 민족들이 혼거하고 있는 불안정한 지역이오. 나는 대청의 재상이오. 개인의 안위와 영달 같은 것은 조정의 이익 앞에서 헌신짝처럼 내버릴 수 있소. 작은 것에 연연해 큰 화근을 뿌리 뽑지 않으면 더 큰 문제가 생길 수 있소. 전쟁을 개시하면 악 군문의 처지가 어려워진다는 것은 나도 잘 알고 있소. 원래 이곳은 힘겨운 곳이오. 힘겨운 사람들이 힘겨운 일을 하고 있소……. 우리, 두려워할 시간이 있으면 그동안 난국을 타개할 만전지책이나 강구해 봅시다. 자, 여기 목도^{木圖}가 있으니 가까이 다가오시오. 이시요, 자네는 남쪽에서 왔으니 사천성 남부와 귀주성 일대의 지리를 우리에게 설명해주게."

그렇게 부항의 대영에서 밤낮으로 밀의가 이어지고 있을 때, 금천의 사라분 역시 부하들을 소집해 적을 물리칠 방책을 강구하고 있었다. 그들은 낡고 피폐해진 라마묘에서 모깃불을 피워 놓은 채 타운이 건륭을 배알한 전후사연과 자초지종을 다 들었다. 좌중의 사람들은 저마다 깊은 생각에 잠긴 듯 말이 없었다. 시간이 정지된 듯했다. 바람이 불어올 때마다 붉게 타들어가는 모깃불 불빛만이 돌같이 굳어진 그들의 얼굴을 스쳐가며 비출 뿐이었다. 좌중의 사람들은 모두 사라분이 중대한 결단을 내리기만을 기다리고 있었다.

"금천의 존속을 위해서라면 무엇인들 못하겠소. 부항의 대영으로 가서 굴욕을 당하는 한이 있어도……."

어두워서 표정은 자세히 보이지 않았으나 사라분의 목소리는 매우 무거웠다. 그가 다시 말을 이었다.

"칠 년을 싸워왔소. 이제는 어떤 식으로든 결말을 봐야 할 때요. 내가 존엄과 체통을 유지하려는 만큼 대국의 황제인 건륭은 더하면 더 했지 못하지 않을 것이오. 시일이 길어질수록 우리는 불리해질 수밖에 없소. 우리는 원래부터 다른 욕심을 가진 것도 아니고 조정을 배신하고자 했던 것도 아니었소. 오직 우리 고향과 민족을 지키고자 방어를 했을 뿐이니 이제 그만 적당한 선에서 물러나는 게 좋겠소."

타운이 곤히 잠든 아이를 다독이면서 입을 열었다.

"장군의 말씀이 지당합니다. 지금 우리는 너 나 없이 춥고 배고픕니다. 게다가 전쟁의 공포까지 안고 힘겨운 나날을 보내고 있습니다. 이대로 나가다가는 우리 모두 비참하게 죽어갈 겁니다. 나는 대국大局을 위해서라면 때로 소신을 굽힐 줄도 알아야 한다고 생각합니다. 장군께서 부항의 대영으로 가서 투항하는 것은 결코 창피하고 굴욕적인 일이 아닙니다. 나는 우리 민족을 위해 서슴없이 한 몸을 던지는 남편이 자랑스럽습니다!"

타운이 잠시 숨을 돌리고 나서 다시 말을 이었다.

"물론 나는 부항이라는 자를 완전히 믿을 수 없습니다. 아무리 봐도 성의가 없는 것 같아 걱정스럽기는 합니다. 어떻게든 우리를 전쟁 포로로 전락시켜 북경으로 끌고 가겠다는 속셈이 깔려 있는 것 같기도 합니다. 그가 준 보름이라는 시간은 우리 부하들을 설득하는 데만도 모자랄 시간입니다!"

사라분의 옆에 앉은 엽단잡은 줄곧 굳은 표정으로 아무 말 없이 듣고만 있었다. 그러나 머릿속으로는 다른 생각을 하고 있었다.

'현재 금천에서 전투에 투입할 수 있는 병사는 일만 이천 명에 불과해. 그중 내가 이끄는 병사만 칠천 명이 넘어. 만약 사라분의 뜻에 따라 조정에 귀순할 경우 나는 영원히 이자의 부하일 수밖에 없어. 그러지 않고 맞서 싸운다면 설사 패하더라도 사정이 달라질 수 있어. 최악의 경우 부하들을 거느리고 사천성 남부와 인접한 귀주성

으로 도망가면 돼. 그곳의 묘족들 사이에서 얼마든지 새롭게 시작할
수 있다고.'

엽단잡은 머릿속으로 그렇게 생각을 정리하고는 입을 열었다.

"지금 투항을 하겠다는 겁니까? 그 굴욕을 어찌 감당하려고 그러
십니까? 우리네 사전에는 '투항'이라는 두 글자가 없습니다! 우리 장
족의 어머니들은 자식에게 그 두 글자를 가르친 적이 없습니다. 저는
부항을 믿지 않습니다. 건륭은 더더욱 믿지 못합니다! 쳐야 합니다,
무조건! 일단 혈로血路를 개척해 귀주로 들어가 잠시 쉬면서 종착지
인 서장西藏으로 가야 합니다!"

인착과 상착 활불은 엽단잡의 말에 놀란 모양이었다. 살기등등한
엽단잡의 표정을 보더니 고개를 갸웃거리면서 몸을 떨었다. 그때 사
라분이 생뚱맞은 얘기를 꺼냈다.

"여러분, 지금 머릿속에 개의 모습을 떠올려 보시오. 대문을 지키
는 개는 낯선 사람이 들어오면 으르렁대면서 덮치려 하지 않소? 주인
이 그러지 말라고 소리를 질러도 개는 낯선 사람을 향해 끝까지 으
르렁거리오. 심지어 소매라도 물어뜯는 시늉을 하오. 무엇 때문이겠
소? 개는 자신의 임무가 주인을 위해 대문을 지키는 것임을 잘 알기
때문이오. 주인이 보는 앞에서 책임감을 과시하고 충정을 맹세하는
것이 얼마나 중요한지 잘 알기 때문이오. 부항도 마찬가지요. 건륭이
철수명령을 내렸다고 해서 즉시 철수해버리면 오히려 건륭은 그들의
용기와 충정을 의심할 것이오. 그러니 똑똑한 부항은 돌을 들어 제
발등을 찍는 미련한 짓을 하지는 않을 거요. 어떻게든 어지를 거부한
다고 뻗대면서 치고받는 시늉이라도 하겠지. 우리도 마찬가지요. 우
리도 똑같이 응수하면 되오. 진정 우리를 믿고 따르는 신민들을 설득
시키려면 맞받아 싸우는 수밖에 없소!"

사라분이 말을 마치고는 일어나 묘당 안을 천천히 거닐었다. 무거운 장화발소리가 석판石板을 둔탁하게 두드리고 있었다.

　"엽단잡의 주장이 옳소. 우리도 싸워야 하오! 그러나 남쪽으로 향해서는 포위망을 뚫을 수 없소. 전에는 그곳의 묘족, 요족들과 서로 왕래하면서 우정을 다졌으나 지금은 상황이 다르오. 우리 땅에서 밀려나 그들의 삶의 터전에서 빌붙어 살게 해달라는 건데 누가 좋다고 반기겠소?"

　사라분이 이를 악문 채 다시 말을 이었다.

　"삼로군 가운데에서 우리에게 가장 큰 위협이 되는 건 해란찰이오. 해란찰의 부대는 괄이애 남단을 점령하고 있소. 우리가 협금산夾金山을 넘어 서장으로 가지 못하도록 퇴로를 완전히 차단해버렸소. 게다가 동로東路의 조혜와 호응할 경우 우리는 남으로도 포위망을 뚫고 나갈 수 없소. 한마디로 해란찰은 사납고 질긴 악구惡狗요. 우리는 해란찰이 괄이애로 향하는 우리의 퇴로를 막을 수 없게끔 방법을 강구해야 하오. 그러지 않으면 양초 공급이 끊어져 큰 문제가 생길 수 있소."

　사라분의 눈빛은 어둠 속에서 무언가를 찾는 듯 예리한 빛을 뿜었다. 그가 다시 덧붙였다.

　"내가 일천오백 명의 정예병을 거느리고 정면 돌파를 시도할 테니, 그 사이 엽단잡 자네는 이천 명을 데리고 해란찰을 교란시키게. 부항의 동로군을 치는 척하다가 돌아서서 해란찰을 거짓 공격하라는 얘기야. 그렇게 하면 지원 나오는 부항의 동로군을 중도에서 먹어버릴 수 있어."

　"그럼 부항이 공격을 개시하기를 기다리실 건가요, 아니면 먼저 선수를 칠 건가요?"

어둠 속에서 알파가 질문을 던졌다. 사라분이 차갑고 냉정한 어투로 짤막하게 대답했다.

"적들은 강하고 우리는 약하니……, 선수를 쳐야지!"

34장
전쟁과 평화의 갈림길

　그로부터 닷새 후 부항 중군의 의문儀門 앞에 불붙은 우전羽箭 한 대가 쌩! 하는 소리와 함께 표연히 날아와 꽂혔다. 문을 지키던 후부보는 마침 세숫대야처럼 큼지막한 그릇에 옥수수밥과 반찬을 한데 버무려 정신없이 퍼먹고 있다가 깜짝 놀랐다.

　"저, 저 미친놈들! 설날도 아닌데 폭죽을 터뜨리고 지랄이야!"

　후부보는 입안에 가득 찬 음식물을 우물우물 씹어 넘기면서 땅에 박힌 물건을 주웠다. 놀랍게도 그것은 폭죽이 아니라 편지가 꽂힌 화살이었다. 화살대에는 작은 글씨로 몇 글자가 간단하게 적혀 있었다.

　撫遠招討大將軍 傅

　무원초토대장군 부항

후부보는 볼에 붙은 밥풀을 떼어 낼 겨를도 없이 고함을 질렀다.

"어서 왕총王總(왕소칠)께 전해! 사라분의 긴급문서가 도착했어. 빨리 통수께 전해드려야 해!"

후부보의 말이 떨어지기 무섭게 두 병사가 편지를 들고 번개처럼 왕소칠에게 달려갔다.

"뜯어보게!"

역시 밥을 먹고 있던 부항이 두 병사의 모습을 보고는 수저를 내려놓으면서 지시했다. 물에 젖을세라 겉면에 촛농까지 입힌 편지에는 장황한 내용이 적혀 있었다.

부항 대장군께:

심인후택深仁厚澤하신 우리 폐하께서는 전쟁을 종식하고 금천을 도탄에서 구해주시겠다고 하셨습니다. 그런데 장군께서는 어찌 감히 그 뜻을 받들지 아니하고 기군죄欺君罪를 지으려고 하시는 것입니까? 우리 사절은 북경에서 폐하의 예우에 황감해 몸 둘 바를 몰랐습니다. 반면에 장군께서는 어이해서 그토록 오만불손하고 우리 금천 사람들에게 마냥 악의적이기만 합니까? 팔백리 길에 널려 있는 금천 신민臣民들을 무슨 수로 보름 내에 불러 모아 투항을 한단 말입니까? 장군은 우리 금천 사람들의 피로 그대의 잠영簪纓(갓끈. 높은 벼슬아치를 이르는 말)을 물들이겠다는 수작임이 분명합니다! 그러나 우리도 그리 호락호락하게 당하지만은 않을 겁니다. 사흘 동안 시간을 드릴 테니 의사를 분명히 해주십시오.

－사라분, 타운 올림

부항이 편지를 다 읽고는 고개를 들었다. 그리고는 잠시 뭔가 생각하더니 이어 껄껄 웃음을 터뜨렸다.

"사라분, 이거 정말 웃기는 놈이네! 내가 보름 안에 스스로를 묶고 투항을 하라고 못 박았더니 자기는 나에게 사흘의 시간을 준다네?"

"전서戰書를 내렸네요! 사흘 후에 치겠다 이거잖아요!"

이시요가 편지를 읽고 난 다음 의견을 밝혔다. 부항이 바로 코웃음을 쳤다.

"흥, 더 이상 못 버티겠다는 거지. 편지에 '우리 폐하'라고 했지? 이제 슬슬 꼬리를 내리기 시작한 거야. 투항? 말이 쉽지 그쪽에서도 반대 목소리가 만만치 않을 걸? 남들에게 보여주기 위해서라도 치고받고 싸우는 척을 해야 투항의 빌미도 생기는 거지. 그래야 나중에 부족 사람들에게 할 말도 있을 테고…… 이 편지를 보낸 이유도 따로 있겠지. 폐하께 '나 사라분은 부항의 핍박에 못 이겨 칼을 든 것이다' 이런 뜻을 표명하려는 게지. 정말이지 사라분 저자는 범상한 인물이 아니네."

이시요 역시 고개를 끄덕였다.

"그렇군요. 이 편지를 악 군문께도 보여줘야겠어요."

부항이 차가운 냉소를 머금으면서 다시 입을 열었다.

"이번 싸움은 '적당히' 때리는 것이 중요하기 때문에 완벽한 승리를 거두는 것보다 오히려 더 쉽지 않을 거야. 사라분도 주판알을 충분히 튕겨보고 나서 내린 결정일 테니 절대 지구전을 치르려 하지는 않을 거야. 그럴 여력도 없을 테고! 여기저기를 기습하면서 한참 까불다가 치고 빠지는 수법을 쓸 거라고! 그러나 동, 남, 북 그 어디에도 탈출구는 없으니 괄이애 북로의 산길을 따라 소굴로 숨어드는 것밖에 다른 방법이 없을 거야. '스스로를 묶고 투항하는 것'을 받아들이는 것도 좋지만 전쟁터에서 생포해 폐하께 넘기는 것이 더 좋지 않을까? 이리 와 보라고."

부항이 말을 마치고는 방 모퉁이에 있는 커다란 목도木圖 앞으로 다가갔다. 이어 지도를 채찍으로 짚으면서 말을 이어나갔다.

"해란찰이 쓸데없이 증원에 나서네 어쩌네 하면서 촐싹거리지 않고 진지를 고수해준다면 우리는 걱정할 게 없어. 사라분의 퇴로는 이쪽일 거라고. 여기에서 동북쪽으로 조금만 가면 낡은 라마묘가 있어. 내가 중군을 데리고 이 사원을 점령해버리면 돼. 그때 조혜는 정예병을 거느리고 남쪽에서 퇴로를 차단해버리는 거지. 동시에 요화청이 괄이애 북로를 끊어버리면 사라분은 대본영으로 돌아가지 못하고 끝나는 거야."

부항은 채찍을 내려놓고 다시 덧붙였다.

"소칠, 가서 악 군문을 모셔 오너라."

사라분의 편지를 받은 지 나흘째, 동틀 무렵이었다. 드디어 전투가 시작됐다. 먼저 왕퇴旺堆 쪽에서 비둘기 전서傳書가 날아들었다. 편지에는 사라분이 2000명의 인마를 거느리고 식량창고를 급습했다는 소식이 담겨 있었다. 화전火箭과 화총火銃까지 동원한 것이 예상보다 기세가 사납다고 했다.

이어 해란찰에게서도 급보가 날아들었다. 괄이애의 2000명 장족 병사들이 병영 쪽으로 몰려들어 해란찰과 조혜 사이의 통로를 차단하려 한다는 내용이었다. 동시에 산속에서 깃발과 고각鼓角이 호응하기는 했으나 대규모의 움직임은 아직 발견하지 못했다고도 전했다.

잠시 숨 돌릴 새도 없이 조혜에게서도 비둘기가 날아왔다. 망원경으로 내다보니 왕퇴의 서쪽 식량창고에 불이 붙어 이미 1개 소대의 병마를 투입시켰다고 했다. 조혜는 또 직접 금천으로 진군하게 해 주십사 하는 요청을 해왔다.

부항이 즉각 입을 열었다.

"조혜에게 군령을 전하라. 동로군 전군은 지금 즉시 금천으로 돌격하라고 일러라! 식량창고가 잿더미가 되는 한이 있어도 신경 쓸 것 없다고 해라. 동로군과 북로군은 유시酉時에 금천성金川城 밖에서 회합하라!"

부항이 이어 준엄한 어조로 다시 군령을 내렸다.

"각 군은 의외의 습격에 직면할 경우 맞불 작전을 펼치지 말라. 적당히 끌고 다니면서 적들을 기진맥진하게 만들라. 사라분만 생포하면 전쟁은 종료된다! 중군 대영도 즉시 출병해 신말유초申末酉初 경에 금천성 북쪽의 라마묘에 주둔하라. 중도에 변동이 있으면 즉각 각 군에 통지하라. 이상!"

부항은 명령을 내리자마자 서둘러 밖으로 나왔다. 그리고는 군막 앞에서 기다리고 있는 악종기와 이시요에게 미처 알은체도 하지 못하고 큰 소리로 외쳤다.

"하육 어디 있어? 하육 어디 있냐고?"

부항의 말이 떨어지기 무섭게 하육이 군막 뒤에서 큰 걸음으로 성큼 나타났다. 꽁무니에는 하육처럼 웃통을 벗어 던지고 검은 바지만 끈으로 질끈 동여맨 10여 명의 건장한 사내들이 따라붙고 있었다. 모두 푸줏간의 돼지 잡는 칼처럼 날이 넓은 큰 칼을 번쩍거리면서 살기등등한 표정을 짓고 있었다.

"지령을 내리십시오, 통수!"

하육이 벌겋게 충혈된 눈을 크게 뜨고 큰 소리로 말했다.

"으음!"

부항이 흡족한 표정으로 고개를 끄덕였다. 이어 그보다 더 소리 높여 외쳤다.

"나를 따르는 삼천 명의 중군은 전부 웃통을 벗어 던져라! 사내대 장부에게 입신양명의 기회가 왔다! 우리 삼천 중군은 원래 계획대로 대나무 뗏목을 타고 청수당淸水塘에서 금천의 뒤통수를 급습할 것이다!"

"예!"

사기충천한 군사들의 우렁찬 목소리가 하늘과 땅을 뒤흔들었다. 그들의 얼굴에서는 패배에 대한 두려움이라고는 조금도 보이지 않았다.

눈 깜짝할 사이에 3000명의 중군은 뗏목에 올랐다. 예행연습을 수없이 해온 듯 동작이 날렵하고 신속했다. 사실 중군은 부항의 명에 따라 군막 서쪽의 물가로 향하는 계단 위에 뗏목을 쌓아 놓고 있던 터였다. 그랬으니 군령이 떨어지자 쏜살같이 달려가 뗏목을 하나씩 물속으로 밀어내고 미리 개척해놓은 항로로 향한 것이다. 얼마나 교묘하게 위장해 두었는지 병사들 중 일부는 중군 군막 근처에 비밀부두가 있었다는 사실조차 전혀 몰랐다는 눈치였다!

뗏목 하나에 서른 명씩 올라탔다. 100여 개의 뗏목은 곧이어 마치 꿈틀대는 물뱀처럼 호호탕탕하게 앞으로 나아갔다. 오전까지는 내내 아무 일도 없이 무사했다. 그래도 군사들은 긴장을 풀지 않은 채 뗏목 위에서 건육乾肉과 건량乾糧으로 끼니를 때웠다. 그러나 물에 독이 있을지도 모른다는 우려 때문에 물을 마시지는 못했다.

부항이라고 예외는 아니었다. 목이 마르다 못해 입에서 단내가 날 지경이었다. 급기야 황급히 군수처軍需處에 명해 야채, 과일 가리지 않고 갈증해소에 도움이 되는 것들을 긴급으로 가져오도록 했다. 그리고는 목이 타들어간다면서 아우성인 군사들에게는 갈대 잎을 씹어 먹거나 연꽃을 뜯어먹는 한이 있더라도 절대 물을 마셔서는 안 된다고 엄포를 놓았다.

부항의 중군은 그렇게 갈증을 참아가면서 4시간쯤 더 서쪽으로 전진했다. 그때 드디어 해갈에 도움이 될 만한 과일과 야채를 후방에서 보내오기 시작했다. 그렇게 해서 겨우 갈증을 조금 달래고 나자 중군은 어느새 금천 중심 지역으로 들어와 있었다.

부항은 이마에 손을 얹은 채 먼 곳을 내다봤다. 사방에는 갈대밭이 빼곡히 들어앉아 푸른 기운이 끝없이 이어지고 있었다. 중천에 뜬 해는 사정없이 기염을 토해내고 있었다. 병사들은 땀을 비 오듯 흘리면서 헉헉거렸다. 각 병영에서 올라온 보고에 따르면 이미 서른 명가량이 더위를 먹었다고 했다. 부항은 초조하고 불안한 마음에 거친 욕설을 퍼부었다.

"이런 ××, 대갈통은 삶아먹자고 달고 다니는 거야? 더위 처먹어 널브러질 때까지 뭘 했어? 물속에라도 뛰어 들어가 있지! 한판 붙기도 전에 벌써 서른 명이 무용지물이 돼버렸잖아!"

사실 병사들은 진작부터 물속에 뛰어 들어가고 싶었다. 그러나 주저할 수밖에 없었다. 그들의 진군이 워낙 기밀을 요하는 군사 행동이었기에 물소리가 나면 적들에게 위치가 발각될 수 있었던 것이다. 아무려나 한 시간쯤 더 가자 대나무가 울창한 언덕이 시야에 들어왔다. 드디어 지지리도 갑갑하던 갈대밭을 벗어난 것이다. 순간 시야가 확트이면서 시원한 바람이 불어오기 시작했다. 회중시계를 꺼내보던 부항의 얼굴에 잔잔한 미소가 드리워졌다.

"좋아! 예상했던 시간 안에 도착했어. 이대로라면 신시 끝 무렵이면 라마묘에 도착할 수 있겠어!"

부항이 말을 마치자마자 시원한 바람이 정면으로 불어왔다. 그는 순간 옷 속을 파고드는 찬 기운에 흠칫 몸을 떨었다. 그때 왕소칠이 고개를 갸웃거리면서 말했다.

"이상합니다! 어찌 된 게 바람이 동서남북 가리지 않고 마구 불어 대네요? 방향을 종잡을 수 없게요. 물도 아까는 몸에 닿는 느낌이 따뜻하더니 지금은 뼛속까지 시릴 정돕니다!"

부항이 별거 아니라는 듯 가볍게 대답했다.

"금천은 원래 그래! 유월에도 눈이 내리잖아. 지금 이 물은 산에서 녹아내리는 설수雪水거든. 설산雪山을 통과하면 당연히 물도 바람도 차가워지지. 남쪽에서 난류가 흐를 때는 조금 따뜻하고 그런 거야."

부항의 말이 떨어지기 무섭게 앞서가는 뗏목에서 한바탕 시끌벅적한 소리가 들려왔다. 욕설도 섞여 있는 것 같았다.

부항은 망원경을 들었다. 알고 보니 남쪽의 무성한 갈대숲에서 난데없이 화살이 날아와 하육의 선봉부대를 혼란에 빠뜨렸던 것이다. 숲속 깊은 곳에서 날아온 그 화살들은 마치 꼬리 달린 황봉黃蜂(꿀벌)처럼 빠르게 날면서 여기저기에 내리꽂혔다.

그 광경을 한참 지켜보던 부항이 말했다.

"이는 소부대의 장족 백성들이 교란작전을 펼치는 거야. 앞에서는 방어 차원에서 역공세를 펴도 좋다. 다만 추격하지는 말고 전진만 하라."

부항의 말이 끝나자마자 바로 기수旗手가 영기令旗를 좌우 앞뒤로 흔들어 그의 명령을 전했다. 뗏목의 진행속도가 빨라졌다. 뗏목이 갈대숲 근방을 통과할 때는 화살세례가 더욱 사나워졌다. 듣기에 징소리 같기도 하고 북소리 같기도 한 소리도 들려왔다. 마치 적들이 가까이 추적해온 것처럼 다급한 느낌을 주는 소리였다.

왕소칠이 물었다.

"혹시 적들의 대부대가 쳐들어오는 건 아닐까요?"

"동고銅鼓소리야. 사라분에게 암호를 보내는 거지!"

부항이 냉소를 흘리면서 덧붙였다.

"화총 열 자루로 동시에 한 방씩 먹여봐!"

"하나……, 둘!"

왕소칠의 지휘에 따라 중군의 열 자루 화총이 일제히 불을 뿜었다. 탄환이 갈대와 수초를 스치고 쌩쌩 날아갔다. 갈대숲 안쪽이 한바탕 혼란스러워졌다. 뭐라고 욕설을 퍼붓는 소리와 부상당한 자들의 비명 소리가 들려왔다. 화살은 더 이상 날아오지 않았다. 그러나 멀고 가까운 수당水塘과 언덕의 풀숲과 무성한 갈대숲의 상황은 알게 모르게 어지러웠다. 서로 신호를 주고받는 폭죽소리와 쇠뿔소리가 잠시도 조용할 새 없이 연이어 들려왔다. 부항이 한숨을 내뱉었다.

"정말 대단한 놈이야! 열 배의 병력과 백배의 군수품이 뒷받침되지 않았더라면 나도 사라분의 상대가 못 됐을 거야!"

그가 그렇게 말하는 사이 뗏목이 멈춰 섰다. 그제야 부항은 언제부터 피어오르기 시작했는지 모를 짙은 안개가 사방을 온통 휘감고 있다는 사실을 깨달았다. 습기가 다분한 그 안개는 마치 연막탄처럼 주위를 어둑어둑하게 만들었다. 해가 쨍쨍한 오후에 느닷없이 안개가 끼다니? 처음 보는 광경에 병사들은 의견이 분분했다.

"와……, 이거 안개 맞아?"

"자네가 냄새를 맡아봐, 독이 있나 없나?"

"독무毒霧가 아니라 사라분이 요술을 부려 요무妖霧를 내뿜은 건 아닐까?"

"당황해할 것 없어!"

부항이 안 되겠다는 듯 큰 소리로 외쳤다. 이어 설명을 덧붙였다.

"요무는 아니네! 여기가 바로 금천에서 유명한 한호寒湖라서 그러네. 설산에서 내려오는 물이 여기에서 합류해 아래로 내려가거든! 남쪽에서 올라오는 열기가 찬바람, 찬물과 만나면서 안개가 형성되는 거야. 마치 주전자 안에서 끓던 물이 주전자 주둥이를 통해 바깥의 찬 공기와 만나면 수증기가 생기는 것과 같은 이치지. 여기는 한호에서도 가장 수심이 얕은 지역이야. 뗏목은 더 이상 통과할 수 없어. 모든 병사들은 이제부터 언덕 위로 올라 달려가라! 라마묘는 여기서 이리 밖에 있다. 방금 조혜가 전해온 소식에 의하면 식량창고를 습격한 사라분의 무리들이 이백 명이나 생포 당했다고 한다. 또 사라분은 이미 금천까지 퇴각 했다고 하고. 라마묘만 점령하면 금천은 우리 수중에 들어온 것이나 다름없어. 자, 다들 돌격!!"

부항이 말을 마치고는 가장 먼저 풍덩! 하는 소리와 함께 물속으로 뛰어들었다. 이어 허벅지까지 오는 차가운 물살을 가르면서 병사들을 독려했다. 동시에 무거운 뗏목을 언덕 쪽으로 끌어다 놓았다.

병사들이 막 집결하려고 할 때였다. 갑자기 서남쪽에서 총소리가 크게 울리더니 불화살이 쌩쌩 쏟아지듯 날아왔다. 얼마나 많은 장족 병사들이 안개 속에 숨어 있는지 고함소리가 천지를 뒤흔들 것처럼 우렁찼다.

부항은 순간적으로 식량창고를 덮쳤던 사라분의 무리들이 이쪽으로 방향을 틀어 공격해 온다는 것을 간파했다. 이로써 사라분의 용병술도 일목요연하게 알 수 있게 됐다. 이제 조혜가 군령을 지켜 식량창고에서 맴돌지 않고 남쪽으로 진격해온다면 승부는 순식간에 결정이 날 터였다. 하지만 이 시각 가장 위험한 것은 3000명의 중군이었다. 한호와 황하 지류 중간에 갇혀 화총과 불화살의 세례에 무방비 상태로 노출된 상태였던 것이다.

다급해진 부항이 큰 소리로 물었다.

"누가 선봉이 되어 치고 나가겠나?"

"제가 앞장서겠습니다!"

부항의 말이 떨어지기 무섭게 하육이 뛰쳐나와 호랑이처럼 포효하며 대답했다. 이어 부하들을 향해 외쳤다.

"사내대장부라면 모두 나를 따르거라!"

하육의 말이 떨어지기 무섭게 순식간에 100여 명의 병사들이 우르르 한호로 뛰어들었다. 그리고는 저마다 살기등등하게 대도大刀를 치켜들고 부항의 명령만 기다렸다. 부항의 두 눈에서도 역시 살의가 번뜩였다. 곧 그가 오싹한 웃음을 지으면서 부하들의 사기를 북돋아줬다.

"진짜 훌륭한 사나이들이야! 이깟 한호는 아무것도 아니지. 돌격! 사라분의 병력은 천오백 명밖에 안 돼. 우리하고는 지금 우연히 맞닥뜨린 것이지 우리 계획을 미리 알고 덮친 건 아니야. 우리 병력이 얼마나 되는지도 몰라. '좁은 길에서 만나면 용감한 자가 이긴다'고 했어. 한 시간만 버텨주게. 중군이 모두 한호를 빠져나가면 저자들은 다시 괄이애로 도망갈 수밖에 없어."

"돌격!"

부항의 말이 끝나기 무섭게 하육이 칼을 휘두르면서 일갈을 했다. 그러자 물을 박차고 건너는 100여 명 용사들의 발길질에 한바탕 물보라가 일었다. 왕소칠 역시 그들을 따라가고 싶어 움찔움찔하는 모습을 보였다. 부항이 뒤에서 그 모습을 보고는 큰 소리로 명령했다.

"너도 쫓아가! 조총 열 자루를 들고 따라가. 하육이 위험에 빠지면 총을 내줘!"

왕소칠은 부항의 말에 흥분한 듯 코를 벌름거렸다. 그러면서도 본분을 잊지 않았다.

"전쟁터에서 주인어르신의 곁을 한 발자국이라도 떠나면 아버지가 저를 때려죽일 거라고 했습니다."

부항이 다시 명령했다.

"네 아비도 내 명은 어기지 못해. 괜찮아, 가봐!"

"예! 몇 놈 족치고 오겠습니다!"

왕소칠은 대답과 동시에 순식간에 뛰쳐나갔다. 그 모습에 살기가 등등했다.

실로 전혀 예상치 못했던 전투였다. 사라분 역시 당황하기는 마찬가지였다. 일반적인 경우라면 모래로 인해 하상河床이 높아진 상황에서는 뗏목을 동원하려야 할 수 없는 곳이었다. 그런데 부항은 황하줄기를 개통시키고 버젓이 뗏목을 만들어 여기까지 오지 않았는가. 사라분은 부항이 금천에서 괄이애로 통하는 뒷길로 쳐들어올 줄은 꿈에도 생각하지 못했다.

사실 그가 식량창고를 덮치는 데는 1시간도 채 걸리지 않았다. 불을 질러 서쪽 일대의 고방庫房을 태우고는 화총, 조총, 동고銅鼓, 호각胡角 등을 총동원해 허장성세도 보여줬다. 조혜의 증원병을 유인해 일망타진하려는 심산이었던 것이다. 그러나 창고지기 병사들은 후퇴만 할뿐 도주는 하지 않았다. 적당히 사라분의 병사들과 응수하면서 시간을 끌었다. 조혜 역시 창고가 급습 당했다는 사실을 모를 리 없었으나 어쩐 일인지 증원을 오지 않았다.

사라분은 안 되겠다고 생각한 듯 병사들에게 조금 뒤로 후퇴한 다음 관망할 것을 명령했다. 그러자 창고지기 병사들이 슬금슬금 다시 따라 붙기 시작했다! 사라분은 그제야 부항의 의도를 알 것 같았다. 여차할 경우 식량창고를 포기하더라도 자신을 금천의 동쪽에 붙들어 매 두려는 속셈이 분명했다. 또 그렇게 괄이애의 통로를 막아 뱀의 허리를 자르듯 자신의 군사들을 뭉텅뭉텅 쳐내려는 작전인 게 틀림없었다.

사라분은 등골에 식은땀이 쫙 흐르는 기분을 느꼈다. 급기야 다급하게 명령을 내렸다.

"엽단잡에게 금천 서쪽으로 이동하라고 명령을 전하라. 적들이 공격해오면 적당히 저항하다가 금천을 포기하고 괄이애로 통하는 요도要道만 사수하라고 하라! 병사를 파견해 해란찰의 병영에 대한 감시도 강화하라. 이상한 움직임이 있으면 즉각 보고하라!"

사라분이 명령을 내리고는 무거운 한숨을 내쉬면서 다시 말을 이었다.

"부항이 그물을 너무 촘촘하게 쳐놨어……. 여기서 더 이상 뭉그적댈 필요 없다. 일단 철수하라!"

그러나 전쟁터에서는 신속하게 철수하는 것이 더 어려운 법이었다. 수개월 동안 식량이 끊겨 초근목피로 연명하다시피 한 장족 병사들이 식량창고를 눈앞에 두고 그냥 철수할 리 만무했다. 결국 그 위급한 상황에서도 그들은 창고 안으로 들어가서 식량을 챙기느라 바빴다. 주머니와 소매 속은 말할 것도 없고 모자, 장화 등 뭐라도 담을 수 있는 곳이라면 무조건 식량을 쑤셔 넣기 시작했다. 병사들이 허겁지겁 쌀을 담느라 그렇게 시간을 허비하는 사이 창고 주변에 매복해 있던 청군 병사들이 기습을 감행했다. 결국 사라분의 병사 200여 명은 그 자리에서 생포되고 말았다.

사라분은 후퇴하기는 했지만 궁지에 몰린 위태로운 상태에 직면했다. 무엇보다도 이루 헤아릴 수 없는 부항의 병사들이 태산처럼 앞을 가로막고 있었다. 게다가 등 뒤에서도 기세등등한 병사들이 계속해서 쫓아오고 있었다. 순간 그는 아직도 지원하러 오지 않는 엽단잡을 원망하면서 당황해서 어찌할 바를 몰랐다. 5000명과 1500명이라는 현저한 병력 차이는 백전百戰을 두루 경험한 그조차도 진땀을 흘리게 하기에 충분했던 것이다.

사라분이 안되겠다고 생각한 듯 망원경을 들고 전방의 움직임을 예의 주시하면서 명령을 내렸다.

"알파, 너는 다섯 형제들을 데리고 괄이애로 가서 타운에게 나의 명령을 전하라. 어서 빨리 엽단잡과 연락을 취해 지원을 오라고 전해! 부항은 라마묘를 점령하려는 것이 틀림없어! 어떻게든 부항을 이곳 한호에 묶어버려야 해. 그러면 통수를 잃은 각각의 노군路軍은 투서기기投鼠忌器(독병에 든 쥐를 잡고자 병을 깨뜨릴 수는 없음)하지 않을 수 없어!"

알파는 토씨 하나 틀리지 않게 사라분의 명령을 복술하고는 즉각 병사 다섯을 거느리고 괄이애로 달려가려고 했다. 그러나 식량창고를 지키던 청병淸兵들이 그를 순순히 보내줄 리가 만무했다. 당연히 우르르 몰려와 앞길을 막고 나섰다. 그러나 그들은 사라분의 호위병들이 무섭게 화살공세를 퍼붓는 기세에 눌려 잠깐 후퇴하지 않을 수 없었다. 그때 청병들 무리에서 누군가의 고함소리가 들려왔다.

"어이! 저기 저놈 뒈지지 않고 아직 살아 있었네? 사라분의 졸병이면서 천총千總이라고 우리를 속였던 놈 말이야!"

알파는 째지는 목소리의 임자가 누군지 알 것 같았다. 그는 바로 청수당 초소를 지키던 청나라의 꼬마 군인 백순白順이었다. 알파는 괄이애로 달려가는 와중에도 그의 말을 되받아치는 것을 잊지 않았다.

"그래, 내가 그 격니길파다. 왜, 어쩔 테냐?"

사라분은 알파가 괄이애로 무사히 달려가자 바로 허리춤에서 서슬 푸른 왜도倭刀를 뽑아들었다. 이어 무리들을 이끌고 한호를 향해 곧장 돌진했다.

"부상병 백여 명은 여기 남아 깃발을 흔들고 고함을 지르면서 지원 부대를 부르라. 나머지는 나를 따르라!"

사라분의 말이 다 끝나지도 않았을 때였다. 갑자기 하육이 이끄는 100여 명이 언덕 위로 올라오고 있었다. 부항이 이끄는 500여 명의 궁수 역시 하육을 엄호하며 빗발치듯 화살을 날렸다. 그러나 사라분 은 전혀 두려워하는 기색이 없었다. 곧바로 청군을 향해 결사적으로 덮쳐들었다. 그렇게 두 부대는 한호 언덕에서 맞붙었다.

흉흉하기 이를 데 없는 접전이었다. 안개는 어느새 많이 엷어져 논 두렁에 피워놓은 연기처럼 바람에 날리고 있었다. 아직 갈 길이 먼 태양은 썩은 달걀을 터뜨려 놓은 듯 흐린 하늘에 생기 없이 푹 퍼져 있었다. 600여 명의 병사들은 장도長刀와 단도短刀를 휘두르면서 그리 넓지 않은 풀밭에서 목숨을 건 육박전에 돌입했다.

하육의 병사 100여 명은 두 겹으로 둥그렇게 진을 친 채 칼을 마 구 휘둘러댔다. 사라분의 500여 장병들 역시 일정한 규칙 없이 닥 치는 대로 여기저기를 들쑤시고 다녔다. 화살을 쏠 수 없는 상황에 서 칼날끼리 부딪치는 쇳소리가 사정없이 고막을 때렸다. 욕설과 함 성이 난무했다.

얼마 후 핏줄기를 내뿜으면서 나뒹구는 시커먼 머리들이 하나둘씩 늘어나기 시작했다. 공처럼 이리 저리 차이고 짓밟히는 팔다리도 심 심치 않게 보였다. 온몸이 피투성이가 된 채 엉겨 붙어 돌아가는 이 들 역시 없지 않았다. 쌍방의 사활을 건 접전은 갈수록 끔찍해졌다.

사라분과 부항은 각자의 진영에서 가슴을 졸이면서 전투 현장을 지켜보고 있었다. 왕소칠은 그 와중에도 쌍방의 상황을 살펴보는 것 을 잊지 않았다. 하육의 군사는 이미 반 이상이 죽거나 부상을 당했 다. 그럼에도 피를 양동이째 뒤집어쓴 것 같은 하육은 여전히 좌충

우돌하면서 칼을 휘둘러대고 있었다. 사라분의 장병들이 잘 먹지 못해 체력이 딸렸기에 망정이지 그렇지 않았다면 청병은 모조리 칼에 맞아 죽은 지 오래였을 터였다.

왕소칠은 불안한 심정으로 뒤를 돌아봤다. 지원병은 아직도 멀리 있었다. 계속 이대로 나가다가는 다 죽을지도 모른다는 생각이 들었다. 급기야 그는 결심을 한 듯 단호하게 명령을 내렸다.

"화총을 갈겨. 안 되겠어, 어서!"

"왕총! 어……, 어디를 향해 쏘라는 겁니까?"

뒤로 후퇴한 병사 한 명이 더듬거리면서 물었다.

"어디기는 어디겠어! 하육이 다칠까봐 주저하다가는 너도나도 다 죽게 생겼는데, 뭘 망설여!"

왕소칠이 사라분을 가리키면서 다시 지시를 내렸다.

"저쪽으로 한 방 갈기고 나머지는 이쪽에 갈겨! 하나……, 둘……, 발사!"

탕! 탕! 탕!

왕소칠의 말과 함께 여섯 자루의 화총이 일제히 불을 뿜었다. 매캐한 화약 냄새를 풍기면서 무차별적으로 가해진 탄약 세례에 하육을 둘러싸고 있던 10여 명의 장족 병사들은 고목의 밑동이 잘리듯 맥없이 쓰러졌다.

손에 땀을 쥐고 지켜보고 있던 사라분도 왼팔에 눈먼 총을 맞아 휘청하면서 비틀거렸다. 그리고는 피가 질펀하게 흐르는 팔을 움켜잡은 채 왕소칠을 노려보면서 거친 욕설을 퍼부었다. 이어 혼신의 힘을 다해 외쳤다.

"무조건 덮쳐서 화총을 빼앗아!"

그러나 왕소칠의 고함소리 역시 만만치 않았다.

"어서 탄약을 재워! 무조건 갈겨!"

탕! 탕! 탕!

장족 병사들은 사력을 다해 싸웠지만 불을 뿜어대는 총구 앞에서는 속수무책이었다. 그들은 결국 하나둘씩 쓰러져갔다. 대세는 기울어졌다.

"인착 활불, 상착 숙부! 우리는 부항의 상대가 못 되나 보네요……."

사라분은 전황이 돌이킬 수 없이 불리하게 돌아가자 크게 탄식을 터트렸다. 그 와중에도 서북쪽에서 청병들의 함성은 계속 들려오고 있었다. 또 남쪽에서는 조혜의 병사들이 라마묘로 접근하고 있었다. 망원경을 든 채 모든 광경을 다 지켜본 사라분은 위기일발의 순간에 드디어 큰 결정을 내렸다.

"전군은 괄이애로 철수하라!"

사라분의 중군에서 처량하고 쓸쓸한 화각畵角소리가 "뚜우……, 뚜우……"하고 울려 퍼지기 시작했다. 금천 주위에 매복해 있던 장족 전령병傳令兵들은 차례로 "괄이애로 철수하라!"는 군령을 전달했다.

사라분은 한숨을 돌리고 나서 사상자를 집계해봤다. 식량창고에서 생긴 사상자를 포함해 총 124명이 죽고 370여 명이 부상당했다. 나머지 1000여 명도 굶주린 데다 악전고투의 전투를 치른 탓에 완전히 기진맥진해 있었다. 다들 여기저기 쓰러져 맥을 놓고 있었다.

"다들 추스르고 일어나지."

사라분은 한시라도 빨리 괄이애로 돌아가야 한다는 생각에 먼저 자리를 털고 일어났다. 이어 억지로 기운을 차리면서 군사들에게 손짓을 했다.

"관군의 지원병이 사방에서 몰려드니 우리는 잠시 괄이애로 돌아가 숨어야겠소! 그러고 있노라면 건륭황제가 강화 협상을 하러 사람을 파견할 거요. 보거다 칸도 서강西疆의 내분으로 인해 이곳 금천에서 지구전을 펼 상황이 아닌 걸로 알고 있소."

사라분이 병사들의 사기를 북돋아주고자 일부러 호탕하게 웃으면서 다시 덧붙였다.

"부항의 손실도 만만치 않을 거요. 이 공성空城은 이제 부항에게 넘겨줍시다. 까짓것 여기서 병사들 치료나 하라지. 우리는 날이 어두워지면 산도山道를 통해 괄이애로 돌아가야 하오. 자, 타운이 지원병을 데리고 올 테니 힘을 내서 끝까지 버텨보자고!"

사라분은 하나둘씩 지친 몸을 일으키는 병사들을 뒤로 하고 걸어갔다. 그리고는 인착 활불에게 말했다.

"부항이 제아무리 치밀하다고 해도 내가 라마묘 서쪽에서 괄이애로 들어가는 입구에 대포를 설치해 놓았다는 건 모를 거예요. 퇴각하면서 한번 톡톡히 혼쭐을 내줘야죠!"

사라분의 대부대는 서쪽으로 퇴로를 택했다. 부항은 순간 조금 의외라는 생각을 했다.

'사라분과 엽단잡의 병력을 합치면 아직도 오천 명 정도는 남았을 텐데? 평소 성격으로 미뤄볼 때 사라분은 여기서 이렇게 흐지부지하게 철수할 사람이 아닌데……. 순순히 퇴각한다는 것이 어딘지 석연치가 않아.'

조혜와 요화청의 부대가 부항이 그렇게 생각하고 있을 즈음 막 도착했다. 이어 그의 옆자리로 다가왔다. 조혜가 망연자실한 표정을 한 채 서쪽으로 이동하는 사라분의 부대만 바라보는 부항을 향해 입을 열었다.

"통수……, 그러시지 말고 여기서 저자들을 전부 만두소로 만들어버립시다!"

부항이 조혜의 말에는 가타부타 대답하지 않고 입을 열었다.

"엽단잡은 지금 어디 있나? 우리 군도 지금 많이 지친 상태이네! 나는 엽단잡의 삼천 군마가 배불리 먹고 힘을 키워 어딘가에 매복해 있을 것 같아 신경이 쓰이네. 지리에 익숙하지 않은 우리 군에게 야전夜戰은 불리하네……."

부항이 말을 채 끝내지 않았을 때였다. 조혜의 휘하에 있는 호부귀가 어디선가 허겁지겁 달려왔다. 조혜가 다그쳐 물었다.

"가봤어? 해란찰 장군의 병영에서는 다른 움직임이 없었지? 장족 병사들 쪽에서는 이상한 동향이 없었나?"

얼마 전 천총 자리에 오른 호부귀가 숨이 턱에 닿을 듯 헐떡거리면서 대답했다.

"해……, 해란찰 군문께서 병사를 파견해 연락을 취해왔습니다. 괄이애 남쪽자락에는 병사들은 없고 노약자들만 있다고 합니다. 그들이 호각을 불고 북을 치면서 우리에게 혼선을 빚게 했다고 합니다. 엽단잡의 부대는 괄이애 입구와 해란찰 군문의 병영 중간 지점에 진을 치고 조용히 사태를 관망하고 있다고 합니다."

호부귀의 보고를 듣고 난 부항은 곧바로 조혜에게 명령을 내렸다.

"조혜 자네는 날이 완전히 어두워지기 전에 일천 병사를 파견해 남측에서 사라분을 공격해. 이천 인마로는 엽단잡의 급습에 대비하게. 나는 괄이애 쪽으로 정면 진공進攻을 시도해보겠네. 날이 어두워지면 승부와는 무관하게 즉각 철수해야 하네! 세 개의 횃불을 신호로 하겠네. 횃불이 있는 곳에 내가 있네!"

잠시 후 또다시 접전이 시작됐다. 남로군의 3000 인마는 두 갈래로 나뉘어 서쪽과 서남쪽을 향해 집게 모양으로 접근했다. 부항은 중로군을 직접 인솔해 서쪽으로 추격을 했다. 요화청의 북로군 역시 금천성을 향해 돌격했다.

그 즈음 사라분의 부대는 비밀리에 설치한 포대가 있는 괄이애 입구에 다다랐다. 사라분이 뒤를 돌아보면서 입을 열었다.

"적들이 또 따라붙고 있어!"

그의 눈에 개미떼처럼 사방에서 덮쳐오는 청병들이 가득 들어왔다. 그때 인착 활불이 가늘게 떨리는 목소리로 말했다.

"장군, 조혜의 병사들이 파죽지세로 달려옵니다. 우리 군의 허리를 뭉텅 쳐버릴 것 같습니다!"

사라분의 표정은 그 어느 때보다 심각해졌다. 인착 활불이 말을 하지 않아도 이미 상황이 예사롭지 않다는 사실을 잘 알고 있는 듯했다. 하기야 이미 파죽지세로 따라붙은 청병들이 장족 병사들의 꼬리를 덥석 물었으니 심각성을 모를 턱이 없었다. 더구나 뒤에서 따라오던 200여 명은 벌써 청병들에게 포위당해 혈전을 벌이고 있지 않은가.

사라분은 저 멀리 앞을 내다봤다. '부'傳자가 커다랗게 박힌 장군 깃발을 펄럭이면서 부항이 정면 공격을 해오고 있는 모습이 한눈에 보였다. 더 이상 머뭇거릴 여유가 없었다. 사라분이 순간적으로 결단을 내린 듯 다급히 외쳤다.

"장사壯士는 독사毒蛇에게 손을 물리면 손목을 잘라 내친다고 했다! 선봉대는 절대 뒤돌아보지 말고 괄이애를 향해 전력 질주하라! 군령을 어기는 자는 가차 없이 목을 치겠다!"

사라분은 홍의대포를 숨겨놓은 곳으로 사력을 다해 올라갔다. 그러나 준비해 뒀던 화약은 습기가 차서 반죽해 놓은 밀가루처럼 변해 있었다. 그나마 미리 재워놓은 화약은 괜찮은 것 같았다. 사라분이 점점 가까워지는 장군 깃발을 향해 대포를 조준하면서 명령을 내렸다.

"발사!"

사라분의 말이 끝나기 무섭게 화약심지에 불이 붙었다. 뿌지직, 뿌지직 타들어 가는 소리가 요란했다. 그러나 대포 네 문 중 세 문은 화약심지에 습기가 많아 조금 타들어가는 듯하더니 힘없이 꺼져버리고 말았다. 마지막으로 심지가 끝까지 타들어간 대포는 "쿵!" 하고 굉음을 내면서 불을 뿜었다.

순간 포대가 무섭게 진동하더니 흙과 돌조각, 나뭇가지들이 우수수 떨어져 내렸다. 짙은 화약 냄새가 순식간에 사방으로 퍼졌다. 숨이 턱턱 막힐 정도였다.

"가자!"

사라분은 대포가 발사되자 곧바로 몇몇 친병들을 데리고 돌과 흙으로 위장해뒀던 포대를 나섰다. 이어 다시 입을 열었다.

"쓸 만한 화약이 조금만 더 있어도 좋았을 텐데!"

사라분은 화약의 대부분이 젖어버린 것이 못내 아쉬웠다. 그러나 그는 자신이 궁지에 몰려 발사한 대포 한 발이 하마터면 부항의 목숨을 앗아갈 뻔했다는 사실은 전혀 몰랐다.

부항은 처음부터 사라분을 생포하고자 했다. 그래서 그의 호위대만 노리고 접근했다. 그러나 풀로 뒤덮인 자그마한 둔덕 하나를 돌아오는 사이 앞에 있던 사라분 일행은 갑자기 종적을 감춰버렸다.

'이 일대에는 마땅히 은신할 만한 곳도 없어. 황야의 풀이라 해봤자 허리 높이도 안 되는데 눈 깜짝할 사이에 그자식이 어디로 사라졌다는 말인가?'

갑자기 대포 소리가 들린 것은 부항이 망원경을 든 채 사방을 둘러보면서 그렇게 못내 궁금해 하고 있을 때였다. 왕소칠이 몇 십 보 밖의 잡초더미 사이에 숨겨져 있던 대포를 발견했다. 시커먼 포구가 부항을 겨누는 순간, 그는 외마디 말을 내뱉으면서 사정없이 부항을 덮쳤다.

"통수, 위험합니다!"

부항은 순간적으로 왕소칠의 배 밑에 깔렸다. 순간 "꽝!" 하고 대포가 불을 뿜었다. 왕소칠은 정신을 잃고 쓰러졌다…….

사실 부항은 앞서 정탐병을 몇 번이나 파견한 바 있었다. 그러나 들려오는 소리는 한결같았다. 이 지대는 유난히 습하기 때문에 대포의 위험이 전혀 없다는 것이었다. 그런데 바로 이곳에 포대가 설치돼 있었던 것이다!

부항은 황급히 달려온 군교들의 부축을 받으면서 일어났다. 이어 가까스로 정신을 추스르고 주변을 둘러봤다. 저쪽에서 얼굴과 상반신이 꺼멓게 그을린 왕소칠이 신음을 하고 있는 모습이 보였다. 배와 가슴 몇 군데에서 피가 철철 쏟아져 나오고 있는 것이 상태가 심각한 듯했다. 부항은 자신도 모르게 다급히 소리를 질렀다.

"군의軍醫……! 군의를 데려와. 어서!"

부항은 울분 섞인 고함을 지르면서 왕소칠의 옆에 쭈그리고 앉았다. 이어 다시 외마디 소리를 질렀다.

"소칠……, 정신차려! 소칠……! 조금만 참아라."

부항은 정신을 잃은 왕소칠을 마구 흔들었다. 그 와중에도 피는 분수처럼 끊임없이 흘러나오고 있었다. 복부에 포탄을 맞았는지 허연 창자가 밖으로 흘러나와 있었다.

"통수……, 보지 마세요. 지저분하잖아요."

왕소칠이 겨우 실눈을 뜬 채 자신의 손을 잡고 흔드는 부항을 보더니 뜨거운 눈물을 흘렸다. 이어 천천히 입을 열었다.

"죄송합니다……. 이 소칠은 더 이상…… 주인어르신의 시중을……

들지 못할 것 같습니다."

부항이 점점 차갑게 굳어져 가는 왕소칠의 손을 꼭 잡고 떨리는 목소리로 다시 말했다.

"그런 말은 하지 마. 괜찮아질 거야. 복건에 난리蘭理라는 노장군이 있었어. 강희 연간에 대만으로 출전했다가 복부에 총을 맞아 창자가 다 빠졌었지. 배 위의 갑판에 창자를 다 널어놓고 다녔어도 구십 살 넘게 살다가 작년에야 돌아가셨어. 너도 꼭 그렇게 될 거야!"

왕소칠이 하염없이 눈물을 쏟으면서 부항에게 말했다.

"저는 괜찮으니 어서 명령을 내리세요. 다들 통수의 군령만 기다리고 있잖습니까!"

부항이 왕소칠의 말에 힘껏 고개를 끄덕이면서 일어섰다. 사방에는 벌써 어둠이 드리워지고 있었다. 광활한 황야에 사나운 서북풍이 불어 닥쳤다. 대포에 맞아 너덜너덜해진 장군 깃발이 불안한 듯 떨고 있었다.

'날이 이미 어두워졌으니 야전은 치를 수 없어.'

부항은 그렇게 생각하면서 시계를 꺼내보고는 바로 명령을 내렸다.

"불붙은 화살 세 개를 공중에 발사하라. 각 병영에 철수 신호를 보내라!"

부항이 말을 마치고는 뒤에서 달려오는 마광조를 보면서 물었다.

"무슨 일인가?"

마광조가 대답했다.

"악 군문께서 오셨습니다. 폐하의 어지가 계십니다."

"라마묘로 가세! 각 병영에 전하게. 경계를 철저히 하고 부장副將 이하 군관은 번갈아 가면서 초소를 순시하라고 말이네!"

부항이 라마묘로 돌아오자 악종기는 인사를 나눌 사이도 없이 두 손으로 서류 봉투부터 건넸다. 부항은 온몸의 뼈가 다 흘러내릴 것처럼 기운이 없었으나 억지로 악종기에게 공수를 해 보이면서 예를 갖췄다. 이어 걸상에 털썩 내려앉은 다음 화칠火漆을 한 봉투를 뜯어봤다. 하나는 자신이 올렸던 상주문에 어비御批를 달아 보낸 것이었다. 또 다른 하나는 아계의 편지였다. 어비의 내용은 짧지 않았다.

> 짐은 무고하네. 짐은 경의 주장奏章을 읽고 놀라움을 금할 수 없었네. 짐은 이미 타운에게 사라분이 스스로를 묶고 항복할 수 있도록 윤허했네. 그런데 경이 끝까지 공격을 고집하는 저의는 무엇인가? 삼군을 이끌어 악전고투 끝에 말 많은 금천을 끝내 평정했다는 공로가 탐난 것인가, 아니면 전승全勝의 이름으로 짐을 '믿을 수 없는 군주'로 온 천하에 낙인찍히게 만들겠다는 심산인가? 둘 중 하나가 틀림없네! 경이 설령 완승을 거둘지라도 짐은 경을 이신貳臣으로 치부해버릴 수밖에 없네! 물론 짐은 경의 마음속 밑바닥에 깔린 진심은 믿네. 지금이라도 늦지 않았네. 서북 대국大局의 안정을 위해, 서남의 장치구안長治久安을 위해 속히 어지를 받들어 철수하기 바라네. 악종기가 앞에 나서서 쌍방 간 합의를 이끌어낼 것이네. 그러니 보름 내에 철군할 것을 재차 명하네.

건륭의 어투는 대단히 강경했다. 부항은 그러나 당황하지 않았다. 그저 조유詔諭를 악종기에게 넘겨주고는 침착하게 다시 아계의 편지를 펼쳤다. 편지 내용은 전부 가사家事에 대한 것들이었다. 복강안이 북경으로 돌아와 일등 시위로 승진했다는 사실을 우선 알렸다. 또 복륭안과 복령안도 시위 자격을 얻었다고 덧붙였다. 유통훈은 태자태보로 승격했다고도 했다. 금천 전사에 대해서는 "어지를 받들어 철수하는 것이 바람직할 것 같다"라고 언급돼 있었다.

건륭은 최후통첩을 내린 것이나 다름없었다. 한번 마음먹은 뜻을 굽히지 않기는 건륭도 마찬가지였던 것이다. 부항은 고개를 내리고 한 손으로 턱을 고인 채 한참 고민하더니 드디어 무겁게 입을 열었다.

"사라분에게 편지를 써서 화전火箭으로 보내야겠군……."

35장
개선장군 부항

새벽에 부항은 편지를 화살에 묶어 괄이애 숲속으로 날려 보냈다. "악종기 장군의 방문을 환영한다"는 내용의 답신이 온 것은 정오 나절이었다. 그러자 악종기가 서둘러 말했다.

"출발해야겠네요. 산속은 추우니 어사御賜 표범가죽 외투를 챙겨야겠어요. 많이는 필요 없고 서너 명만 따라나서면 됩니다."

조혜, 마광조와 요화청은 악종기의 말에 손에 땀을 쥐었다. 소수 인원만으로 적진으로 들어갈 노장이 걱정스러운 모양이었다. 그러나 정작 악종기 본인은 아무렇지도 않은 표정이었다. 관포官袍로 갈아입고 관모官帽를 눌러쓴 다음 의관을 정제하면서 태연하게 입을 열었다.

"사라분은 의리 있는 사내요. 나만큼 그 사람을 잘 아는 이도 없죠. 죽으러 가는 사람 보듯 울상을 하지 말고 주안상이나 미리 잘 봐두세요. 내려오면 퍼지게 마시고 뻗어보게!"

부항은 말없이 자신이 평소에 즐겨 입던 양가죽 조끼를 가져다 악종기의 짐 가방에 집어넣었다. 그리고는 돌아서서 악종기를 향해 읍을 했다. 동시에 그윽한 눈길로 한참을 바라봤다. 이어 천천히 입을 열었다.

　"아시다시피 장족들은 자존심 꺾이는 걸 모가지 날아가는 것보다 더 중요하게 여기는 사람들이오. 사라분이 반겨 맞는 것까지는 좋으나 그가 같이 살자고 하면서 돌려보내지 않을까봐 걱정이오!"

　"그럴 리 없어요. 나는 그의 은인이에요. 은혜를 원수로 갚는 사람이 어찌 부족의 족장 노릇을 계속할 수 있겠어요?"

　악종기가 다시 덧붙였다.

　"시도해보지는 않고 재고 또 재고, 두려워하고 걱정만 하다가는 아무 일도 이루지 못합니다. 일단 부딪치는 게 중요하죠. 우리는 아무 일도 아닌 걸 갖고 지레 뒷걸음치는 게 문제예요. 사라분이 설령 원망하고 미워하는 감정을 품고 있을지라도 그건 어디까지나 통수를 향한 감정일 뿐이에요. 나를 인질로 잡아놓고 괴롭히는 일은 없을 거예요. 장족들도 '원수는 원수에게 갚고, 빚은 빚진 자에게 독촉한다'는 도리는 다 알아요."

　악종기는 할 말을 다 하고나자 다시 걱정하는 사람들을 애써 위로했다. 그러자 누구보다 말수가 적은 조혜가 악종기의 노장 풍모에 감복한 듯 입을 열었다.

　"악 군문의 말씀은 참으로 지당하십니다. 시간도 없는데 이러지 말고 자, 물로 술을 대신해 악 군문의 건투를 빕시다!"

　부항을 비롯해 마광조, 요화청 등은 물을 담은 대접을 높이 들었다. 이어 악종기와 그릇끼리 부딪치고는 꿀꺽꿀꺽 마셨다. 요화청이 빈 대접을 탁자에 무겁게 내려놓으면서 말했다.

"사라분이 악 군문의 털끝 하나라도 건드렸다가는 내가 가만히 있지 않을 겁니다. 괄이애를 갈아엎고 그자를 만두소로 만들어 버릴 거예요!"

악종기가 웃으면서 말을 받았다.

"그런 소리는 말게. 나는 멋지게 임무를 완성하고 무사히 여러분 곁으로 돌아올 것이네. 조만간에!"

악종기는 말을 마치자마자 지체할세라 서둘러 밖으로 나왔다. 부항 일행은 괄이애 입구까지 그를 배웅했다. 이어 사라분의 산채山寨에서 마중 나온 사람이 있는 걸 보고서야 무거운 발걸음을 돌렸다.

괄이애 입구까지 악종기를 맞으러 나온 사람은 상착 활불이었다. 그 역시 사라분과 마찬가지로 악종기와 몇 십 년 동안 알고 지낸 사이였다. 그럼에도 악종기가 달랑 수행원 넷만 거느리고 만면에 웃음을 지은 채 나타나자 조금 놀란 듯했다. 그러나 이내 침착한 표정을 지으면서 한 손을 가슴에 얹고 허리를 굽혀 예를 행했다.

"장군과 부인께서 동굴 안에서 악 군문을 맞을 준비를 하고 있습니다. 따라오시죠!"

상착 활불은 딱 그 한마디만 하고 입을 다물었다. 그리고는 길을 가는 내내 침묵했다. 워낙 말수가 적기로 유명한 사람다웠다.

이곳의 산세는 서쪽으로 갈수록 험준했다. 아나나 다를까, 악종기가 20리 넘게 상착 활불을 따라가자 길은 마치 허공에 걸린 것처럼 위태로웠다. 악종기는 고개를 들어 주위를 살펴봤다. 길 양쪽의 절벽이 거의 하나로 맞붙어 하늘이 일직선으로 보일 듯 말 듯했다. 운무가 은은히 감도는 산 정상에는 만년설이 새하얗게 덮여 있었다. 산골짜기에서 불어오는 바람은 뼈까지 얼려버릴 만큼 차가웠다. 심지어 한쪽 산벽山壁은 비스듬히 내려와 산길을 가로막기도 했다. 그런 곳은 기다시피해서 지나가야 했다. 때문에 아무리 조심해도 바위에 머리를 쿵쿵 찧기 일쑤였다. 귀가 산벽에 스쳐 얼얼해지는 것 역시 예사였다. 악종기는 그제야 '괄이애'刮耳崖(귀처럼 깎아지른 벼랑) 세 글자가 뜻하는 의미를 알 것 같았다.

그는 높은 곳에 이르러 아래를 내려다봤다. 엷게 펼쳐진 안개가 마치 구름처럼 보였다. 또 만목萬木이 우거진 숲은 까마득한 천 길 낭떠러지 밑에 드리운 표주박 같았다. 그 아래로는 하천이 종횡으로 뻗어 있었다. 대숲이 우거진 사이에서는 어렴풋이 해란찰의 병영도 보였다. 그러나 마치 호숫가에 우두커니 앉아 있는 사람의 뒷모습처럼 작고 희미하게 보일 뿐이었다.

악종기는 가면 갈수록 속으로 놀라움을 금치 못했다. 이런 곳을 공격한다는 것은 어불성설이라는 생각도 들었다. 물론 대군을 밀어붙여 억지로 공격할 수도 있겠으나 틀림없이 수많은 사상자를 낼 것이었다. 금천 땅을 '갈아엎고' 사라분을 '만두소'로 만든다는 것은 당치도 않은 호언장담이라는 생각이 들었다.

한편 앞서 걷는 상착 역시 속으로 감탄을 금치 못했다. 악종기가 처음 오는 이 험한 길을 아무렇지도 않은 듯 너무나도 잘 따라왔던 것이다. 사실 이 길은 금천의 젊은이들도 힘들어하는 곳이었기에 그는 혀를 내두를 만큼 놀라고 있었다. 게다가 공작公爵이라면 총독이나 장군보다도 더 높은 지위였다. 그런 사람이 앞일을 예측하기 힘든 적지에 혈혈단신으로 들어왔다는 것 역시 대단한 용기 없이는 불가능한 일이었다. 심지어 그는 고희를 넘긴 나이가 아닌가! 그럼에도 태연자약하게 일행과 담소를 나눌 뿐 아니라 숨이 차 헐떡이는 젊은이들을 오히려 잡아끌어 주다니…… 상착은 이런 부하를 담판 사절로 파견한 건륭에 대한 믿음이 점점 더 커졌다.

일행은 날이 어두워지기 시작할 무렵에야 비로소 괄이애 주봉主峰에 있는 동채洞寨 밖에 당도했다. 동채에서 산 정상에 있는 대채大寨까지의 길목에는 횃불을 든 병사들이 쭉 늘어서 있었다. 저만치 소나무 채문寨門에 뭔가 걸려 있는 걸 보고 악종기가 물었다.

"상착, 저게 뭐요? 악귀를 쫓느라고 만들어 놓은 건가 보오?"

상착이 담담하게 대답했다.

"나는 잘 모릅니다. 여기서 잠깐만 기다리십시오. 들어가서 장군께 아뢰고 오겠습니다!"

악종기가 빙긋 웃으면서 고개를 끄덕였다. 그리고는 진저리치듯 몸을 부르르 떨었다. 부항이 억지로 넣어 보낸 양가죽 조끼까지 꺼내 입었으나 추위가 너무 심했던 것이다. 그는 곧 어쩔 수 없이 외투를 꺼내 걸쳤다. 이어 주변을 자세히 둘러봤다. 거대한 바윗덩어리로 성벽을 쌓은 모습이 보였다. 또 성벽 주위에는 마미송馬尾松이 쭉 심어져 있었다. 견고하고 빈틈없는 모습이었다.

얼마 후 악종기를 수행한 병사들이 추위를 견디다 못해 덜덜 떨면서 이를 쪼아대기 시작했다. 보다 못한 그가 그들에게 뭐라고 말하려 할 때였다. 채문 쪽에서 갑자기 세 발의 예포소리가 들려왔다. 이어 쇠뿔로 만든 호각소리가 흐느끼듯 울려 퍼졌다. 동시에 횃불을 든 병사 수백 명이 두 줄로 열을 지은 채 달려 나왔다. 모두 손에 긴 칼을 들고 허리에 비수를 꽂은 완전무장 차림이었다. 곧이어 군사들이 통로 양측에 길게 늘어서더니 눈 하나 깜빡 않고 전방을 응시했다.

잠시 뒤 알파가 똑같은 복장의 친병 네 명을 데리고 나왔다. 순간 악종기는 그에게 뭐라고 물었다. 그러나 그는 못 들은 척 대답을 피한 채 네 명의 친병을 둘씩 채문 양쪽에 갈라서게 했다. 사태가 심상치 않게 돌아가고 있는 것 같았다. 악종기는 순간 이미 사색이 되어 떨고 있는 네 명의 수행원들을 향해 버럭 고함을 질렀다.

"똑바로 서지 못해? 사라분의 목표는 나지, 너희들이 아니야. 잡아도 나를 잡지 너희들은 잡지 않을 거야. 칼이 명치끝을 위협해도 꿋꿋해야 하는 것이 군인의 본분이거늘 어찌 그리 못나게 구는 건가?"

"화가 많이 나셨군요, 악 군문!"

드디어 타운이 채문에 모습을 드러냈다. 예전부터 악종기의 사내다운 풍모를 흠모해마지 않던 그녀는 횃불 아래 위풍당당하게 서 있는 그를 보고는 웃음을 머금은 채 다시 말을 이었다.

"이는 우리가 귀빈을 모실 때 갖추는 최고의 예의입니다. 놀라게 해 드렸다면 죄송합니다!"

타운이 말을 마치고는 악종기를 향해 한쪽 팔을 굽혀 가슴에 대고 예를 갖췄다. 악종기가 얼굴에 냉소를 띠우면서 고개를 끄덕였다.

"조금 의외이기는 했으나 놀랄 정도까지는 아니었소. 그런데 사라분 장군은 이 늙은이가 반갑지 않나 보군? 버선발로 달려 나오는 것까지는 바라지 않았지만 그래도 얼굴은 비춰줄 줄 알았는데!"

타운이 웃으면서 대답했다.

"당연히 마중을 나오는 게 도리지요. 그런데 그쪽에서 쏜 총에 부상을 입어 지금 채寨 안에서 기다리고 계십니다. 아무튼 악 군문은 우리에게 존귀한 손님임에는 틀림이 없습니다. 추운데 어서 안으로 드시죠!"

타운이 손짓으로 안내했다. 사라분은 과연 그녀의 말대로 팔과 가슴에 붕대를 감고 동굴 앞까지 마중을 나왔다. 이어 코끼리처럼 건장한 거구를 숙인 채 예를 갖췄다.

"동굴 안에는 부상병이 너무 많아 불편하니 여기서 얘기를 나눕시다. 횃불을 몇 개 밝히고 악 군문께 따끈한 보리술을 한 잔 내오게!"

악종기는 사라분의 말에 본능적으로 불이 밝혀져 있는 뒤쪽을 살펴봤다. 동굴로 통하는 '통로'는 족히 100여 명을 수용할 수 있을 정도로 널찍했다. 고개를 들어보니 천장에는 거대한 바위가 금방이라도 무너져 내릴 것처럼 아슬아슬하게 걸려 있었다. '통로' 한가운데에는 나무탁자 하나와 다 찌그러져 볼품없는 나무걸상 서너 개가 놓여 있었다. 공기 중에는 고기 굽는 냄새와 탕약 냄새가 한데 섞여 코를 자극하고 있었다…….

"이리로 앉으시죠."

사라분이 가래 같은 손으로 윗자리를 가리켰다. 이어 악종기가 자리를 잡자 그 옆에 앉아 친히 술 주전자를 기울여 술을 따랐다. 그리고는 침통한 목소리로 입을 열었다.

"이런 식으로 만나기는 싫었는데 결국 이렇게 됐습니다. 우리는 누가 뭐래도 오랜 세월 깊은 우애를 나눠온 사이가 아니었습니까? 나는 줄곧 악 군문을 대선배로 존경하고 좋아해 왔습니다."

악종기의 낯빛 역시 사라분처럼 굳어졌다. 미안하고 안됐다는 생각이 드는 눈치였다. 그는 주위의 호위병들과 타운, 상착 그리고 알파까지 천천히 둘러보고는 한참 후에야 깊은 한숨을 내쉬면서 물었다.

"부상을 당했다던데, 괜찮소?"

"교전하다보면 그럴 수도 있죠, 뭐."

사라분이 땅속 깊이 파묻은 항아리에서 나오는 것처럼 무거운 소리로 대답했다. 이어 다시 몇 마디 덧붙였다.

"팔에 총을 좀 맞았을 뿐입니다. 약을 발랐으니 외상은 곧 아물겠죠. 그러나 마음속의 상처는 치료할 약도 없고 오래도록 갈 것 같습니다! 들어오시면서 채문 밖에 걸려 있는 수급을 보셨을 겁니다. 그건 엽단잡 아우의 머리입니다. 어제 부족의 법에 따라 목을 쳐 조장鳥

葬을 해버렸습니다. 머리를 남겨둔 목적은 은혜를 원수로 갚는 자의 말로를 전체 부족민들에게 보여주고자 함이었습니다!"

악종기는 사라분의 말에 속으로 적지 않게 놀랐다. 하마터면 "그랬었군!"이라는 말이 튀어나올 뻔했다. 그러나 그 말은 겨우 눌러 삼켰다. 사실 이번 전투를 세세하게 되짚어보면 엽단잡의 사인을 점치기는 그리 어렵지 않았다. 악종기가 그렇게 생각하고 있을 때 사라분이 다시 말을 이었다.

"조혜의 군사가 라마묘를 지원하러 갈 때 엽단잡의 삼천 인마가 옆구리를 치고 나가주기만 했더라도 저는 금천에서 적어도 하루 이틀은 더 버틸 수 있었을 겁니다. 그렇게 삼백에서 오백 명 정도의 관군 포로만 생포했더라도 지금 악 군문을 마주하고 있는 이 순간 훨씬 더 당당할 수 있었을 겁니다! 엽단잡은 위기일발의 결정적인 순간에 아군의 뒤통수를 쳐서 결국 괄이애로 패퇴敗退하게 만든 장본인입니다!"

"그대의 입에서 '패'敗했다는 말을 듣기까지 참으로 오랜 시간이 걸렸소."

악종기가 향과 맛이 일품인 술을 단숨에 들이키고는 손등으로 입가를 쓱 문지르면서 덧붙였다.

"그래, 그쪽 생각을 좀 말해보오."

악종기의 말에 사라분이 옆에 서 있는 타운을 힐끗 바라봤다. 이어 자조 섞인 어투로 대답했다.

"패했으면 패한 거죠. 패장이 무슨 할 말이 있겠습니까. 이제 와서 수적 열세였느니 엽단잡이 뒤통수를 쳤느니하고 말해봤자 무슨 소용이 있겠습니까? 그건 그렇고 오는 길이 그리 수월치는 않았죠?"

"그랬소. 천애天崖의 절벽이더군."

"악 군문께서는 관군이 이곳까지 쳐들어올 수 있을 거라고 생각하십니까?"

"아니. 날개가 돋지 않고는 불가능하오."

"보시다시피 여기는 천험天險의 요새입니다. 저는 여기서 삼 년이라도 버틸 수 있습니다."

"삼 년 정도는 나도 그럭저럭 버틸 수 있을 거요. 그런데 삼년 후에는 어쩔 거요?"

드디어 두 사람 사이에 팽팽한 접전이 시작됐다. 순간 둘 다 눈초리 하나 까딱하지 않고 상대를 뚫어지게 쏘아봤다. 그러다 갑자기 사라분이 먼저 껄껄껄 웃음을 터트렸다.

"삼 년 뒤의 일을 누가 점칠 수 있겠습니까? 그 사이 천지개벽이 일어나 거꾸로 뒤집힐 수도 있고, 외번外藩에 대한 조정의 정책이 바뀔 수도 있죠! 제가 손을 꼽아보니 지난 삼 년 동안 이곳에 와서 우리가 추위할세라 겹겹이 바람막이를 해주고 간 군사들만 해도 만여 명은 족히 될 것 같습니다. 할 일이 많은 보거다 칸이 별 볼 일 없는 우리를 이토록 극진히 '배려'해 주시니 정말 눈물겹도록 고마운 일이 아닐 수 없습니다!"

"고마우면 '할 일 많은' 보거다 칸을 더 이상 번거롭게 하지 말고 어서 산을 내려가야 하지 않겠소."

악종기가 타이르듯 말했다. 사라분이 그러자 가볍게 코웃음을 쳤다.

"지금 저에게 하산해 투항하라는 말씀입니까?"

악종기가 갑자기 앙천대소를 했다.

"이 양반이 뭘 몰라도 한참 모르는구먼! 그걸 어찌 투항이라고 하오? 그건 초안招安(불러 위무하다)이지, 초안! 어둠 속에서 길 잃은 자에게 올바른 길을 안내해주고 그동안의 아픔을 보듬어주는 초안 말이오. 자꾸만 조정에서 굴욕적인 투항을 강요한다고 생각하는 것 같은데, 기한飢寒에 허덕이는 무리들을 광명으로 이끌어 배불리 먹게 해주는 것을 어찌 굴욕이라 할 수 있소? 부러질지언정 굽히지는 않겠다? 그건 너무 안하무인인 발상이오! 천자는 말 그대로 하늘이 내린 천하의 일인자요. 기라성같이 많은 영웅호걸들이 그분의 앞에서 무릎을 꿇고 이마를 조아리면서 충성을 맹세하고 있소. 그런데 그대 혼자만이 수만 명의 선량한 목숨을 담보로 조정과 끝까지 자존심 대결을 벌이려고 하오. 그 이유가 대체 뭐요? 그 알량한 자존심 때문에 장족들의 '씨'를 말릴 참이오?"

사라분이 싸늘한 미소를 거두면서 정색을 했다.

"악 군문……, 다 맞는 말입니다만 저는 조정을 믿을 수가 없습니다. 지금 저에게는 두 장의 파병서罷兵書(전투를 그만 두겠다고 약속하는 글)가 있습니다. 하나는 경복, 다른 하나는 눌친과 장광사가 직접 서명하고 지장까지 찍은 파병서입니다! 그러나 그들은 다시는 금천 땅에서 총성을 울리는 일이 없을 거라고 철석같이 약조를 해놓고 그렇게 하지 않았습니다. 한족들은 돌아서면 언제 그랬냐 싶게 돌변합니다. 그게 한족들입니다."

사라분의 말에 악종기가 두말할 여지도 없다는 듯 즉각 반박을 했다.

"그자들은 그저 당면한 죽을 고비를 넘기고 어떻게든 패배를 감춰 공로를 편취하고자 졸렬한 수작을 썼을 뿐이오. 기군죄까지 서슴지 않은 족속들이니 그대를 속이는 것쯤이야 무슨 대수겠소? 그대는 어찌 나 악아무개를 그런 자들과 비교한다는 말이오?"

타운이 악종기의 말에 옆에서 가볍게 콧방귀를 뀌며 사라분을 거들고 나섰다.

"악 군문도 만만치 않던데요? 왕년에 두 수재秀才가 악 장군을 찾아가 반청복명反淸復明을 종용했다는 얘기를 들었어요. 그때 악 군문께서는 그들과 피를 나눠 마시면서 의형제를 맺는 척하다가 암암리에 옹정황제에게 밀보密報했다면서요?"

악종기는 잠시 할 말이 궁해졌다. 타운이 어떻게 그 일을 알고 있을까? 그러나 그것은 한두 마디로는 설명하기 어려운 복잡한 일이었다. 그는 잠시 생각하고는 바로 반박했다.

"만약 엽단잡이 타운 그대를 찾아와 사라분을 시해하자면서 종용한다면 그대는 그리 하지 않았을 것 같소? 자기가 추종하는 수령을 위해 그 정도도 못한다면 한솥밥을 먹을 자격이 없는 거지! 그때 당시의 진실을 듣고 싶으면 우리 사이의 일을 매듭짓고 나서 나를 찾아오시오. 내가 전후사연을 소상히 알려줄 테니. 나 악종기는 하늘을 우러러 한 점 부끄러움이 없는 사내요! 그대 사라분이야말로 여자하나를 소유하기 위해 내가 보는 앞에서 친형을 살해한 사람이 아니오? 그렇게 형까지 죽이고 둘이서 사니 깨가 쏟아지던가?"

사라분이 악종기의 말을 듣기 무섭게 벌떡 일어났다. 자신의 가장 큰 약점을 건드리는 말에 인내심이 폭발한 것이 분명했다. 그러지 않아도 평생 동안 형을 죽였다는 자책감에 시달려온 그였으니 그럴 만도 했다. 순간 악종기를 노려보는 그의 두 눈에 서슬이 번뜩였다. 오른손은 이미 허리춤을 더듬고 있었다. 일촉즉발의 순간이었다. 양 옆에 늘어선 장족 병사들 역시 모두 칼에 손을 얹은 채 한 발 앞으로 나섰다.

"술 더 없소? 한 잔 더 가져오게!"

악종기가 차가운 웃음을 지으며 빈 대접을 "탕!"하고 탁자 위에 들었다 놓으면서 화제를 돌렸다. 그러자 사라분이 흉흉한 눈빛으로 악종기를 노려보면서 말했다.

"벗에게는 술을 주지만 적에게는 오로지 칼뿐입니다! 악 군문은 지금 나의 상처에 왕소금을 뿌리고 있습니다! 나는 '스스로를 묶어' 부항의 대영으로 갈 수도 있으나 여기서 한 발자국도 움직이지 않을 수도 있습니다! 나는 악 장군을 손님으로 깍듯이 접대할 수도 있으나 불귀의 객으로 만들어버릴 수도 있습니다!"

"그거야 당연하지! 형까지 죽인 놈이 나 하나쯤 죽이는 거야 썩은 무 쳐내듯 쉽지 않겠나?"

탕!

마침내 분을 참지 못한 사라분이 시퍼렇게 힘줄이 솟아난 주먹으로 힘껏 탁자를 내리쳤다! 원래 삐거덕거리던 탁자는 풀썩 무너져 내리고 말았다…… 순간 장족 병사 10여 명이 우르르 몰려와 악종기를 에워쌌다.

"끌어내, 끓는 물에 튀겨버려!"

사라분이 이성을 잃은 듯 고래고래 고함을 질렀다. 장족 병사들은 그의 말에 다짜고짜 악종기의 팔을 잡아끌고 밖으로 향했다. 그러나 악종기는 이미 목숨 따위는 버릴 각오가 돼 있다는 듯 차갑게 웃으면서 말했다.

"죽는 게 대순가? 사내대장부라면 끌려가서 죽을 이유가 없지. 손들을 놓게. 어딘가? 내 발로 걸어가겠네. 사라분, 나중에 후회나 하지 말게!"

말을 마친 악종기가 멍하니 서 있는 장족 병사들을 향해 일갈했다.

"어서 앞장서지 못해?"

"잠깐!"

사라분이 순간 생각을 바꾼 듯 소리를 질렀다.

"객방客房으로 데리고 가서 잘 감시해! 부항이 올라오면 인질로 요긴하게 써먹을 테니!"

악종기와 네 명의 호위병이 끌려 나가자 그 자리에는 사라분과 타운 그리고 몇몇 부하들만 남았다. 병사들은 아직도 방금 전의 충격에서 헤어나지 못한 듯 멍하니 서 있었다. 바깥에서는 솔바람 소리가 을씨년스럽게 들려왔다. 타운이 사라분의 부상당한 팔을 쓸어내리면서 입을 뗐다.

"약을 갈아붙여야겠어요. 휴……. 영감탱이가 담력도 있고 썩 괜찮아요. 한족들 중에는 저만한 사람도 없어요."

사라분이 붕대를 푸는 타운에게 팔을 내맡긴 채 한결 누그러진 어투로 지시했다.

"다들 돌아가 쉬게. 저들은 지금쯤 나를 저주하고 욕하느라 정신이 없을 거야. 무슨 말을 하는지 가서 엿들어보고 내일 아침 토씨 하나 빼놓지 말고 보고해!"

타운은 사라분이 사람들을 전부 돌려보내자 배웅을 하고는 방안으로 돌아왔다. 이어 사라분을 부축해 자리에 뉘었다. 그리고는 두 눈을 지그시 감고 있는 사라분의 침대맡에 앉아 한숨을 쉬며 물었다.

"장군, 진짜로 악 군문을 붙잡아둘 건가요?"

"왜? 무서워?"

"조금요…….

타운이 사라분의 무성한 가슴 털을 매만지면서 속삭이듯 대답했다. 이어 다시 입을 뗐다.

"당신이 자칫 잘못된 선택을 할까봐 두려워요. 저는 이제 두 번 다시 만 리 길을 떠나 건륭황제를 찾아 나설 용기와 기운이 없어요. 그리고 저는 이제 건륭을 그리 나쁘게 생각하지도 않아요……."

사라분은 미동도 하지 않고 누워 있었다. 그새 잠이 들어버린 듯 숨소리도 조용했다. 배고프고 지친 타운 역시 바깥에서 기승을 부리는 솔바람 소리를 들으면서 점차 잠에 빠져들었다. 순간 자는 줄 알았던 사라분이 완전히 잠이 들지는 않았는지 입을 열었다.

"걱정하지 말고 푹 자도록 해. 나는 내일 악종기를 따라 내려가기로 마음을 굳혔어……."

"장군!"

"악종기의 말이 다 맞아. 나는 원래부터 건륭의 통치하에 있던 일개 부족의 수령일 뿐이었어. 가슴에 손을 얹고 스스로에게 물어봐도 조정의 명을 거스르겠다는 생각 같은 것은 단 한 번도 해본 적이 없어. 일개 부족의 수령으로서 보거다 칸에게 무릎을 꿇는 것은 절에서 불조佛祖께 무릎을 꿇는 것과 다를 바가 없다고 생각했어. 내가 무릎을 꿇어 머리를 조아림으로써 우리 부족이 세세대대로 평안하고 풍요로운 삶을 보장받는다면 기꺼이 내려가겠어!"

타운이 눈을 휘둥그렇게 떴다. 사라분이 그렇게 말할 줄은 전혀 예상 못했다. 이어 한없이 평온해 보이는 사라분의 얼굴을 낯선 사람 바라보듯 한참동안 쳐다보더니 그의 넓은 가슴에 얼굴을 묻었다.

사라분은 이튿날 아침 일찍 자리를 박차고 일어났다. 그리고는 옆에서 곤히 잠들어 있는 아내를 깨울세라 조심조심 옷을 입고 방문을 나섰다. 우선 동굴 안으로 들어가 밤새 병세가 더 악화된 부상병이 없는지 둘러봤다. 그리고는 곧 다시 밖으로 나와 악종기의 처소 앞을 지키고 서 있는 알파에게 물었다.

"어젯밤 네가 악종기 일행을 감시했나? 무슨 말들을 하던가?"

"다섯 사람은 밤새 아무 말도 없었습니다."

"정말 한마디도 없었단 말이냐?"

"처음 들어갈 때 한마디 하긴 했습니다."

"뭐라고 했지?"

"그게……, '제기랄!'이라고 하는 것 같았습니다!"

"하, 하하하하……!"

사라분이 갑자기 크게 웃음을 터트렸다. 이어 여전히 웃음을 머금은 어조로 입을 뗐다.

"영감탱이, 참 재미있는 사람이군! 자기가 재수 없다는 소리야, 아니면 나를 욕하는 말이야? 자, 앞장 서. 같이 가보자."

알파는 사라분의 명령에 앞장서서 걸음을 옮겼다. 그러면서 투덜거리는 것도 잊지 않았다.

"장군께서 동정을 살피라고 하셔서 저희들은 뜬눈으로 밤을 샜습니다. 그런데 저 영감님은 눕자마자 코를 골면서 자는 거 있죠?"

사라분이 웃음 띤 얼굴을 한 채 말했다.

"그래? 그건 말이야……, 속에 귀태鬼胎를 품지 않은 사람들은 하늘이 무너져도 걱정 없이 잠을 잘 수가 있기 때문이야!"

사라분과 알파 두 사람은 그렇게 얘기를 나누면서 악종기 일행이 있는 방문 앞에 다다랐다. 코를 고는 소리는 더 이상 들리지 않았다. 알파가 먼저 기웃거리면서 들여다보자 안에서 악종기의 고함소리가 들려왔다.

"왔으면 들어오지 뭘 하오? 숨바꼭질이라도 하자는 거요?"

악종기가 말을 마치자마자 문을 벌컥 열어젖혔다. 그리고는 문 앞에서 눈을 끔벅거리면서 하늘만 쳐다보는 사라분에게 말했다.

"아무리 미워도 누더기라도 깔아줬어야지, 무슨 사람이 그리 인정

머리가 없소? 냉방에서 자다가 하마터면 늙은이가 그대로 가버릴 뻔했잖소!"

악종기는 완전히 어린아이처럼 투정을 부리고 있었다. 사라분 역시 복잡한 마음은 털어버리고 웃음을 지어 보일 수밖에 없었다.

"두 번 다시 냉방에서 잘 일은 없을 테니 그만 화를 가라앉히고 아침이나 드시죠. 아침을 드시고 부항에게 서찰을 보내세요. 사라분이 흰 하다(경의를 표하는 상대에게 주는 비단 천)를 보낼 테니 답례 차원에서 사라분에게 노란 하다를 보내라고 말입니다!"

"노란 하다는 왜?"

사라분의 뜬금없는 소리에 악종기가 어리둥절한 표정을 지었다. 그러나 이내 머릿속으로 '스스로를 결박할' 때 필요한 황릉黃綾(노란 비단)을 떠올리고는 그러면 그렇지 하는 식으로 빙그레 웃었다. 이어 사라분을 향해 엄지를 내둘렀다.

"역시 준걸俊傑다워! 탄복하오!"

사라분은 드디어 스스로를 묶은 채 투항을 선언했다. 장장 10여 년 동안 엄청난 인적, 물적 군비를 쏟아 부었던 금천 전사는 이로써 천병天兵의 승리로 끝났다. 금천은 이제부터 안정 국면에 접어들게 됐다. 사라분이 화살을 꺾어 불쏘시개로 만들고 영원히 조정의 신하로 남을 것을 맹세했던 것이다. 금천 지역은 이렇게 해서 더 이상 조정의 우환이 아니라 풍요롭고 아름다운 번리藩籬(울타리)로 거듭나게 됐다.

건륭의 기쁨은 말로 다 표현할 수 없었다. 그는 사라분이 북경으로 오는 길 내내 귀빈 대하듯 열렬하게 환영하라고 엄명을 내렸다. 더불어 사라분의 경유지마다 총독과 순무들이 직접 10리 밖으로 영송迎送을 나가도록 분부했다. 연도의 백성들이 폭죽을 터트리고 향화예

주향花醴酒로 반기게 한 것은 더 말할 필요가 없었다.

개선장군 부항의 귀경길 역시 떠들썩했다. 몇 보 간격으로 세운 화려한 채방彩坊에는 부항의 업적을 칭송하는 글귀가 가득했다. 또 시선이 닿는 곳마다 환영인파가 인산인해를 이뤘다. 그렇게 둥둥 떠밀려가듯 정신없이 북경에 도착하자 유통훈과 기윤, 아계 등이 건륭을 대신해 모습을 드러냈다. 대신들이 북경 근교까지 영접을 나온 것이다.

그러나 부항은 열광하는 무리들 속에서 들뜨지 않고 유난히 차분하고 평온한 모습을 보였다. 그리고 북경으로 들어가는 마지막 역관인 노하역路河驛에서부터는 대교大轎에서 내렸다. 그렇게 걸어서 서직문西直門에 이르자 귀에 익숙한 창춘원暢春園 공봉들의 음악소리가 들려왔다. 저 멀리 하늘을 덮은 용기龍旗들이 보였다. 부항은 건륭이 친히 마중을 나오고 있다는 사실을 알아차렸다.

부항은 즉시 대궐이 있는 방향을 향해 무릎을 꿇고는 머리를 조아렸다. 음악소리가 점점 가까워졌다. 드디어 태감 왕팔치의 인솔하에 서른여섯 명의 태감들이 옥로玉輅 대승여大乘輿를 받쳐 들고 천천히 동직문東直門 쪽에서 모습을 드러냈다. 화려한 금룡용포金龍龍袍를 입은 건륭은 승여 한가운데 수미좌에 앉아 있었다. 한 손으로 난간을 잡고 다른 한 손으로는 사람들을 향해 흔들면서 자상한 표정으로 부드러운 미소를 짓고 있었다.

부항은 부랴부랴 몇 발자국 앞으로 달려갔다. 이어 땅에 털썩 무릎을 꿇고 머리를 조아리면서 큰 소리로 만세삼창을 외쳤다.

"만세! 만세! 만만세!"

건륭은 내내 흡족한 표정을 한 채 두 태감의 어깨를 짚고 조심스레 수레의 계단을 내려섰다. 까맣게 무릎을 꿇고 있는 백관들을 둘러보고 나서는 부항에게 다가가 그를 일으켜 세웠다.

"어디 보세. 그동안 정말 보고 싶었네. 짐의 노심초사를 너무나 잘 알고 있는 경이기에 짐의 걱정을 홀가분하게 덜어줄 수 있지 않았나 싶네!"

부항은 건륭이 만나자마자 전쟁과 군사軍事에 관해 하문할 줄 알았다. 그러나 건륭은 그동안의 노고를 치하해주는 말부터 꺼냈다. 부항은 가슴이 뭉클해지면서 눈물이 울컥 솟았다. 건륭의 말대로 군부의 노심초사를 덜어주고자 수없이 많은 불면의 밤을 지새우면서 작전과 병력의 배치에 고민했었다. 특히 지난 1년 동안 고생했던 기억은 이루 말로 다할 수가 없었다. 제대로 일전을 치러보기도 전에 그만 철수하라는 날벼락 같은 어지를 받았을 때의 황당함과 억울했던 마음은 또 어땠는가.

그 모든 것들이 뇌리를 빠르게 스쳐 지나가면서 부항은 코끝이 자꾸 찡해지는 것을 어쩌지 못했다. 그는 급기야 샘솟듯 흘러나오는 뜨거운 눈물을 닦으면서 울먹이는 소리로 아뢰었다.

"모든 것이 폐하의 하늘과 같은 홍복洪福 덕분이옵니다! 신이 무슨 덕이 있고 재능이 있어 이 같은 광영스러운 자리에 있겠사옵니까? 모두 어릴 때부터 선제와 폐하의 훌륭하신 훈육을 받은 덕택이옵니다……."

건륭의 눈가 역시 촉촉이 젖어들었다. 그러나 그는 자리가 자리인지라 애써 눈물을 거둬들였다.

"아녀자도 아니고 대청의 장군이 만나자마자 울고불고 하다니! 어서 일어나게. 건청궁에서 대연大宴이 있을 예정이니 그리로 가서 군신 간, 처남매부 간에 그동안의 회포를 풀어보세!"

건륭이 말을 마치고는 돌아섰다. 그러자 왕팔치가 소리높이 외쳤다.

"폐하께서 회가回駕하신다!"

건륭은 대연이 끝난 다음 양심전에서 부항을 단독으로 접견했다. 그 자리에서도 그에 대한 치사를 잊지 않았다.

"자네 노고가 이만저만 아니었을 줄로 아네. 그 사이 짐은 강남에서, 아계는 북경北京에서, 윤계선은 서안西安에서 각자 눈코 뜰 새 없이 바쁘게 보냈다네. 유통훈과 기윤이 짐을 보필한다고는 하지만 연청 공은 몸이 부실해서 어디 마음 놓고 부려먹을 수가 있어야지. 여러 가지 일들이 얽혀 돌아가니 하루도 편한 날이 없었네. 고항의 사건을 매듭짓기도 전에 왕단망 사건까지 터지니 그야말로 일파만파의 나날이었네……."

건륭이 마치 쓰디쓴 약을 씹듯 입을 다시면서 다시 말을 이었다.

"황후가 떠났을 때 경을 불렀어야 했는데 군무를 맡길 사람이 마땅치 않아 그리 하지도 못했네."

부항은 임종도 지켜보지 못한 누나에 대한 얘기가 나오자 또다시 슬픔이 북받쳐 눈물이 앞을 가렸다. 그에게 누나는 각별한 사람이었다. 어렸을 적에는 내내 누나의 등에 업혀 자랐고 정을 듬뿍 받았다. 황후가 되고 대신이 되어서 만날 때는 그때마다 동생에 대한 격려와 응원을 아끼지 않았다. 그런데 그 동생이 이렇게 개선장군이 되어 돌아왔는데 누나는 이미 영영 못 올 곳으로 가버리고 말았다. 부항은 정말로 가슴이 찢어지는 것 같았다. 그는 얼굴 가득 처연한 기색을 떨치지 못한 채 입을 열었다.

"황후마마께서 떠나셨다는 비보를 받고 화살이 가슴을 후벼 파는 것 같은 아픔에 몇 날 며칠을 눈물로 지새웠사옵니다. 어머니를 일찍 여의고 누나가 어린 저를 돌봐주셨사옵니다. 어머니나 다름없는 누나의 마지막 가는 길을 지켜보지 못한 한을 풀 길이 없사옵니다……."

부항이 그예 어깨를 들썩이면서 소리 죽여 울었다. 이어 잠시 감정을 누른 다음 다시 입을 뗐다.

"폐하께서 집필하신 어제御製〈술비부〉를 배독拜讀하고 예부에서 보내온 상의喪儀 절차를 봤사옵니다. 신은 황후마마께서 이처럼 융숭한 예우를 받았다는 사실에 큰 위안을 느꼈사옵니다! 황후마마께서는 일 년 전 금천으로 떠나는 신의 손을 잡고 '너는 나의 아우이기에 앞서 대청大淸의 대신임을 항시 명심하거라. 내 걱정은 말고 직무에만 힘쓰거라. 네가 좋은 결과를 얻으면 나도 따라서 얼굴에 빛이 날 것이요, 그렇지 못할 때는 설령 내가 너를 대함에 변함이 없더라도 네가 무슨 낯으로 이 누이를 대하겠느냐'라고 하셨사옵니다. 군무가 어려움에 봉착할 때마다 신은 누나를 떠올리면서 더욱 매진해왔사옵니다……."

부항이 눈물을 삼키고 다시 마음을 진정한 뒤 말을 이었다.

"신이 오랜만에 돌아와 보니 여러 군기대신들 역시 어가를 수행해 정무에 임하랴, 외차外差를 나가 임무를 수행하랴 몸이 두 개라도 부족할 것 같사옵니다. 조금 전에 연청 공을 만났사옵니다. 검게 마르고 행동도 느린 것이 일 년 전보다 십 년은 더 늙어 보였사옵니다. 기윤과 아계의 얼굴에도 피곤이 역력했사옵고……."

건륭이 부항의 말에 숨을 길게 내쉬면서 입을 열었다.

"유통훈 같은 사람은 다시는 없을 거네. 고항이 엄청난 물의를 빚기는 했으나 만주족의 성정은 한족에 비할 바가 못 된다고 생각하네. 아계 역시 북경에서 화친왕을 도와 위기에 처한 위가씨를 몰래 이궁시키고 황자를 순산하게 했지 않은가. 그리고 군기처까지 쫓아가 난동을 부린 유호록 귀비를 따끔하게 훈계했지. 한족이라면 그렇게 할 수 있었겠나?”

부항은 자세를 고쳐 앉았다. 순간 건륭의 말에 가시가 있다는 것을 알아차렸다. 건륭은 만주족과 한족을 비교함으로써 자신의 의중을 에둘러 말하고 있었던 것이다. 부항이 잠시 뭔가 생각하고 나더니 건륭의 눈치를 보면서 아뢰었다.

“기윤의 재학才學과 덕행德行도 타인의 본보기가 되기에 충분하다고 생각하옵니다.”

“재학은 두 말할 필요 없어도 품행에는 흠이 없다고 볼 수 없지!”

건륭이 찻잔을 든 채 두어 걸음 떼놓으면서 말을 이었다.

“갑자기 높은 자리에 올라 수양이 부족해서 그러네. 복강안과 유용이 그를 탄핵한 밀주의 글을 올렸네. 나중에 읽어보게. 집안 식구들을 종용해 약자를 능욕하고 재물을 빼앗았다는 송사에 휘말려 있다네. 이게 무슨 당치않은 말인가!”

부항은 속으로 흠칫 놀랐다. 그런 일이 있을 줄은 생각지도 못했던 것이다. 건륭이 찻물로 입을 축이고 나더니 다시 덧붙였다.

“짐은 그의 직급을 강등시켜 경의 군중으로 보내려고 했었네. 고민에 고민을 거듭하다가 결국 그 재학이 아까워 생각을 바꿨다네. 짐의 신변에 그의 재학을 따를 만한 마땅한 사람이 없었던 것도 한 가지 이유였네!”

기윤이 오늘날 대신의 반열에 오르기까지는 사실 부항의 힘이 컸다고 할 수 있었다. 그런데 자신이 적극 추천했던 기윤이 이제 건륭의 눈 밖에 났으니 부항으로서는 입을 봉하고 듣고만 있을 수가 없었다. 그는 잠시 생각을 정리한 다음 아뢰었다.

“폐하께서 그를 징계하지 않으셨사오니 기윤은 큰 성은을 입은 것이옵니다. 폐하께서는 아마 그가 두 번 다시 그런 불미스런 일이 생기지 않도록 경계하고 자려自勵할 것임을 믿으시어 그리 하셨을 것이옵니다. 그러나 신의 생각은 다르옵니다. 그에게 어떤 식으로든 처벌을 내리시어 자신의 잘못을 뉘우치도록 해야 한다고 생각하옵니다. 신이 그를 찾아가 얘기를 해보겠사옵니다."

건륭이 말을 받았다.

"찾아보는 건 자네 마음이지만 처벌은 하지 않겠네! 인재 물색을 위한 박학홍유과博學鴻儒科와 은과恩科 시험이 곧 있을 예정이네. 기윤이 없으면 아니 되네."

그때 태감 복례가 정전 바깥에서 고개를 살짝 내밀고 건륭 쪽을 두리번거렸다. 그런 걸 그냥 지나칠 리 없는 건륭이 그의 이름을 부르면서 큰 소리로 꾸짖었다.

"지금 몰래 기웃거렸느냐? 여기가 누구 집 안방인 줄 아느냐? 어디라고 감히 기웃거려!"

복례가 사색이 된 얼굴로 아무렇게나 벗어 던진 옷처럼 그 자리에 무너져 내렸다. 이어 죽어라 머리를 조아렸다.

"죽을죄를 지었사옵니다, 폐하! 부르셨던 두광내가 도착했사오나 폐하께 전갈하는 일을 맡은 왕팔치가 보이지 않아 찾던 중이었사옵니다. 통촉해 주시옵소서!"

건륭은 그런 복례의 꼴이 우스워 피식 웃음을 터트렸다. 부항 역시 따라 웃었다. 건륭이 물었다.

"외신外臣을 불러들이는 건 복의의 일이 아니었더냐? 복의는 어디 가고 네가 왔느냐?"

복례가 머리를 조아린 채 곧바로 대답했다.

"아뢰옵니다, 폐하. 복의는 죄를 범해 쫓겨났사옵니다. 지금 수녕궁壽寧宮에서 청소를 하고 있사옵니다."

건륭이 그제야 뭔가 생각난 듯 미소를 지었다.

"어지를 잘못 전달한 불찰을 범했지. 악의가 있었던 건 아니고 착각해서 그랬던 것이니 신형사愼刑司에 일러 곤장 스무 대를 치고 양심전으로 돌려보내라고 하거라. 그래도 구관이 명관이지."

"예! 그리 전하겠사옵니다."

복례가 말을 마치고 곧 물러갔다. 이어 부항도 작별을 고했다. 그러자 건륭이 친히 궁전 입구까지 배웅을 나와 태감에게 명했다.

"화신和珅이 올린 금여의金如意 두 개와 옥관음상, 팔보 유리 병풍을 부항에게 상으로 내리거라. 노이친왕老理親王이 손으로 베낀《금강경》과 화친왕이 올린《이십사사》二十四史는 복강안에게 상으로 내리거라."

건륭이 분부를 마치고는 얼굴 가득 웃음을 머금고는 부항을 다시 한 번 격려했다.

"짐은 경이 불자가 아니라는 걸 알고 있네. 허나 복강안은 거사이네. 경의 안사람도 독실한 불교신자인 걸로 알고 있네. 이제는 집에 돌아가서 푹 쉬게. 짐은 회부回部의 움직임에 대해 상의할 것이 있어 윤계선을 북경으로 불렀네. 경은 닷새 후에 원명원에서 패찰을 건네게. 그동안에는 가능하면 경을 찾지 않겠네."

부항이 물러가자 복례가 두광내를 데리고 나타났다. 건륭은 저 멀리 조벽照璧 동쪽에서 부항을 만나 공손히 길을 비켜서는 두광내를 보고는 저도 모르게 미소가 떠올랐다. 이어 동난각 창문 쪽에 앉아 유리창 너머로 두광내가 돌계단 아래에서 궁전을 향해 정중히 격식을 갖추는 모습을 말없이 지켜봤다. 잠시 후 복례가 들어와 아뢰었다. 건륭이 천천히 입을 열었다.

"들라 하라!"

복례의 안내를 받으면서 들어온 두광내는 정좌 앞에서 고두례叩頭

禮를 올리고 일어났다. 이어 난각으로 들어와 다시 삼궤구고의 대례를 올렸다. 건륭은 밖에서부터 누가 보든 안 보든 예라는 예는 모조리 갖추면서 들어서는 두광내를 보면서 웃음을 참느라 힘들었다. 어딘가 정신이 이상한 사람 같아 보였던 것이다. 그러나 예의가 지나쳐 문제가 되는 경우는 없었으므로 잠자코 있었다. 건륭은 두광내가 예를 끝내기를 기다렸다가 입을 열었다.

"기윤을 만나봤나? 기윤의 집에서 오는 길인가?"

"신은 순천부順天府에서 오는 길이옵니다."

두광내가 대답했다. 그의 표정은 의정儀征에서 홰나무에 머리를 박을 때와 별반 다름없이 엄숙함 그 자체였다. 건륭은 그런 두광내의 얼굴을 보면서 다시 한 번 웃음을 금치 못했다. 두광내가 다시 입을 열었다.

"신은 먼저 군기처로 갔었사옵니다. 당직을 서고 계시던 아계 중당께서 연청 중당과 기윤 중당이 함께 순천부로 가셨다고 하시면서 신에게도 가보라고 명하셨사옵니다. 그분들은 전도를 심문하는 과정에 있었던 얘기들을 나누고 있었사옵니다. 거기서 신은 비로소 제가 강남江南 학정學政으로 발령 났다는 사실을 알게 됐사옵니다."

"유통훈은 순천부에 있던가?"

"예, 폐하! 유용도 있었사옵니다. 황천패 역시 함께 있었사옵니다. 귀덕부歸德府에서 고은庫銀 육만 냥을 절도 당했다고 하옵니다. 아마 그래서 황천패를 부르지 않았나 싶사옵니다. 신속한 수사를 명하는 것 같았사옵니다. 연청 공은 사천에서 군사들이 철수한 뒤 치안이 불안해지고 식량 가격이 폭등할 우려가 있으니 관리들을 파견해 물가를 안정시키고 치안을 다스려야 한다고 했사옵니다."

건륭은 두광내가 지나치게 고지식하고 세심한 사람이라는 생각을 했다. 이 부분만 고친다면 훌륭한 태자태부太子太傅 감이라고도 생각하면서 바로 본론으로 들어갔다.

"짐은 의정에서부터 경을 학정 재목으로 점찍었네. 군기처에서는 경을 하남河南이나 호광湖廣 같은 지방으로 파견할 것을 주장했네. 그러나 짐은 예로부터 인재가 운집돼 있을 뿐 아니라 큰 학자들이나 나라의 기둥이 될 사람들이 많이 배출된 강남에 자네처럼 심성이 반듯하고 다재다능한 사람이 있어야 마땅하다고 생각했네."

두광내가 앉은 채로 몸을 깊숙하게 숙였다.

"성은이 망극하옵니다. 폐하의 큰 은혜를 입었사오니 신이 어찌 감히 별 볼 일 없는 재주와 힘이나마 진력하지 않을 수 있겠사옵니까? 일방의 교화에 힘쓰고 폐하를 위해 훌륭한 인재를 간택해 올리겠사옵니다!"

건륭이 두광내의 말에 고개를 끄덕이면서 미소를 지었다. 이어 몸을 움직여 온돌에서 내려오려는 듯하더니 도로 제자리에 눌러 앉으면서 덧붙였다.

"인재는 일대의 흥망을 좌우하는 중대한 요소이네. 그 중요성은 짐이 구태여 말하지 않아도 잘 알고 있을 거라 믿네. 학정이면 종삼품이니 조정의 방면대원方面大員 반열에 오른 셈이지. 큰사람은 크게 놀아야 하네. 경의 성품은 짐이 믿어마지 않으나 세상사는 외고집으로 되는 일이 있고 그렇지 않은 경우가 있네. 그러니 융통성 있게 일하는 법도 배우기 바라네. 완벽한 인간은 없는 법인데도 경이 너무 완벽함만 고집한다면 소인배들의 질시의 대상이 되어 불이익을 당할 것이네. 《이십사사》를 보면 모난 돌을 자처해 낭패를 본 충신이 얼마나 많은지 모르네. 경을 향한 짐의 깊은 뜻을 알겠는가?"

"알겠사옵니다, 폐하!"

두광내는 건륭의 폐부에서 우러나는 훈회의 말을 듣자 가슴이 뭉클해지는 모양이었다. 땅에 엎드린 채 연신 머리를 조아리면서 아뢰었다.

"폐하의 성유聖諭를 죽는 날까지 명심하고 또 명심하겠사옵니다!"

두광내가 말을 마치고는 소매를 들어 눈물을 닦아냈다. 건륭이 다시 입을 열었다.

"짐은 경이 인재를 선발함에 있어 무조건 빈자貧者의 편을 들어 부자富者를 배척할까봐 걱정이네. 빈한한 가문에서 훌륭한 인재가 배출됐다면 물론 기용해야겠지. 그러나 요즘 세상에 서당에 들어가 훈장의 회초리를 맞으면서 대성大成의 꿈을 키우는 사람은 대부분 있는 집안의 자손들이네. 밥술은 뜰 수 있는 집이라 이 말이네. 그렇지만 배경 있는 집들이 무조건 다 악덕지주인 건 아니라네. 마찬가지로 끼니를 못 이을 정도로 곤궁한 집안이 반드시 정직하고 근본이 바로 선 집안이라고 할 수도 없네. 경은 인재를 선발하는 학정으로서 반드시 중용을 지켜야 하네."

두광내가 즉각 대답했다.

"성조聖祖께서는 《성무기》聖武記를 통해 인재를 선발할 때 지켜야 할 '공윤평등'公允平等과 '일시동인'一視同仁의 원칙에 대해 준엄한 가르침을 주셨사옵니다. 그 저서를 수없이 배독한 신이 어찌 그런 착오를 범할 수 있겠사옵니까."

건륭이 다시 말을 받았다.

"그러면 됐네. 경은 학정에 부임한 뒤에도 여전히 밀주권密奏權을 행사할 수 있네. 지방행정에 직접 간섭해서는 안 되나 각종 폐단에 대해 직주直奏할 권한은 있네. 정신을 똑바로 차리고 박학홍유과, 강남 향시鄕試를 거쳐 쓸 만한 인재를 배출하도록 하게. 다음 남순 때는 짐이 강남에 들어가 경의 문치文治에 혀를 내두를 수 있도록 해주게."

어지간히 눈치 있는 사람이라면 이쯤에서 머리를 조아려 사은을 표하고 물러나야 마땅했다. 그러나 두광내는 건륭의 말이 떨어지기 무섭게 두 눈을 동그랗게 뜬 채 소리치듯 여쭈었다.

"폐하, 폐하께서는 또다시 남순을 계획하고 계신 것이옵니까?"

난각 안팎에 있던 수십 명의 태감과 궁녀들은 두광내의 말을 듣고 모두들 소스라치게 놀랐다. 건륭 역시 기가 막혔다. 젊은 신하의 당돌한 질문에 순간적으로 어찌 대답해야 할지 생각도 나지 않았다.

두광내는 치미는 분노를 삭이느라 용안龍顔이 벌게진 건륭을 힐끗 올려다봤다. 그제야 비로소 자신이 무슨 잘못을 범했는지 겨우 알아차린 듯했다. 순간 그의 얼굴이 창백해지고 온몸이 목석처럼 굳어졌다. 죄를 청해야 하는데 혀가 굳어져 말이 나오지 않는 듯했다. 건륭과 두광내 두 사람은 넋 나간 표정으로 서로를 한참 바라봤다. 그러다 건륭이 피식 실소를 터트렸다. 그리고는 손사래를 쳤다.

"이 안에는 머리를 들이박을 홰나무가 없어 그러나? 부임 전부터 훈책하기는 싫으니 그만 물러가게. 어서 가라고! 강남으로 내려가기 전에 부항이나 만나보게. 짐에게는 패찰을 건네지 말고 그냥 가게."

"예, 폐하!"

두광내는 건륭의 명령에 바로 머리를 조아려 인사를 올렸다. 이어 천천히 의관을 정제하고는 뒷걸음질을 치면서 물러나왔다.

36장

유통훈의 최후

부항은 건륭의 사연賜宴을 받고 물러 나와 집으로 향했다. 아니나 다를까, 그의 짐작대로 그의 집 입구에서부터 문 앞까지 이르는 거리는 어느새 수레와 가마들로 가득 차있었다. 흠차대신, 군기대신, 영시위내대신에다 이제는 혁혁한 전공까지 세워 일등공작一等公爵에 봉해졌으니 '비빌 언덕'이 필요한 무리들이 눈썹을 휘날리면서 그에게 달려오는 것은 어쩌면 당연한 일일 터였다. 부항은 그러나 그런 광경을 보면서 마음이 무거워졌다.

원래 외차外差를 나갔던 흠차는 귀경 후 먼저 황제를 배알한 뒤 집으로 돌아가게 돼 있었다. 그랬으니 부항이 자금성에서 건륭의 접견을 받는 동안 부항의 '공부公府'에는 수백 명의 하객들이 찾아와 운집할 수밖에 없었다. 북경에 있는 문생門生들은 말할 것도 없고 육부六部의 시랑 이하 대소 관리, 그리고 평소에 일면지교一面之交라도 있는 자들은 모조리 달려온 듯했다. 그의 집안과 마당은 이렇게 해서 하객들로 몸살을 앓고 있었다.

당아는 안에서 관리들과 권속들을 접견하느라 눈코 뜰 새 없이 바쁘게 돌아다니고 있었다. 복강안, 복령안과 복륭안 삼형제 역시 별로 안면도 없는 손님들의 비위를 맞추느라 동분서주했다. 급기야 집 안팎은 마치 거대한 행사장이 무색할 정도가 되었다. 그런 광경을 지켜보던 부항은 자신도 모르게 미간을 좁히며 얼굴이 굳어졌다. 급기야 세 아들이 마중을 나와 미처 인사를 올리기도 전에 그는 버럭 소리를 질렀다.

"오늘이 장날이냐? 아니면 누가 죽어 발인이라도 하는 날이냐? 이제는 알만한 나이들인데 어찌 그리 철딱서니가 없느냐? 이 채방彩坊은 오늘밤에 들어내 버려. 그리고 벽에 건 것은 또 뭐냐? 무슨 비단을 저렇게 걸어놨어? 저것도 다 걷어내."

그러자 복령안과 복륭안은 겁에 질려 한쪽으로 물러나 감히 대답할 엄두를 내지 못했다. 그러자 복강안이 웃으면서 아뢰었다.

"채방과 비단은 모두 어사품御賜品입니다. 저 문 위쪽을 보세요, '광대문미'光大門楣 네 글자도 어필御筆입니다. 안 그래도 소자가 이래도 괜찮은지 기윤 아저씨에게 여쭤봤더니 마땅히 누려도 되는 '사치'라면서 문제될 게 없다고 했습니다. 그리고 초대하지도 않았는데 찾아오는 손님들을 억지로 내쫓을 수도 없지 않습니까? 그들이 어떤 목적을 품고 왔든 아버님께서는 얼굴을 비추시고 차 한 잔씩이라도 대접하고 돌려보내시는 게 좋겠습니다."

"어사품이라도 밤에는 다 거둬들여."

부항의 어조는 여전히 싸늘했다. 그러나 복강안의 설명을 듣고 나서 표정은 약간 밝아진 것 같았다. 그가 다시 한마디 더 했다.

"못 말리는 사람들이구먼. 떼로 몰려와서 뭘 어쩌자는 건지!"

부항이 투덜거리듯 말을 마치고는 대문 안으로 들어섰다. 이어 이 사람 저 사람의 손을 잡아주고 어깨를 두드려주면서 몇 마디 인사말을 나눴다. 그리고는 정방의 적수첨滴水檐 아래에 꼿꼿한 자세로 버티고 섰다. 입에서 몇 마디 말이 자연스럽게 흘러나왔다.

"실로 오랜만에 옛 동료와 벗들을 다시 만나니 반갑소. 옛날에 함께 출병했던 부하들도 다 왔네? 헌데 어떡하지? 보다시피 사람은 많고 방은 너무 비좁소. 설자리도 마땅치 않아 참으로 안 됐소. 원래는 마음먹고 찾아준 여러분들의 성의를 봐서 조촐한 연회나마 베풀어야 마땅하겠으나 상황이 여의치 않구먼. 집에 일손도 딸리고 주방도 작아 번갈아 가면서 먹다 보면 날이 샐 것 같소. 그야말로 마음뿐이니 어찌할 도리가 없소. 더구나 일 년 만에 만나는 마누라를 독수공방시킬 수는 없지 않겠소?"

좌중의 사람들은 부항의 엉뚱한 말에 하나같이 유쾌한 웃음을 터트렸다. 부항 역시 그들을 따라 웃으면서 다시 덧붙였다.

"내가 먼 길을 떠났다가 오랜만에 돌아왔다고 문안 온 건 고맙소. 허나 축하 따위는 당치도 않소. 북경에 있으나 외차外差를 나가나 우리는 모두 폐하의 견마犬馬들이오. 잘하면 당연하고 못하면 채찍을 맞아 마땅하지. 폐하의 홍복에 힘입고 여러분의 협조가 뒷받침됐기에 이번 금천 전사도 순조롭게 마무리될 수 있었다고 생각하오. 나 부항이 무슨 능력이 있겠소. 모두 폐하께서 성명聖明하신 덕분이지! 축하하려면 우리 모두 폐하의 만년 강건을 위해 축배를 들어야 할 것이오!"

좌중의 사람들은 멍하니 듣고만 있었다. 그러나 혹시라도 부친이 냉정하게 축객령이라도 내리면 어쩌나 걱정하고 있던 복강안만은 달랐다. 당당하고도 정중하게 호의를 거절하는 부항을 보면서 감복을 금치 못했다. 재상의 공명정대한 흉회胸懷가 이런 것인가 싶은 생각도 들었다. 부항이 다시 입을 열었다.

"여러분의 심사는 알고도 남음이 있소. 여러분 중에 공무와 관련해 나를 만나고자 하는 사람도 있겠지만 사적으로 청탁할 일이 있어 눈도장 찍으러 온 사람들도 없지 않아 있을 거요. 미리 말해두는데 내가 가진 토끼꼬리만 한 권력은 폐하께서 조정, 종묘와 백성들을 위해서 쓰라고 주신 것이오. 공권력이 사적으로 이용될 때 그건 더 이상 권력이 아니라 독이 되는 것이오. 여러분은 나의 뜻을 충분히 이해해주리라 믿소."

부항이 이쯤에서 좌중을 둘러봐야 한다고 판단한 듯 주위를 힐끗 일별하고는 다시 덧붙였다.

"우리 아들이 차 한 잔씩은 돌려야 하지 않겠느냐고 했소. 그런데 찻잔이 그만큼 많이 있어야 말이지. 그러지 말고 하남성 신양信陽 지부知府가 이번에 금천으로 출병한 군인들을 위로하고자 일인당 찻잎 두 근씩 보내온 게 있소. 내가 일단 그걸 빌려다 여러분에게 조금씩 선물할까 하오. 그러니 집에 가지고 가서 식구들하고 한잔씩 나눠 마시는 게 훨씬 낫지 않겠소?"

"좋습니다!"

얼떨떨한 표정으로 듣고 있던 좌중의 사람들은 부항의 엉뚱한 제안에 모두 박수갈채를 보냈다. 그리고는 고개를 끄덕이며 자리를 뜨려고 일어났다. 부항은 그런 관리들을 보면서 비로소 가볍게 안도의 숨을 내쉬었다.

그러나 집안으로 들어가려고 몸을 돌린 순간 부항은 그만 가슴이 덜컹 내려앉고 말았다. 고향의 부인 곽락씨가 거기 있었던 것이다. 심지어 그녀는 차방茶房 입구에서 주전자를 들고 서서 부항을 바라보고 있었다. 부항은 자신도 모르게 그녀에게 두어 걸음 다가갔다.

"제수씨가 어인 일로 여기서 이러고 계시오?"

"중당 대인께서 개선해서 돌아오는 날이라 일손이 딸릴 것 같아서요……."

곽락씨의 얼굴은 핏기 하나 없이 창백했다. 당황한 듯 부항의 눈길을 피하면서 기어 들어가는 소리로 말을 이었다.

"집에서 놀면 뭘 해요? 바쁠 때는 고양이 손이라도 빌린다는데, 조금이라도 도움이 될까 해서 온 거예요."

부항이 알겠다는 듯 고개를 끄덕였다.

"뜻은 고맙지만 이래서는 안 되오. 고항의 사건과는 별개로 제수씨는 고명부인이오. 남의 집 행사 뒤치다꺼리나 하는 천한 신분이 결코 아니라는 말이오. 평소에 고항과 친한 사이였으니 나도 너무 나몰라라 하지는 않을 거요. 허나 고항의 사건은 폐하께서 보기 드물게 관심을 보이시는 흠명 사건인지라 최종 결정권은 폐하께 있소. 괜히 이런 데를 찾아다니면서 굴욕을 자초하지 말고 집에서 아이들 글공부나 잘 시키시오. 필요한 은자는 보내줄 테니 돈 걱정은 하지 말고……. 자귀모영子貴母榮이라는 말이 있듯이 아이들을 훌륭히 양육해 놓으면 언젠가는 또다시 영광스러운 날이 올 거요. 생계를 유지하기 힘들 때는 언제라도 좋으니 나나 당아를 찾아오시오. 알겠소?"

곽락씨가 눈물을 흘리면서 사은을 표했다. 마침 그때 서쪽 월동문에서 화신과 마덕옥이 모습을 드러냈다. 부항은 두 사람을 손짓으로 부르면서 곽락씨에게 덧붙였다.

"그리 알고 오늘은 그만 집으로 돌아가오."

곽락씨가 눈물을 훔치면서 돌아서자 부항이 두 사람을 향해 말했다.

"아계에게서 덕옥이 자네가 북경에 있다는 소리를 듣고 이 자리에 없는 게 이상하다 싶었어. 서재에 숨어 있었구먼. 그리고 화신, 장하네. 벌써 청금석靑金石 정자까지 달았다면서? 숭문문崇文門의 관세를 걷는 일을 맡았다고? 화친왕마마가 편지에서 자네에 대한 칭찬이 대단하시더군!"

화신이 수줍은 미소를 지으면서 부항을 향해 깍듯이 예를 갖췄다. 마덕옥 역시 땅에 엎드려 절하고 일어서면서 아뢰었다.

"중당 어르신, 승전고를 울리고 돌아오신 모습을 뵈니 전보다 훨씬 풍채가 늠름해지고 신수가 훤해 보이십니다. 손님들을 예의바르게 돌려보내시는 걸 보면서 실로 감복했습니다!"

"또, 또 장사꾼 근성 나온다! 돈 안 드는 아부라고 너무 남발하지는 말게!"

부항이 웃으면서 농담조로 말했다. 그리고는 곧 정색을 하며 덧붙였다.

"그 오상현이라는 사람은 출발했나? 내가 군중에 있을 때 폐하께서는 오상현에 대해 물어오셨네. 그리고 '마덕옥은 도대체 어떤 위인이냐?'고도 물으셨네. 그래서 폐하께 올리는 밀주문에 자네에 대한 얘기도 적었다네. 언젠가 진회하秦淮河 강변에서 역영易瑛하고 골동품을 구입하던 그자라고 말씀 올렸네. 황상皇商이라도 이쯤 되면 크게 출세했다고 볼 수 있지!"

마덕옥이 그러자 헤헤 웃으면서 호들갑을 떨었다.

"역영이 아니라 기 중당이셨죠. 어찌 그런 실수를 하시어 저를 반적反賊 두목과 한데 엮으셨습니까! 오상현은 운남성 대리大理에 도착했다면서 어제 서찰을 보내왔습니다. 지금은 귀주貴州 경내에 있지 않나 싶습니다. 북경에 도착하려면 아직 멀었습니다."

부항이 고개를 끄덕였다. 그리고 화신에게 물었다.

"이번에 맡은 세관들은 한 번씩 다 점검했나? 지금은 하루에 세금이 얼마 정도 들어오는가? 그 돈들은 다 어디로 들어가나?"

화신이 재빨리 대답했다.

"하관은 현재 세관 네 곳에 대한 정돈을 마친 상태입니다. 세금은 하루에 약 일만 냥에서 일만 이천 냥 정도 걷고 있습니다. 그걸 내무부와 호부가 칠대 삼의 비율로 나누기로 했습니다. 이번에 장부 조사를 하면서 보니 전에는 거둬들인 세금을 제대로 관리하지 않아 저희들끼리 뒤에서 다 해 먹었더군요. 그것도 서로 경쟁까지 해가면서 말입니다. 결국은 개인이 국고를 나눠 먹은 셈이죠! 개국 백년 이래 이곳 세관은 아무도 주목하지 않는 '사각지대'로 방치돼 있었던 것입니다. 그동안 얼마나 많은 은자가 새나갔는지 모릅니다. 그자들은 너무 비대해져 살짝만 꼬집어도 기름이 뚝뚝 떨어질 지경입니다!"

'일만 이천 냥……!'

부항은 속으로 크게 놀랐다. 그곳에서 일 년에 약 400여 만 냥의 거액이 엉뚱하게 새나가는 동안 아무도 눈치채지 못했다니, 참으로 충격적인 일이 아닐 수 없었다. 부항이 다그쳐 물었다.

"그래서 어떤 식으로 정돈했나?"

"저는 과거의 장부까지 들춰낼 재간은 없었습니다. 그래서 아계 중당께 이 사실을 아뢰고 위에서부터 아래까지 원래 있던 사람들을 몽땅 쫓아내 버렸습니다. 그리고 돈을 돌같이 보는 제대로 된 일꾼들만 박아놓았습니다."

화신이 히죽 웃으면서 대답했다. 부항이 대견스레 화신을 바라보고는 칭찬을 했다.

"젊은 나이에 쉽지 않은 결단이네! 상세한 얘기를 안 하는 걸 보면 다른 뭔가가 있는 것 같군. 나중에 글로 적어 군기처로 들여보내게. 오늘은 그만 돌아가게. 내일은 반나절 쉬고 오후 늦게 군기처로 나갈 테니 꼭 아뢸 말이 있으면 그때 보세."

부항은 말을 마치자마자 돌아서서 이문二門으로 향했다. 마침 당아 가 가인들을 모두 데리고 마중을 나오고 있었다.

"이제는 자작子爵이 아닌 공작公爵이 됐네."

밤이 이슥해지자 잠자리에 든 부항은 품안에 감겨드는 당아의 머 리를 쓸어내리면서 말했다. 이어 자조하듯 덧붙였다.

"자작이 됐을 때에는 대문에 '자궁'子宮이라는 편액을 걸면 되겠다 면서 다들 웃었었는데……."

당아는 남편의 넓은 가슴에 꼭 안긴 채 아무 말도 없었다. 그녀는 부항이 집에 없는 1년 동안 집안 대소사를 빠짐없이 챙기느라 고생 이 이만저만 아니었다. 남편을 만나면 할 말이 끝도 없이 많을 것 같 았지만 막상 얼굴을 보니 입이 떨어지지 않았다. 그녀는 부항의 말 을 듣고 한참이나 말이 없더니 가벼운 한숨을 내쉬면서 입을 열었다.

"당신도 늙었어요. 흰머리도 생기고……. 공작, 공작 했는데 막상 되 고 보니 또 그저 그러네요! 이제는 더 이상 바라는 것도 없어요. 그 저 폐하께서 당신에게 문화전文華殿이나 무영전武英殿 대학사大學士 정 도의 직책을 내리시어 한 곳에 편안히 뿌리내리고 있었으면 좋겠어 요. 방금 밖에서 하는 얘기들을 언뜻 들으니 미얀마 어쩌고 하던데, 거기는 어딘가요? 또 다시 싸움터에 나가는 건 싫어요. 강아도 능력 을 인정받고 나머지 둘도 시위가 됐으니 애들 뒷바라지를 잘하는 것 도 폐하를 위해 충성하는 길이 아닌가요?"

부항이 고개를 끄덕이면서 대답했다.

"그건 아녀자의 소견이야. 지금 우리 집안에만도 크고 작은 아랫것들이 수백 명 있지 않은가? 주인은 안팎으로 일이 복잡해 바쁘게 돌아다니는데 아랫것들이 헛소리나 하고 미꾸라지처럼 요리조리 빠져나가 놀러만 다닌다면 주인인 당신은 화가 안 나겠어? 세상 뜬 황후마마는 우리 부씨 가문의 등대이고 호법신護法神이셨어. 하지만 나는 누나의 후광을 입어 공명을 얻었다는 소리는 듣고 싶지 않아. 그렇기 때문에 누나가 안 계시는 지금 더욱 분발해야 할 때라고 생각해."

당아가 부항의 말을 속으로 곱씹으면서 말했다.

"전쟁이라는 건 참으로 무서운 것 같아요. 왕소칠이 그렇게 죽고 나서 가슴이 떨려 몇 날 며칠 잠을 못 잤어요. 왕씨 일가에게는 집 한 채와 가복家僕 열 명을 딸려 내보냈어요. 은자도 만 냥 정도 줬고요. 길보는 따라가지 않고 여기 남아 끝까지 강아의 시중을 들겠다고 고집을 부려서 그러라고 했어요. 적당한 자리가 있으면 하나 내줘요. 이제 마마께서 그리 가셨으니 나랍 귀비가 중전 자리에 앉는 건 떼어놓은 당상일 거예요. 위가씨와 유호록씨 사이에 또 그런 일이 있었으니 서로 얼마나 어색하고 불편하겠어요. 앞으로 후궁전도 꽤 복잡할 것 같아요. 누구 하나 호락호락하지가 않으니 어느 쪽으로든 기울지 않도록 잘 처신해야 될 텐데……."

오랜 이별 끝에 찾아온 신혼이나 다름없는 밤이었다. 그날 밤은 그렇게 소리 없이 흘러갔다.

부항의 집에서 나온 화신은 마덕옥과 간단히 술 한잔을 한 다음 북경성 변두리 어느 초라한 골목에 자리한 집으로 터덜터덜 돌아왔다. 게딱지같은 단층 기와집들이 다닥다닥 모여 앉은 곳이었다. 그는 사실 아직 가난의 때를 벗지 못한 열아홉의 젊은이에 지나지 않았다. 때문에 비록 은자 300냥짜리 비좁은 집이기는 했으나 자신의 거처가 있다는 사실만으로 기분이 나쁘지 않았다. 나아가 그는 명색이 4품관이니 집안에 시중들 사람이 없어서는 안 된다는 생각도 했다.

그래서 사람을 여럿 들였다. 우선 이 사람 저 사람을 통해 찾아온 20~30명 중에서 약삭빠르고 대차게 생긴 마보운馬保雲이라는 자를 집사로 들였다. 이어 섬서 도박장에서 데려온 유전을 수행원으로 부리기로 했다. 오씨 모녀는 자질구레한 집안 살림을 책임지도록 했다.

화신은 방으로 들어왔다. 주위를 살피자 늘 그렇듯 오씨가 발 씻을 더운 물을 가져오고 얼굴을 닦을 수건도 어깨에 걸쳐줬다. 이어 반갑게 인사하면서 기분 좋은 얼굴로 말했다.

"장롱 위에 유전이 가져온 은자 이백사십 냥이 있습니다. 어디서 공돈이 좀 생겼다고 하네요. 우리도 이제 살림이 좀 피려나 봐요."

오씨가 빨랫감을 안고 나가자 화신은 장롱 위에서 보자기를 내렸다. 별 기대 없이 유전이 가져왔다는 보자기를 펼쳐보던 그는 순간 깜짝 놀라고 말았다. 그 자리에 굳은 듯 손도 멈췄다. 거기에는 반짝반짝 빛을 내뿜는 샛노란 황금덩이 세 개와 서른 냥짜리 은병이 여러 개 있었던 것이다. 그 밖에 자그마한 보석함도 있었다. 그는 떨리는 손으로 함을 살짝 열어봤다. 함 속에는 날갯짓하는 봉황 모양의 금잠金簪을 비롯해 까만 머루 같은 흑진주와 난생 처음 보는 이름도 모를 보석들이 가득했다. 다 합치면 240냥이 아니라 5만 냥은 족히 될 것 같았다…….

화신은 머리가 아찔해졌다. 머리털 나고 이렇게 많은 금은보화를 만져보기는 처음이었던 것이다! 한참 후에야 반쯤 취한 상태에서 헤어난 그는 황급히 보자기를 덮어놓고 문으로 가서 유전을 불렀다.

"유전! 유전, 어디 있어? 이리로 와 봐!"

"예……, 갑니다!"

유전이 저편 주방 쪽에서 달려왔다. 술을 몇 잔 걸친 듯 눈이 게 슴츠레해져 있었다. 그가 두 손을 모으고 서서 화신을 쳐다보며 물었다.

"찾으셨습니까?"

"이게 어떻게 된 거야?"

화신이 다짜고짜 보자기를 가리켰다. 그제야 유전은 화신이 자신을 찾은 이유를 알겠다는 듯 싯누런 이를 드러내면서 웃었다.

"은자 이백사십 냥은 따로 기장記帳할 데가 없는 돈이고요. 보석들은 창고를 정리하다가 모퉁이에서 발견했습니다. 누군가 예전에 숨겨 놨다가 미처 챙기지 못하고 쫓겨났나 보죠. 누더기들 틈에 있어 하마터면 그냥 쓸어 내버릴 뻔했지 뭡니까? 아무도 눈치 못 챈 틈을 타서 창고지기에게는 나리를 통해 내무부에 바칠 거라고 말하고 가져 왔습니다."

화신이 즉각 물었다.

"이걸 가져온다고 창고지기에게 영수증 같은 걸 적어주지는 않았겠지?"

유전이 무뚝뚝한 표정으로 대답했다.

"다 같이 술을 마시느라 그럴 새도 없었어요."

화신이 알겠노라며 고개를 끄덕였다.

"적지 않은 액수이니 내일 내무부에 보낼 거야. 그러니 이제부터 이 돈은 염두에 두지 마. 영수증을 안 적어줬기 망정이지 안 그랬으면 또 얼마가 부족하네, 어쩌네 하고 나중에 말들이 많을 거 아냐. 나를 따라 다니려면 일처리를 똑바로 해야 돼!"

화신은 그날 저녁 전전반측하면서 쉽게 잠을 이루지 못했다. 보석 몇 개를 골라 부항의 부인에게 바치는 충성을 한 다음 나머지만 내무부에 바칠 생각도 해보았으나 어쩐지 마음이 썩 내키지 않았다.

'주인 없는 돈이라고 하지 않았는가? 영수증도 안 줬겠다 입을 쓱 닦고 돌아앉으면 쥐도 새도 모를 텐데, 굳이 바보처럼 '여기 있소' 하면서 내놓을 필요가 있을까? 아니야, 이건 분명 잘못된 생각이야. 그런데 다른 사람들도 똑같은 경우를 당하면 나처럼 이런 유혹에 빠지게 될까? 이 돈이면 화청, 화원, 인공호수, 서재, 가산, 연극무대까지 모조리 갖춘 집을 살 수 있을 텐데……'

화신은 그런 생각이 들면서 호화로운 아계의 대저택과 돈만 주면 홀랑 벗고 감겨드는 가흥루 기생의 풍만한 몸뚱이를 눈앞에 떠올렸다…….

내무부로 당당하게 보석을 들고 가서 내놓는 것이 옳은 일임은 분명했다. 그러나 유혹이라는 놈을 뿌리치기가 쉽지 않았다. 한참 고민하던 화신은 결국 '큰일 못할 놈'이라고 욕설을 퍼부으면서 스스로 뺨을 찰싹 때렸다. 그리고는 벌떡 일어나 앉았다. 이어 아예 신발을 신고 밖으로 나와 칠흑 같은 어둠 속에서 다시 고민에 빠졌다. 결국 화신은 내무부에 바치겠다는 생각은 접어두기로 하고 닭이 첫 번째 홰를 치는 소리를 듣고 나서야 겨우 잠자리에 들었다.

화신은 사시巳時 끝 무렵이 되어서야 잠에서 깨어났다. 이어 오씨가 차려온 밥상을 받는 둥 마는 둥하고 서둘러 집을 나섰다. 거리의 무성한 나뭇잎 사이로 따스한 가을 햇살이 가볍게 내려앉고 있었다. 순간 어젯밤 고민 아닌 고민 때문에 밤잠을 설치다시피 했던 자신이 가소롭게 느껴지면서 피식 웃음이 나왔다. 명색이 책도 좀 읽고 세상구경도 할 만큼 했다는 사람이 이리 결단력이 없어서야 되겠느냐는 생각이 들었다. 결국 그는 생각을 완전히 달리했다.

'일단 남겨뒀다가 문제가 될 것 같으면 형부의 유통훈 대인에게 갖다 바치면 된다! 물론 끝까지 쥐도 새도 모를 수 있다면 더할 나위없이 좋겠지.'

그렇게 생각을 굳히자 화신의 낯빛은 평상시처럼 태연해졌다. 걸음걸이도 씩씩해지고 있었다.

그는 얼마 후 서화문 밖에 도착해 가마에서 내렸다. 그 전날 아계에게 함께 가기로 약속했던 마덕옥은 보이지 않았다. 가깝게 지내는 문지기 태감, 시위들에게 물어보니 마덕옥은 조금 전에 도착했다가 아계의 명을 받고 다시 어딘가로 나갔다고 했다.

화신은 마덕옥을 기다리지 않고 천천히 서화문 안으로 들어갔다. 군기처 입구에 이르자 왕팔치를 비롯한 몇몇 태감들이 문 앞에 시립해 있는 모습이 보였다. 저 멀리 건청문 앞에서도 한 무리의 관리들이 뭔가 낮은 목소리로 수군거리고 있었다. 화신은 건륭이 군기처로 걸음을 했다는 걸 알 수 있었다. 때문에 감히 들어갈 엄두는 못 내고 성유聖諭가 적힌 철패鐵牌 옆에 두 손을 모으고 조용히 서 있었다.

잠시 후 부항이 융종문隆宗門을 통해 들어왔다. 화신은 부항에게도 감히 알은체를 못한 채 고개를 더욱 낮게 숙였다.

"짐이 뭐라 그러던가? 부항이 그 새를 못 참고 나올 거라고 하지 않았는가!"

부항이 문을 열고 들어서는 순간 안에서 건륭의 말소리가 들려왔다. 반가움이 그득한 목소리였다. 아마 한참 전부터 기윤, 아계 등 군기대신들과 담소를 나누던 중인 것 같았다. 잠시 침묵이 이어지더니 다시 아계의 목소리가 들려왔다.

"아목이살납은 군량미를 너무 많이 요구하고 있사옵니다. 백만 석이 아니라 반으로 줄인다고 해도 버거울 텐데 말이옵니다. 그 먼 청해까지 운반하려면 인건비에 여러 가지 손실을 감안했을 때 열 근에 한 근 정도밖에 남지 않는 실정이옵니다. 그렇게 계산하면 백만 석이 아니라 천만 석이 되는 거죠! 아직 군량미가 그리 많이 필요할 때도 아니고 천고마비의 계절인데 왜 그리 군량미 욕심을 내는지 그 저의가 의심스럽사옵니다. 폐하, 저자는 차릉 부족들과는 또 다르옵니다. 차릉은 오리아소대에 정착해 있고 가족들이 모두 열하熱河의 팔대산장八大山莊에 있기 때문에 주거가 안정석이옵니다. 그러나 아복이살납의 부족은 원래 유목이 본업인지라 양떼를 몰고 천막을 거둬 어디론가 가버리면 찾아내기도 힘들 것이옵니다."

건륭이 한참을 생각하더니 입을 열었다.

"그렇다고 식량을 안 줄 수는 없지 않은가? 우리가 그자를 필요로하는 이상……."

아계가 아랫입술을 잘근잘근 씹고 있다가 아뢰었다.

"주기는 주되 매달 얼마씩 쥐 소금 녹이듯 야금야금 주는 것이 바람직할 것 같사옵니다."

건륭이 다시 말을 받았다.

"짐은 그자를 떠나보낼 때 만주어로 '식량은 필요한 만큼 얼마든지 내줄 테니 걱정하지 말게!'라고 했네. 이제 와서 무슨 수로 말을 바꾼다는 말인가?"

이번에는 부항이 입을 열었다.

"폐하께서는 우선 비단이나 보석 따위를 그자들에게 조금 하사하시어 마음을 안정시킨 연후에 윤계선과 악종기에게 화급히 식량을 보내라고 하명했다는 식으로 어비御批를 달아 보내시는 게 어떨까 하옵니다. 윤계선은 남경, 악종기는 서안에 있사옵니다. 수천 리 밖에 있는 세 곳에서는 서신 왕래에만 몇 개월이 걸릴 것이오니 그렇게 시간을 벌어 그자의 동태를 파악하시는 게 좋을 줄로 아옵니다."

건륭은 속으로 무릎을 탁 쳤다. 물론 부항의 제안은 그리 당당한 처사는 못 됐다. 그러나 차선책치고는 꽤 괜찮은 방책인 것 같았다. 황제의 침묵은 곧 묵인이었다. 그러나 부항은 자신이 너무 직설적이었다는 후회를 하면서 황급히 말머리를 돌렸다.

"이번 금천 용병이 순조롭게 마무리되기는 했사오나 인접한 사천의 물가가 많이 오르고 치안 문제도 생기고 있사옵니다. 사천 순무 김휘에게 선무대신宣撫大臣의 명의를 줘서 사후 처리를 하게 하는 것이 어떨까 하옵니다."

"사천은 일 년 동안 전량을 면제해주겠네. 향시거인鄕試擧人의 정원도 열두 명으로 늘릴 거네. 식량은 김휘가 책임지고 사라분에게 일단 만 석을 보내주라고 하게."

건륭이 말을 마치고는 자세를 고쳐 앉았다. 부항의 처사가 무척 만족스러웠다. 이로써 이제 그에게 당면한 문제는 어떻게 하면 복강안을 밖으로 내보내 조련시킬 것인가 하는 것 정도였다. 그러나 복강안은 황제가 이런 자리에서 스스럼없이 이름을 거론할 정도로 이력이나 관록이 뛰어난 인재는 아니었다. 건륭이 잠시 망설이다가 생각을 정리하면서 천천히 말을 꺼냈다.

"유용과 복강안도 이번에 큰 공로를 세웠네. 아직 젊고 이력이나 관록이 부족해 계속 정진해야겠으나 일문일무一文一武로 중용해볼 만한 소년영웅들이네. 유용은 호부의 낭중郎中으로 승진시키고 시랑侍郎 계급을 줘 사천으로 내려 보내게. 복강안은……, 부장副將과 병부 시랑 계급을 줘서 태호 수사로 보내겠네. 지금부터 대영을 이끌면서 단련을 해나가야 나중에 훌륭한 장군이 될 것 아닌가."

건륭이 입에 올린 인사 조치는 전례가 없을 만큼 파격적인 것이었다. 그러나 건륭의 말투에는 누구도 쉽게 반박할 수 없을 정도로 단호함이 묻어있었다. 그럼에도 불구하고 아직 여러모로 부족한 아들이 사람들에게 공격의 표적이 되지는 않을까 염려스러웠던 부항은 조심스레 입을 열지 않을 수 없었다.

"복강안은 유용에 비하면 아직 멀었사옵니다. 신이 생각하기에는……."

"두 말 할 거 없네. 짐은 사석인 감정으로 복강안을 편애하는 것이 아니네. 냉정하고 객관적으로 지켜봤을 때 그 아이는 분명 재목감이네. 짐이 보기에는 경이 흑사산黑査山에서 공을 세웠을 때보다 지금의 복강안이 더 성숙하고 노련하다고 볼 수 있네."

건륭이 부항의 말을 단칼에 잘랐다. 그리고는 창밖을 내다보면서 덧붙였다.

"아직 이른 시간이니 부항 자네는 짐과 산책이나 좀 하지."

건륭은 바로 밖으로 나섰다. 철패 앞에 서 있던 화신은 황급히 한쪽으로 물러섰다.

군기처에 남은 기윤과 아계는 석연치 않은 느낌이 들면서 고개를 갸웃거렸다. 아계가 곰방대를 꺼내 무는 기윤을 향해 먼저 입을 열었다.

"폐하께서는 좌공坐功이 대단하신 분인데, 오늘은 어찌 가만히 앉아 계시지를 못하네."

기윤이 웃으면서 말을 받았다.

"두 시간은 앉아 계시지 않았는가. 유통훈 공이 올 줄 알았는데 끝내 안 오니 서운하셨던 것 같아! 우리 둘하고 있을 때는 《사기》史記니 《좌전》左傳이니 논하시다가 부항 공이 들어서니 얼마나 반가워하셨나!"

아계가 고개를 갸웃거리면서 물었다.

"그러면 폐하께서는 우리 둘을 싫어하신단 말인가? 그럴 리가!"

"그런 뜻은 아니지!"

기윤이 웃으면서 일어섰다. 이어 밖으로 나서면서 다시 입을 열었다.

"폐하께서는 유통훈 공의 건강이 염려되신 거야. 기어 다닐 기운만 있어도 벌써 나왔을 사람이 불러도 못 왔을 때는 심각하지 않겠나 이거지."

아계도 말없이 기윤을 따라 나섰다. 기윤의 분석이 맞는 것 같았다.

부항은 경운문 쪽에서 묵묵히 건륭을 수행했다. 그러나 건륭이 단독으로 자신만 불러 밖으로 나온 이유는 알 수가 없었다. 건륭이 입을 열지 않는 한 물어볼 수도 없었다. 그 때문에 조금 떨어져 걸으면서 속으로 열심히 그 이유에 대해 머리를 굴렸다.

"자네, 방금 군기처 앞에 서 있던 젊은이를 알고 있나? 화신이라고 했던가?"

건륭이 드디어 입을 열었다. 부항은 느닷없는 질문에 잠시 어리둥절했으나 바로 대답했다.

"잘은 모르옵니다만 아계가 천거한 것으로 알고 있사옵니다."

"아니네. 화친왕이 추천했네."

건륭이 미소를 지은 채 말을 이었다.

"열아홉이라고 하는데, 보기에는 더 어린 것 같네."

부항은 힐끗 건륭을 훔쳐봤다. 이어 건륭이 갑자기 화신에 대해 하문한 이유를 여러 가지로 추측해보면서 염탐하듯 아뢰었다.

"열아홉에 사품관이면 대단히 빠른 것 같사옵니다. 아무래도 조상의 음덕이 있었나 보옵니다. 어제 마덕옥과 함께 신의 집으로 왔기에 북경의 관세에 대해 잠깐 얘기 나눴던 적이 있사옵니다."

건륭이 고개를 끄덕였다.

"경이 하객들을 돌려보냈다는 얘기를 들었네. 잘했네. 미리 쐐기를 박아두는 게 좋지. 화신이라는 젊은이는 이재理財에 능하다고 하네. 아계가 화신의 상주문을 대신 올린 게 있네. 의죄은議罪銀 제도에 대해 제언한 것인데, 나중에 사네도 한번 읽어보게. 죄를 범한 관리들 중에는 사소한 불찰이 큰 화를 불러온 경우도 있고, 잠깐의 방심이 큰 문제로 이어진 우범자들도 있지. 그런데 무작정 파직시키기에는 어딘가 아쉬운 관리들을 대상으로 은자를 납부하고 죄를 면제 받게 하는 제도를 실시한다면 내정의 재정도 어느 정도 숨통이 트이고 본인에게도 적절한 징계가 되지 않겠는가. 화신이 바로 그런 식의 제안을 했네. 짐의 생각에는 명조明詔까지 발표할 수준은 아니지만 충분히 고려해볼 만한 것 같네. 경이 먼저 고민해보고 나중에 짐과 깊이 의논하세."

건륭이 말을 마치고는 걸음을 멈췄다. 그들은 어느새 경운문景運門 밖에 이르렀다. 높은 가을 하늘이 구름 한 점 없이 파랗고 햇살은 따뜻한 곳이었다. 남으로는 전정箭亭과 문연각文淵閣, 동으로는 구룡벽九龍壁, 북으로는 육경궁毓慶宮과 봉선전奉仙殿이 한눈에 안겨오는 곳이기도 했다. 그만큼 상당히 중요한 요처라고 할 수 있었다. 내무부에서 나온 관리들이 친병들과 함께 곳곳의 초소를 지키는 데는 다 이유가 있었다. 공장工匠들이 담벼락에 칠을 하거나 궁문의 문짝과 문고리를 바꿔 다느라 바삐 움직이는 것 역시 마찬가지였다. 아무려나 부항은 건륭이 왜 이럴 때 자신을 데리고 이곳에 왔는지 도무지 알 수가 없었다.

"궁중에 시중드는 손이 너무 부족하네."

건륭이 발길 닿는 대로 움직이면서 말을 이었다.

"요즘 짐이 부리는 태감, 궁녀는 전명前明의 삼분의 일에도 못 미치는 수준이지. 짐이야 그런대로 괜찮다고 할 수 있어. 그러나 태후마마를 서운하게 해드려서는 안 되겠네. 황후가 양주揚州에서 크게 놀랐던 것도 곁에 시중드는 궁녀들이 적었던 이유가 한몫을 했지. 이는 곧 국체國體에 관련된 사안이니 작은 일이 아니네. 그렇다고 태후마마가 원하시는 대로 이것저것 고치고 늘리고 해드릴 정도로 내정의 재정이 충분한 것도 아니니 참으로 답답하네. 원명원 보수작업에 대해서도 아직까지 의견이 분분하다네. 계획했던 것보다 돈이 훨씬 더 많이 필요하니 문제가 아닌가."

부항은 그제야 건륭이 자신에게 원하는 것이 무엇인지 알 것 같았다. 그러나 숭문문을 비롯한 북경 네 관문에서 관세를 올려 받는다고 해서 벌써 구설이 분분하지 않은가. 그런 상황에서 건륭의 뜻대로 '의죄은'議罪銀인가 뭔가 하는 제도까지 실시하는 날에는 '가렴주구'苛斂誅求(세금을 가혹하게 거두어들이고, 무리하게 재물을 빼앗음)라는 비난을 면키 어려울 터였다. 그렇다고 자신에게 큰 기대를 걸고 있는 건륭에게 즉각 반기를 들고 나설 수도 없었다.

난감해진 부항이 잠시 생각하더니 조심스레 아뢰었다.

"천하天下를 다스리는 근본을 효孝에 두시는 폐하께서 태후마마의 기거를 염려하심은 당연하다고 사료되옵니다. 신이 시간을 가지고 진지하게 고민해보겠사옵니다. 어떤 경우가 '의죄'議罪의 범위에 해당되는지, 어떤 죄목에 어느 정도의 은자를 기부해야 하는지를 잘 따져보고 규칙을 정한 연후에 폐하께 아뢰도록 하겠사옵니다."

부항이 말을 마치고는 고개를 조아렸다. 순간 눈앞에 고항 부인의 절망에 찌든 얼굴이 빠르게 스쳐 지나갔다. 그는 이 기회를 놓칠세라 황급히 덧붙였다.

"폐하께서 귀경하시고 정무도 점차 안정을 되찾아가는 것 같사옵니다. 이제는 고항의 사건을 어떤 식으로든 매듭을 짓는 것이 바람직하지 않을까 하옵니다. 밤이 길면 꿈이 많다고 했사옵니다. 벌써부터 고항의 문생들이 여기저기 기웃거리고 다니면서 여러 사람을 괴롭히나 보옵니다."

"외신外臣들은 뭐라고들 하던가?"

건륭의 물음에 부항이 조심스럽게 아뢰었다.

"국록을 먹는 고관으로서, 국구로서 죄에 따른 처벌은 피할 수 없겠지만 역대 염정鹽政의 비리를 전부 고항 한 사람에게만 덮어씌우는 건 바람직하지 못하다는 설이 우세한 것 같사옵니다."

건륭이 막 뭐라고 입을 열려고 할 때였다. 저만치에서 왕팔치가 사색이 되어 헐레벌떡 달려오는 모습이 보였다.

"폐하! 큰일 났사옵니다……, 큰일 났사옵니다!"

건륭과 부항은 어찌된 영문인지 몰라 걸음을 멈췄다. 순간 가까이 다가온 왕팔치가 땅에 그대로 엎어지면서 더듬거렸다.

"폐하, 유…… 유통훈 중당께서…… 잘…… 잘못될 것…… 같사옵니다……."

순간 건륭의 안색이 하얗게 질렸다. 불길한 예감이 뇌리를 스치고 지나갔다. 건륭이 잠시 넋을 놓고 있는 사이 부항이 황급히 다그쳐 물었다.

"연청 중당은 지금 어디 계신가?"

"저, 저, 저……."

왕팔치가 한 손으로 서북 방향을 가리켰다.

"융…… 융종문 밖…… 가마 안에서……. 이미 태의를…… 부르러 갔사옵니다……."

드디어 올 것이 왔구나! 오래 전부터 예상하던 것이기는 했으나 건륭은 왕팔치의 말을 듣는 순간 충격을 이기지 못해 비틀거렸다. 귀가 윙윙 울리고 머릿속이 하얗게 탈색하는 것 같았다. 부항은 그 자리에서 주저앉으려는 건륭을 재빨리 부축하고는 융종문으로 향했다.

유통훈은 가마 안에 그린 듯 앉아 있었다. 이미 의식을 잃은 것으로 미뤄볼 때 더 이상 가망이 없는 것 같았다. 그럼에도 그는 관모官帽에 조복朝服까지 한 점 흐트러짐 없이 차림을 하고 있었다. 한 쪽 팔은 가마의 창틀에 얹은 채였고 다른 한 손에는 조주朝珠가 가까스로 걸려 있었다. 머리는 맥없이 가마 벽에 기대고 있었다. 깊게 패인 눈언저리는 언제나 그랬듯 시커멓게 죽어 있었다. 눈썹도 턱도 모두 처져 있었고 핏기 한 점 없는 얼굴은 목각 같았다…….

태의들이 허둥지둥 달려왔다. 그러나 맥을 짚어볼 생각도 하지 않고 눈꺼풀만 뒤집어보고는 고개를 절레절레 흔들면서 물러섰다.

"폐하, 가신 것 같사옵니다……."

건륭은 실성한 사람처럼 멍한 표정으로 서 있었다. 그사이 소식을 듣고 달려온 유용이 오열을 터뜨리면서 아버지 앞에 무릎을 꿇었다. 땅을 치며 목 놓아 우는 유용의 모습에 건륭의 눈에서도 두 줄기의 눈물이 주르륵 흘러내렸다.

"조정은 큰 기둥을 잃었고, 백성들은 진정한 수호신을 잃었네."

건륭이 울먹이면서 말했다. 그에게 유통훈은 진정 기둥처럼 든든했고 곁에 있는 것만으로도 큰 힘이 돼주었던 고굉股肱이었던 것이다. 그가 여전히 울음기 머금은 어조로 덧붙였다.

"다음 세대까지 보살펴줘야 하니 몸을 아껴야한다고 그렇게 간곡히 부탁했건만……. 못난 사람아, 짐은 이제 어디서 자네 같은 사람을 만나나……. 경을 잃은 짐의 슬픔이 이다지도 깊고 이다지도 아픈 줄을…… 경은 진정 알고 있는가……!"

건륭의 눈에서 눈물이 하염없이 쏟아져 내렸다. 유용의 통곡소리가 점차 누그러들 무렵 건륭이 가마 앞으로 두어 걸음 다가갔다. 그러더니 가마 안에 있는 유통훈을 향해 허리를 깊이 숙여 절을 했다! 부항과 기윤, 아계 등도 일제히 유통훈의 가마 앞에 무릎을 꿇었다.

"경은 참으로 훌륭한 신하였고 짐의 크나큰 재산이었네."

건륭이 흐느꼈다. 이어 고별사를 하듯 덧붙였다.

"유용도 이제 장성했으니 집안일은 염려하지 말고 가는 길 편히 떠나게. 남은 일들은 짐이 모두 처리할 것이니 아무 걱정 말고 홀가분하게 떠나게……."

건륭이 이어 한 걸음 뒤로 물러서더니 고개를 돌려 부항에게 명령을 내렸다.

"짐의 어지를 온 천하에 전하게. 오늘부터 사흘 동안 철조輟朝(조회를 폐하다)하고 연청 공을 애도하라고 말이네!"

〈4부 「천보간난」 끝, 5부 13권에 이어집니다〉